KB100227

바리스타
탐정 마환

양수련 장편소설

바리스타
탐정 마환

평생도의 비밀

MONGSIL
BOOKS

차례

프롤로그

수수께끼와도 같았다. 출생과 죽음. 그 둘 중의 하나는 또 렷이 기억하고 있어야 마땅했다. 자신만의 안락한 궁전을 빠져나와 빛의 세상과 만났을 테지만 그때를 생생하게 떠올릴 수 있는 사람은 없다.

핏기어린 작은 손을 움켜쥐고 발을 동동거리며 앙앙거렸겠지. 어머니로부터 분리된 두려움이거나 세상에 나온 신호탄이거나. 출생의 순간을 기억하지 못하는 것은 당연한 일이다. 하지만 할 자신의 죽음에 관한 것이라면 얘기가 달랐다.

이승을 떠도는 유령. 할은 자신의 죽음에 대해 상세히 알고 있어야 했다. 까마귀고기를 먹은 것도 아닌데 그 상황을 떠올리자면 할은 머릿속이 까맣게 먹어들어 갔다. 머리가 지끈거렸다.

유령으로 언제까지 이승에 머물러야 되는 걸까. 할이 청승을 떨자면 환의 표정은 굳어졌다. 이승에서의 십 수 년을 환과 함께 보냈다. 꼬맹이였던 환은 금방 청년이 되었다. 스물 여섯에 멈춰선 할을 앞질렀다. 과거엔 삼촌이요, 형이었는데 요새는 걸핏하면 환 자신이 형인 양 굴기도 한다.

알궂은 상황이지만 할의 존재를 알아봐주는 유일한 사람이다. 환과의 만남은 기적에 가까웠다. 어쩌면 필연적인 우연의 운명. 육신과 영혼이 분리된 지 백년을 훌쩍 넘겼음에도 할은 이승에 발목이 잡혀 있었다.

할은 손님의 커피 주문을 받는 환을 바라봤다. 자신이 이승에 남아있는 이유가 환 때문은 아닐는지. 그러다 할은 고개를 내젓는다.

환은 자신의 외로움과 불행을 버텨낸 아이일 뿐이다.

산 것도 죽은 것도 아닌 유령으로 산 사람과 함께 지낸다는 것은 결계가 풀린 혼란한 세상에 있는 기분이다. 저승에 가지 못하는 이유가 뭘까. 친구를 염원하던 환 때문은 아닐까. 그것이 아니라면 할 자신이 모르는 죽음 때문은 아닐까. 할로서는 알 수 없는 일일 뿐이다. 죽음은 자신의 뇌를 아무리 헤집어도 발견할 수 없다. 환이 어른이 되었는데도 말이다.

죽음을 잃어버린 자신이 몸통만 있는 물고기 같다는 생각을 할은 종종 했다. 머리와 꼬리가 없는 물고기가 물속을 헤엄쳐 다닌다면 그처럼 괴기스러운 일이 또 있을까. 너덜너덜해진 몸통이 살아있는 사람들 사이를 둥둥 떠다니는 것 같은 기분. 소름이 돋는 일이다. 그럼에도 할은 또렷이 기억했다. 바다 건너 도쿄로 가기 위해 배에 오르던 그 순간을. 살아생전 할이 본 기억의 끝은 부산의 너른 앞바다다.

　도망치듯 쫓겼다. 목숨 하나를 얻었고 진정 사람처럼 살고 싶었다. 우습게도 인간이 되고 싶었다. 그것이 꿈이라면 꿈이었고 필생의 염원이었다.

　"할은 뭐했어?"

　고수레커피를 테이블 위에 내려놓으며 환이 물었다.

　― 이런 몸으로 하긴 뭘 해.

　"유령이 되기 전에 뭐하던 사람이었는지 묻는 거잖아."

　할은 환을 빤히 쳐다보다가 창가로 고개를 돌렸다.

　― 몰라. 지금은 내가 산 사람이었던 적이 있었나 싶기도 해.

　할은 힘없이 말했다.

　비밀이랄 것은 없지만 괴기스런 자신의 생에 대해 꺼내놓고 싶지 않았다. 생으로 가득했던 날들을 떠올리자면 죽어버린 할의 심장이 요동치는 듯했다. 제국주의가 팽배하던 때였고 서구 열강들이 세계 곳곳을 점령하기 위해 앞을 다투던 시대였다. 양반 상놈 할 것 없이 평등한 천지개벽의 세상이 열릴 것이다. 누구는 그 변화의 물결에 빨리 올라탔다. 스트

라이프 무늬의 회색빛 바지. 몸에 꽉 맞는 조끼에 검정색 베레모. 나름 감각적인 패션을 구가한 할 또한 그런 사람 중의 하나가 분명했다.

그렇다 하더라도 할의 육신은 진토 된지 오래다. 벽에 시신이 묻힌 것을 보면 비명횡사한 객이고 황천에 있어야할 황천객이다. 할의 나라 조선은 역사의 뒤안길에 묻혔다. 대한제국이 탄생했고 제국은 세계로 나아가는 대한민국이 되었다.

할이 살던 19세기는 오래전에 종료를 고했고 유령 할의 눈앞에는 21세기가 펼쳐져 있었다. 어린 환이 할을 붙잡고 있어서라는 핑계도 이제는 통하지 않는다. 피어보지도 못한 할의 사망 당시의 나이를 환이 앞질렀다. 자신의 영혼을 불러낸 꼬마 환은 할의 은인이나 다름없었다.

환은 할의 봉인을 해제시켰고 할은 영혼의 자유를 얻었다. 하지만 조선인인 자신의 시체가 어쩌다가 도쿄의 견고한 건물 벽에 발려졌는지 할은 알지 못했다. 카페의 강화 유리창 너머에 시선을 두고 있던 할은 뼛속 깊은 한숨을 내쉬었다.

환은 기웃기웃한 동작으로 할의 기색을 살폈다.

"무슨 고민거리라도 있어? 오늘따라 어째 좀 수상쩍네."

- 그냥, 답답해서….

할은 땅이 꺼질 듯한 한숨을 또 길게 내쉬었다.

"먹지 못하니 음식을 탐하는 것도 아니고, 자식이 있어 교육을 걱정하는 것도 아니고, 바람난 애인이 있지도 않잖아. 할이 답답할 일이란 게 대체 뭐야?"

- 나는 왜 이 모양 이 꼴인가 싶어서 그런다.

"왜에? 유령으로 사는 게 만만치 않아?"

- 이승에 좀 오래 있었어야 말이지.

할은 자신의 꼴이 너무도 한심했다.

환이 어릴 때는 그나마 나았다. 유령의 삶이 어떤 것인지 몰랐으니까. 자신의 곁에서 속살거리는 환을 보자면 할은 자신이 유령임을 잊었다. 환을 따라 도쿄에서 한국으로 건너왔을 때에는 감격했다. 환과 있는 자신이 살아있는 사람 같았다.

환은 더디지만 새로운 환경과 생활에 적응해갔다. 환의 성장을 곁에서 지켜봐주는 것 외에 딱히 다른 일은 없었다. 그래도 살만했다. 유령의 삶이라는 게 말 안 되는 줄은 알지만 할은 산 사람들 틈에서 산 사람처럼 지냈다. 솔직히 괜찮았다. 그러나 성인이 된 환을 보고 있노라면 저승에 가야할 때가 되었다는 생각이 들었다.

환이 분주한 일상을 보내노라면 할은 자신이 거치적거리는 존재로 전락한 것만 같다. 환은 친구를 염원하던 그 옛날의 꼬맹이가 아니다. 어엿한 청년이 되었고 자신의 일도 척척 알아서 했다. 환이 사람들과 잘 지낼 수 있게 된 것은 기쁜 일이다. 분명 기뻐해야 될 일이다. 환이 잘 지내면 지낼수록 할의 상심은 부작용처럼 깊어갔다.

심심하고 무료한 무의미한 날들이 흘러갔다. 할 일이 없는 사람 아니 유령. 고독의 순간에 할은 자신에 대해 파고들었다. 자신의 죽음을 떠올리기 위해 애썼다. 콘크리트 벽에 몸이 발린 것처럼 자신의 죽음에 대한 기억은 매끈하게 잘려나가 있었다. 다람쥐 쳇바퀴 돌듯 미궁인 자신의 죽음에 대해 파고들자면 할은 머리가 터질 듯했다.

"기운 좀 내. 그렇게 할이 시무룩해 있으면 내 기분이 젖은 빨래 같다고."

– 유령 인생에 신나는 일이 하나라도 있어야 말이지.

환이 무슨 말을 해도 할은 시들했다.

"기다려봐. 할이 반길만한 사건이 생길지 또 모르잖아."

환은 조금이나마 할의 기분을 풀어주려 마음을 썼다.

– 박씨를 물어다 준 제비처럼 의뢰인이 사건을 물고 올까? 그러면 엿 같은 이 기분이 좀 사그라질라나.

"그럴 거야. 제발 낙담한 얼굴로 그렇게 있지 말라고."

할은 시무룩한 얼굴로 씨익 웃었다. 가뭄의 채소들처럼 시들한 미소였다.

그리고 다음날, 할은 폭풍전야 같은 아침과 마주했다. 카페 앞 전깃줄에 올라앉은 까마귀가 까악까악 울어댔다. 따분한 하루를 또 어떻게 보내나 싶던 차였다. 난데없는 까마귀의 등장에 할은 마음이 시끄러웠다.

아침부터 까마귀가 울다니 재수가 없으려나. 할은 묘한 긴장감을 느꼈다. 동양에서야 까치가 반가운 손님이지만 서양에선 까마귀가 상서로운 손님이지 않은가.

아비

1892년 윤년 겨울.

눈발은 닷새째 쉬지 않고 흩날렸다. 산중 마을 사람들은 나다닐 엄두를 내지 못했다. 울타리 밖만 나서도 겹겹이 쌓인 눈밭에 발이 빠지고 다리가 빠지고 종국엔 몸뚱이마저 빠져서 하얀 무덤이 될 것만 같았다.

설원이 달빛을 먹어치우고 눈을 뒤집어쓴 산등성이가 달빛을 흉내 낸 그 밤. 찢어진 창호지 틈으로 찬바람이 숭숭 흉한 소리를 내며 들락거리던 그 밤. 첩첩산중의 마을 어디선가 인간의 웃음도 울음도 아닌 기기묘묘한 소리가 새어 나왔다. 설원의 호랑이가 잃어버린 새끼를 찾아 울부짖는 소리 같기도 하고 광기어린 짐승의 소리 같기도 하고.

산중의 설원에서 들려오는 소리는 아닌 듯했다. 눈송이가 소리를 쫓아 너울너울 춤을 추며 간다. 한때나마 도화서에서 그림으로 녹을 먹던 화원어른 댁에서 나는 소리였다. 눈송이가 나풀나풀 돌담 안으로 뛰어들었다. 바깥마당의 행랑채를 지나 안마당의 사랑채를 지나 뒷마당 깊숙이 들어앉은 사당 앞에서 눈은 사뿐사뿐했다.

금방이라도 스러질 것 같은 초라한 움막 하나가 납작 엎드려 있다. 나비처럼 나풀거리던 눈송이는 넝마가 드리운 움막 앞에 이르러 스르륵 미끄러지듯 주저앉았다. 넝마 사이로 온기 넘치는 불빛이 새 나왔다.

으흐흐 큭 히힉큭 흐흐크크.

소름 돋는 기괴한 소리는 움막에서 들려나왔다. 그 안에는 넝마보다 더 볼품없는 몰골의 말복이 실성한 사람처럼 눈을 번뜩이며 괴성을 숨죽여 내고 있었다.

정녕 인간이 내는 소리라고는 할 수 없었다. 광채를 뿜어내는 희열. 태초의 슬픔. 뇌가 떨리는 두려움. 그 모든 것이 한데 뒤섞여 민들어내는 추월의 감정. 인간 세상의 것이라고는 믿겨지지 않는 그 무엇이었다.

완성이다. 드디어 다 완성되었다.

윤년에 수의를 준비하면 무병장수를 누린다고 했던가. 말복은 윤년의 수의를 보듯 그림을 바라보았다. 괴성은 잦아들고 눈물은 핑그르르 돌았다. 행여 누가 듣기라도 할까 울음

15

은 조심스러웠다. 목구멍으로 소리를 삼키는 말복의 얼굴로 걷잡을 수 없는 희열이 피어올랐다. 그의 홍채가 그림에 박혀서 떨어질 줄을 모른다.

호상이다! 그 누구도 가져보지 못한 호상이다!

끝을 모르고 이어진 사람들의 행렬 선두에 꽃상여가 나아가고 북소리 장단을 맞춘 상엿소리가 풍악처럼 귓가에 닿았다. 말복은 찡한 가슴을 어르고 시야를 가리는 눈물을 훔치고 자신 앞에 놓인 그림을 점을 찍듯이 한 점 한 점 바라보았다. 열두 점이다. 천한 상것에게 어울리지 않는 언감생심의 평생도. 마음 한번 제대로 준 적 없는 아들의 일생을 말복은 그림에 새겼다.

그림 속의 토실토실한 아기는 생생했다. 금방이라도 그림 밖으로 튀어나와 말복의 품에 안길 듯했다. 돌잡이 중인 아기는 그 어느 양반가의 도령 못지않게 아니, 그 이상으로 의젓하고 어여뻤다.

초롱초롱한 눈망울과 살짝 올라간 입 꼬리를 한 아기가 말을 건네는 것만 같다. 장시간의 그림 작업에 쑤시던 삭신도, 불안한 두려움에 휩싸여 있던 말복의 마음도 봄눈처럼 사르르 녹아들었다.

"탐스런 함박눈처럼, 어둠을 밝히는 달처럼, 중천에 높이 뜬 태양처럼 내게 와주었구나. 이 못난 아비를 원망도 하지

16

않고 이렇게 살아서….”

젖내를 풍기는 아기의 포동포동한 뺨이 손에 만져질 듯 했다. 말복의 거친 손은 아기의 모습 앞에 차마 닿지 못했다. 알록달록 색색의 천연물감이 덕지덕지 묻어 지저분하고 꾀죄죄한 손임에야 부정 탈 일이다.

아들의 모습이 망가질 것이다.

말복은 더러워진 손을 거두고 옆의 그림으로 눈을 돌렸다. 돌잡이를 하던 아기는 어느새 훌쩍 자라 소년이 되었다. 서책을 눈에서 떼지 않는 영특한 소년은 훗날 나라의 부름을 받아 총사가 될 것이다. 장가를 들고 자식을 낳고 고관대작이 된 아들의 부귀하고 영예로운 한평생이 그림 안에서 완성됐다.

지성이면 감천이라 했던가. 말복은 환상인 듯 현실인 듯 그림에 취했다.

“아들아, 이것 좀 보렴. 이 아비가 주는 네 삶이란다.”

아들의 일생이 말복의 손을 빌어 탄생한 그 밤. 초라한 움막 위로 달이 지고 해가 떴다. 그 안으로 학이 날아들고 거북이가 엉금엉금 기어들고 모란꽃이 만개했다.

“모두가 부러워할 인생이지. 부귀는 부귀대로 영화는 영화대로 누리는 무병장수의 생이 네 것이란다, 아들아.”

말복은 자신의 몸을 부여안았다. 눈물이 그림에 닿을까 옷

17

소매로 눈가를 훔쳤다. 그러고도 눈물 방울이 그림에 떨어질까 옆으로 몸을 돌려놓는다.

환희에 들뜬 웃음이건만 움막 밖으로 새나오는 소리는 기기묘묘했다. 누군가 움막을 지나가다 그 소리를 들었더라면, 그림 앞에서 어쩔 줄 모르고 바들바들 떠는 말복을 보았더라면 기어이 실성을 하고야 말았노라고 혀를 끌끌 거리며 안타까워했을 터였다.

그러거나 말거나 말복은 행복감으로 충만했다. 자신의 눈앞에서 아들이 자라고 그 아들이 누리는 부귀영화를 지켜보고 있지 않은가 말이다.

"다음 생엔 이 못난 아비 말고 좋은 집안 훌륭한 아비의 막내로 태어나 사랑 듬뿍 받고 살려무나."

천하디천한 상놈의 자식으로 태어나게 해서 미안하다는 말을 해야 했다. 부모자식의 연이 말복 자신의 뜻대로 되는 일이던가. 그야말로 천륜인 것을. 그래도 말해 주고 싶었다. 자신의 아들로 태어나줘서 고마웠다고.

"아들, 내 아들아…."

봄날의 새싹을 대하듯 그림을 향해 말복이 말문을 틔우던 순간이다. 움막의 넝마가 들춰짐에 말복이 화들짝 했다.

"네 놈이 감히 내 허락도 없이 기어이…."

주인나리의 포악한 기색이 말복의 온몸을 짓눌렀다.

"죽을죄를 지었습니다, 나리."

무엇이 죄인 줄도 모른 채였다. 말복은 움막 바닥에 납작 엎드렸다. 포악한 주인나리의 발밑에 코를 대고 머리를 조아렸다.

"내 그림에 함부로 손을 댔겠다? 뭣들 하느냐. 당장 이놈을 끌어내지 않고!"

"그게 무슨 말씀이십니까요, 나리? 이것은 제 아들놈….."

제 아들놈을 위한 자신의 그림이라는 말을 하지도 못한 채였다. 말복은 나리를 따라온 집안 종복들에게 사지를 붙들렸다.

"나으리. 나리."

말복은 어리둥절했다. 영문도 모르고 해명할 기회도 박탈당한 채로 움막 밖으로 사납게 끄집어내졌다. 대문 밖으로 내동댕이쳐지기까지는 삽시간이었다.

"저 멀리 동구 밖에 갖다 버리거라."

인정머리라고는 눈곱만큼도 없는 인색한 노인네. 말복을 내쫓는 것도 모자라 주인나리는 대문을 단단히 걸어 잠갔다.

말복은 억울해도 억울할 수 없었다. 수북한 눈밭에 빠져 쉽게 일어나지도 못했다. 말복은 버둥거렸다. 그림을 그리느라 한 열흘 동안 거의 아무 것도 먹지 못한 상태였다. 하얀 눈을 입에 물고 하루하루를 넘기며 그림에 혼신을 쏟았다. 종이 위로 살아나는 아들을 보고 있자면 먹지 않아도 배가 불렀다.

말복은 입으로 들어오는 하얀 눈을 목구멍으로 또 삼켰다. 켁켁. 사레가 들렸다. 입술이 얼고 입안이 얼고 목 줄기가 얼어들어갔다. 눈동자가 뒤로 넘어가며 눈이 감겼다. 그 와 중에도 그림으로 부활한 아들의 모습만큼은 선하게 떠올랐다.

어린 아들은 색동옷을 입고 눈밭을 뛰어다녔다. 깔깔거렸다. 말복은 어린 아들을 붙잡기 위해 눈에 묻힌 사지를 허우적거렸다. 노쇠한 몸에 기력은 한줌도 남아있지 않았다. 사지가 축 늘어졌다. 말복의 파리한 얼굴로 희미한 웃음이 얹혔다가 지워지기를 반복했다.

마을 어귀를 지나가는 이가 있어 말복을 발견이라도 한다면 천만다행일 것이다. 인적은 없었다. 사방이 눈이다. 볼 수 있는 것은 눈뿐이다.

내 손으로 아들의 일생을 완성했으니 됐다. 내 아들이 일생의 부귀영화를 다 맛봤으니 됐다.

말복은 눈발이 날리는 허공에 내걸린 아들의 평생도를 까무룩 한 눈으로 바라보았다. 양반만이 가질 수 있는, 그렇다고 양반이면 다 갖는 평생도는 또 아니었다.

20

말복은 아들을 위해 칼 대신 붓을 들었다. 아들의 가슴에 박힌 대못을 뽑고 새로운 인생을 안겼다. 우정총국이 생겨 머나먼 곳에 있는 아들에게 소식을 전할 수도 있는 세상이 되었건만 아들을 잃은 말복에겐 부질없는 세상이 되어버린 지 오래다.

아버지.

공중의 아들이 햇살처럼 빛나는 목소리로 말복을 불렀다.

무슨 말이든, 아무 말이든 해보려무나. 고귀한 내 아들.

입술은 움직여지지 않았고 소리도 몸 밖으로 나가지 못했다. 말복은 애정이 눈물 방울로 맺히는 절절한 눈빛으로 아들을 바라봤다. 햇살처럼 빛나는 아들은 얼굴 가득 웃음이다. 반짝반짝한 아들의 웃음을 말복은 받아마셨다. 허기진 배가 불러오고 포만감이 잠을 불렀다. 추위에 숨이 조금씩 얼어붙었지만 눈 이불을 덮고 누운 말복은 세상없이 따뜻했다.

말복은 그대로 잠들었다.

영원히 깨어나지 않을 단잠이다.

●

대꼬챙이처럼 말라 가늘게만 보이는 몸이다. 환은 검정색

앞치마를 힘 있게 탈탈 털고는 허리춤에 둘렀다. 허리끈을 배꼽 밑에 질끈 동여매고 카페의 아침을 맞이했다. 점원인 은미는 출근 전이고 환은 홀로 개점을 서둘렀다.

골목이 내다보이는 안쪽 벽으로 책장이 놓여있지만 책은 할의 관심이 아니다. 카페 서가의 책은 환의 취향이고 혼자 온 손님들이 간혹 관심을 뒀다.

이른 아침, 사람이 드문 카페 앞 골목은 고즈넉했다. 철재 조형물로 만들어진 '할의 커피맛' 상호가 건물 외벽에 가로등처럼 붙어서 골목을 주시했다. 베토벤의 운명 교향곡이라도 카페에서 흘러나온다면 어울릴 것 같은 비장미가 느껴지는 그런 날이다. 클래식도 할의 취향은 아니었다. 카페의 라디오에서는 간밤의 사건사고 뉴스가 흘러나왔다.

유령 할이 있는 카페지만 개점 전의 카페는 지극히 현실적이고 사회적인 냄새를 풍겼다. 그렇게 새로운 하루가 문을 연다.

홀로 바쁜 환을 할은 거들지 못했다. 할이 할 수 있는 일은 많지 않다. 없다고 하는 편이 더 맞을 것이다. 걸레 하나 손에 쥘 수 없는 유령의 몸이니 어쩌겠는가. 환이 땀나는 아침을 보내는 동안 할은 빈둥거린다. 노래라도 들려줄 수 있는 베짱이라면 좋겠으나 개미의 일을 불려놓는 베짱이다.

할은 밖이 훤히 내다보이는 강화 유리벽 앞에 서 있었다.

전깃줄에 앉아 울어대던 까마귀에게 눈을 한껏 부라린 후였다. 카페 앞으로 지나가는 사람들을 멀뚱히 바라보다가 산 사람처럼 나른하게 기지개를 켰다. 하마처럼 입이 쩍 벌어지는 하품이 뒤따랐다.

매일 똑같은 붙박이 골목의 풍경이다. 날이 흐린 탓일까. 난데없는 까마귀가 나타난 까닭일까. 골목은 석연찮아 보였다.

– 뭔가 신나는 일이 좀 없으려나. 혼이 번쩍할 일이라도 생기면 좀 좋아.

할은 유리창에 대고 넋두리를 해댔다. 뭔가 흥미로운 것을 찾아 퀭한 눈을 이리저리 굴렸다. 그러다 횡단보도 앞에 나타난 학생에게 지각이니 뛰는 시늉이라도 좀 해보라고 잔소리를 해댔다. 급하게 택시를 잡아타는 아가씨가 어디로 가는지 홀로 점을 쳐보기도 하면서 시간을 보냈다.

그리고 그때였다. 검정색의 스포츠형 렉스턴이 할의 시야를 무자비하게 점령해 버린 것은. 색다른 일이 생기길 바라는 자신의 염원발이 잘 서지 않는다고 투덜거리던 찰나이기도 했다. 렉스턴은 카페의 강화 유리벽을 뚫고 할을 덮칠 듯이 무서운 기세로 돌진해 왔다.

할은 화들짝 놀랐고 황급히 뒤로 몸을 물렸다. 실체가 없는 몸임에도 위험에 놀라고 반응하는 것은 살아있는 사람과 전혀 다를 바 없었다. 바퀴 달고 달려드는 것만 봐도 뒤로 자빠질 지경인데 할은 덮칠 듯 달려드는 차에 온몸이 빳빳하게 굳었다.

- 아이고, 놀래라. 하마터면 또 죽을 뻔했네.

할은 간담이 서늘했다. 산 사람의 것인 양 심장이 또 벌렁거렸다.

- 무슨 운전이 그 따위야! 시정잡배도 아니고 거칠기가 하늘을 찌르잖아. 내가 치이기라도 했으면 어쩌려고! 네 눈에 안 보인다고 네 앞에 아무 것도 없는 게 아니란 건 알아야지. 운전을 그렇게 하면 심히 곤란하지 않겠어? 그래, 안 그래?

할은 눈을 치켜뜨고 목청을 높였다. 그런다고 렉스턴을 운전한 남자의 눈에 할이 보일 리 없고 남자의 귀에 할의 소리가 들릴 리 만무하지만 할은 삿대질까지 해가며 방방 뛴다.

"아이고, 또 시작이군."

환은 맥 빠진 눈길로 할을 바라보았다. 점원인 은미가 무슨 일이냐고 물었지만 환은 고개를 내저었다.

할을 볼 수 있는 사람은 오직 환뿐이다. 가끔씩 삐딱하게 구는 환의 성질을 받아주는 이는 유령 할뿐이다. 그들은 그렇게 함께 지내왔다. 서로의 존재를 확인해주고 받아주면서. 노여움을 탄 할은 기운껏 고성을 싸질렀다.

렉스턴 운전자는 기척이 없었다. 카페의 차양 앞에 거칠게 차를 멈춰 놓고는 차에서 꼼짝하지 않았다. 달려든 기세로 봐서는 당장에라도 뭔 사달을 낼 것 같은데 말이다.

- 뭐야, 잘못한 줄은 아는 거야? 그래도 양심은 있나 보네. 쳇!

할은 잠잠한 남자를 예의 주시했다.

남자는 회사의 로고가 박힌 점퍼를 입고 있었다. 차에서 내릴 생각도 없이 굳건한 생각을 품고 있는 듯했다. 할의 노여움은 호기심이 되었다.

- 차를 남의 카페 앞에 떡하니 세워놓고 뭐하자는 거야.

할은 차 안의 남자를 기웃거렸다. 그러고는 슬며시 웃음을 머금었다. '준비 중'이라는 카페 안내문을 쳐다보는 것으로 봐서 남자는 지금 기다리는 중이다. 틀림없다. 그냥 커피를 사러 온 손님은 아니다. 준비 중이라는 안내문 따위는 무시해도 된다. 커피가 필요한 게 아니라면 당장 문을 열고 안으로 쳐들어온다고 해도 얼마든지 반겨줄 수 있다.

할은 뜨뜻미지근한 남자의 태도가 성에 차지 않았다.

- 불한당처럼 달려들 때는 언제고 아직도 생각할 게 남았다는 거야, 뭐야? 들어오라고 그냥.

할은 환을 돌아보았다. 개점은 아직이니 할은 차 안에 틀어박힌 남자의 용건이 무엇일지 유추했다. 탐정은 환이지만 할도 그 못지않았다. 오랜 시간을 함께하면 서로에게 물드는 구석이 생긴다.

　- 살인사건이라면 경찰서에 신고를 했을 것이고… 마누라의 외도가 의심된다면 흥신소를 찾아가는 게 더 빠를 테고…. 뭣 때문에 왔지? 남들 다 출근하는 이런 시간에 말이지.

　할은 손으로 턱을 고이고 깊은 생각에 잠겼다.

　실로 오랜만에 탐정 바리스타 환을 찾아온 의뢰인이다. 할은 개점을 미루는 환 때문에 성급한 남자가 그냥 돌아가기라도 하면 어쩌나 조바심이 일었다. 오늘따라 환이 굼떴다. 할은 차 안의 남자와 카페 테이블을 돌아가며 닦는 환을 번갈아 쳐다보았다.

　- 점원은 아꼈다 뭐에 쓰려고. 쯧쯧.

　할도 남자와 같은 마음이었다. '준비 중'의 팻말이 '영업 중'으로 빨리 바뀌기를 기다렸다. 첫손님. 그것도 의뢰인. 할은 간지럼을 탄 사람처럼 혼자 까르륵거렸다.

　"어디 아파?"

　환이 다가와 물었다.

　- 아니.

　"누가 보면 실성한 유령인 줄 알겠어."

　- 남이 뭐라던 내 관심사 아니고. 어서 영업 개시나 알리

26

라고!

"그 유령 참, 보채기는···."

할의 잔소리에도 환은 구석에 세워둔 대걸레를 들고 화장실로 향했다. 어딜 가냐는 할의 고성에 뒷머리 타령을 하며 긁적였다.

- 나중에 후회할 일 만들지 마라. 탐정 노릇할 기회가 모처럼 왔는데 이게 뭔 행패야.

할은 씩씩거렸다.

남들은 못 보는 유령을 환이 볼 수 있다는 것만으로 무당이냐고 묻는다면 당사자인 환뿐 아니라 할까지 사색이 되는 것을 보게 될 것이다. 환은 신귀 들린 박수무당도, 그렇다고 탐정도 아니다. 커피 파는 바리스타일 뿐이다. 그럼에도 신귀가 들렸다더라, 커피를 좋아하는 귀신이 붙어 산다더라, 카페를 그래서 차렸다더라 하는 현란하고 괴상망측한 소문은 암암리에 퍼졌다. 환도 모르진 않았다.

오년 전 카페를 오픈하고 얼마 되지 않았을 때였다. 환은 시각장애인 흉내를 낸 노트북 도둑을 자신의 추리를 통해 밝혔다. 그날의 사건은 환의 비범한 능력을 보기 위한 동네 청년들의 호기심 어린 장난이었지만 그 결과는 놀라웠다. 환에 대한 소문이 일파만파로 번졌다. 덕분에 파리만 날리던 '할의 커피맛' 카페를 찾는 손님이 늘었고 환은 탐정 아닌 탐

27

정이 되었다.

환의 활약은 땅 투기에 얽힌 제주 농장주 살인사건 범인을 잡는 것으로 이어졌다. 그것이 다는 아니다. 강령술사의 밀실 살인사건, 유산을 둘러싼 요양원 살인사건, 빨간색 차량의 여성 운전자만을 골라 범행을 자행한 연쇄살인범 등의 범행동기를 환이 밝혀냈다는 사실이다.

환이 깊숙이 개입해 범인을 밝힌 크고 작은 사건들을 다 열거하자면 지나온 시간을 일일이 헤아리는 일만큼이나 입 아프고 재미없다. 다만, 14시 30분의 도둑[1]이 누구인지 밝힌 것을 계기로 환은 '탐정'이란 애칭을 갖게 되었다.

"탐정님, 탐정 커피 한 잔 주세요" 하면 환은 손사래를 쳤다. 단골들은 아랑곳하지 않았다. 환이 탐정이 아니라면 그 누가 탐정이란 말인가.

- 커피와 탐정! 탐정과 커피! 참, 잘 어울리는 조합이잖아. 헤이, 바리스타 탐정! 이게 다 내 덕분이라고.

할은 환이 거북해하면 할수록 놀리듯 탐정을 입에 담았다. 환은 체념했다. 뭐라 부르든 상관없다고 받아쳤다. 환은 할이 유일하게 말할 수 있는 상대고 환이 카페를 운영하게 된 것도 할 덕분이라면 덕분이다. 커피 맛도 모르면서 커피라면 사족을 못 쓰는 할 때문에 환은 바리스타가 되었다. 탐정이

---

[1] 『커피유령과 바리스타 탐정』 첫 번째 사건

된들 또 무슨 상관이랴 싶었다.

그렇다고 할이 환의 일상과 마음을 지배하고 있는 전부는 또 아니었다. 환은 아닌 척 굴었지만 그의 내면 깊숙한 한구석에 아버지 마선명의 존재가 응어리져 있었다. 대화도, 위로도, 화해도 이뤄지지 않은 채 애증으로 버무려진 마음은 시간이 지날수록 골만 패였다.

마 교수에 관한 무슨 말이라도 꺼낼라치면 환은 표정부터 굳었다. 말문이 닫혔고 괜한 신경질을 부려댔다. 따로 살아온 세월 동안 환은 몸만 떨어져 나왔지 아버지로부터 온전하게 독립하지 못했다. 아버지란 말 앞에서 침착함을 잃었고 길 잃은 아이처럼 동분서주했다.

아무리 나이를 먹어도 치유되지 않는 상처가 있다. 가족으로부터 입은 상처. 한창 보호받아야 할 나이에 보호는커녕 부모의 애정조차 느껴보지 못한 아이는 어른이 된 후에도 미숙한 아이가 그의 내면 어딘가에서 자라지 못한 채로 존재한다. 아버지에 대한 한 청년이 되었음에도 환은 여전히 미숙하다.

환은 카페 앞에 '영업 중' 팻말을 내걸었다. 할이 지켜보던 남자는 개점 안내문이 걸리기 무섭게 차에서 나왔다. 조금은 결연한 표정으로 카페 문을 열고 들어왔다.

"여기 사장 아니, 탐정을 만나러 왔소만."

남자는 긴장했다.

환은 손님맞이를 위한 마지막 동작을 하고 있었다. 앞치마를 손으로 다림질하는 일. 환은 앞치마를 다리다 말고 탐정을 찾는 남자에게 눈길을 줬다.

"귀신과 함께 산다는 탐정이 당신 맞소?"

남자는 조심스러웠지만 확신하는 말투였다.

"왜 그러시죠?"

커피 주문이 아니라 탐정을 찾는다니 환은 어리둥절했다.

- 친절하게 우리의 의뢰인을 맞이하지? 멍청하게 쳐다보지 말고.

할은 뚱해 있는 환을 팔꿈치로 툭툭 치며 빙긋한 웃음을 지었다. 남자가 자신을 볼 수 없을 것임에도 반갑게 그리고 정중하게 의뢰인을 맞이했다.

"이상한 사람은 아니니 그렇게 쳐다볼 건 없소. 당신을 만나기 위해 잠까지 설쳐가며 서둘러 온 길이라오. 시간을 좀 내주면 좋겠소. 내줘야 할 거요. 안 그럼, 오늘 장사를 망치게 될지도 모르니까."

남자는 단호했고 조금은 흥분한 듯했다.

"우선 좀 자리에 앉으시죠. 음료는 뭐로 드릴까요?"

"아무거나 주시오."

- 할의 커피맛에 와서 아무거나를 찾다니. 마플 커피도 있고 포와로 커피도 있고 셜록 커피, 왓슨 커피, 할 커피, 코난 커피 기타 등등 많은데 이름도 없는 아무거나를! 쳇!

할은 심술궂은 입술로 팔짱을 꼈다. 그래봤자 혼자 북 치고 장구 치는 꼴이었지만.

"음료는 안 마셔도 상관없소. 시원한 냉수나 한 잔 주시오."

- 어라, 점점 더 무례하군.

할이 또 구시렁거렸지만 남자는 꾸물거릴 시간이 없었다. 조금이라도 빨리 환이 자신과 마주하고 대화할 수 있기를 기다렸다.

환에 대해서는 알아볼 만큼은 알아보고 온 터였다. 탐정 바리스타 환에 관한 기사가 인터넷 곳곳에 올라와 있었으니까. 남자는 환이 물을 내오는 동안에도 그냥 앉아있지 못했다. 영업 중 팻말을 준비 중으로 돌려놓고는 다시 돌아왔다.

환이 물 잔을 든 채 우뚝 서서 남자를 멍하니 쳐다봤다.

"우리의 얘기를 방해받고 싶지 않을 뿐이오. 당신과 나외에 다른 사람이 아는 것도 원치 않소. 오늘 매상만큼 드릴 테니 얘기가 끝날 때까지 손님은 안 받는 걸로 합시다."

- 와우, 화끈하군.

할은 확고부동한 남자의 태도가 마음에 들었다.

"당신도 어서 와 앉으시오."

남자는 의자에 앉으며 환에게 자리를 권했다.

- 뻗대지 말고 빨랑 앉아. 이제 의뢰든 아니든 상관없다. 무슨 얘기를 하려고 저 야단인지 궁금해 미치겠거든.

할은 남자의 곁에 앉아 턱을 고이고 주시했다.

"무슨 얘기인지 들어나 보죠."

환은 마지못해 의자에 앉았다.

"혹시 노비의 평생도를 아시오? 지금부터 하려는 내 얘기는 그 평생도에 관한 것이라오. 조선 양반의 전유물이지. 노비에겐 언감생심이고 필요도 없는 물건이고. 헌데 노비가 주인공인 평생도라니 좀 웃기기도 할 것이오."

"그게 그렇게 웃기는 일입니까?"

환은 갸우뚱했다.

"평생도는 높은 벼슬을 지낸 양반의 업적을 기리기 위한 것이오. 태어나서 죽을 때까지 인생사의 기념이 될 만한 장면들을 엮어 그린 그림이란 뜻이오. 고관대작은 돼야 자신의 평생도를 남길 수 있소. 요새로 치면 업적이 출중한 공직자의 자서전 같은 거니까. 노비에게 남길 업적이란 게 있을 턱이 없잖소."

"아, 네."

환은 그제야 납득된 듯 고개를 끄덕끄덕했다.

"평생도의 그림은 짝수로 병풍에 담아 완성하는 것이 보통이오. 헌데 노비의 평생도는 병풍의 모습을 갖추지 못했소. 그림이 뿔뿔이 흩어지는 비운을 겪어야만 했으니까. 그 사실을 아는 이는 극소수요. 하긴 노비가 주인공인 그림에 누가 관심이나 있겠소."

　남자는 희끗희끗한 흰머리를 염색으로 감춘 듯했다. 초로의 노인이 되었지만 남자는 젊은 시절 화가를 꿈꾸던 전도유망한 미술학도였다. 19세기 말에 완성되었다는 노비의 평생도에 대해 알게 된 것은 그 무렵이었다. 그때는 관심도 없었다. 전해오는 귀신 이야기처럼 흥밋거리일 뿐이었다.

　"그 평생도를 찾고 싶은 거로군요. 왜요?"

　환은 남자의 마음을 단박에 꿰뚫었다.

　"도화서 양반의 시기와 질투를 산 그림이오. 그 덕에 비운을 맞이했지만 어딘가에 분명 그 그림들이 존재할 거요."

　"그저 소문에 불과한 일일 수도 있지 않습니까?"

　"아니! 노비의 평생도는 존재합니다."

　남자는 마른 입술에 침을 바르고 마른침을 삼켰다.

　- 평생도를 찾으려는 이유가 뭔지도 좀 물어보라고.

　할이 남자의 마른침을 따라 삼키며 재촉했다.

　남자의 시선이 한동안 허공에 머물렀다. 얘기를 해야 할지 말아야 할지 갈등하는 듯했다. 끝내는 마음을 굳힌 듯 말문을 열었다.

"여기까지 와서 감출 것이 뭐가 있겠소. 부친이 갑작스럽게 세상을 떠났소. 그 바람에 화가가 되려던 내 인생도 하루아침에 변화를 맞이했지. 뜻하지 않게 가업을 이어받게 된 거요. 가전부품을 OEM방식으로 생산해 납품하는 자그마한 그런 업체였소. 지금이야 그때의 하청업체에서 벗어나 청소기, 선풍기 등의 소형 가전제품을 생산하는 중견 업체가 되었소만 돌이키자면 그것도 내겐 꿈같은 일이었소."

- 난 지금도 꿈을 꾸는 것 같다고.

할이 중간 중간 말참견을 했지만 남자는 모르는 일이어서 자신의 말을 이어나갔다.

"붓질이나 하던 놈이 사업에 대해 뭘 알았겠소. 화가가 되고 싶다는 내 꿈과 부친의 유언 사이에서 갈등하고 방황하는 세월을 보냈소. 사업은 건성이라 자칫하다간 말아먹기 딱 좋았소. 뒤늦게 정신을 차리고 보니 파산 일보직전이었지. 회사를 살리는 일에 주야로 뛰어다녔소. 겨우 숨을 돌리고 보니 거울 속에 낯선 중년의 남자가 있지 않겠소. 한참 어린 아내의 적극적인 구애가 없었더라면 지금쯤 독거노인으로 살고 있었을 거요."

남자는 개인사를 들추는 일에 머뭇거리면서도 감회가 새로운 듯했다.

"화가가 되겠다는 마음은 완전히 접으셨군요."

"어쩌겠소. 다 내 운명이지." 남자는 실소를 지었다. "선친의 사업을 강제로 떠안게 된 이후로 그림은 자의반 타의반 포기할 수밖에 없었소. 화가가 되고픈 열망은 남아있었지만 그림을 그릴 시간도, 마음의 여유도 없었소. 신기한 건 말이오. 결혼을 하고 아내가 아들을 낳게 되면서 모든 게 달라졌다는 거요. 병원에서는 아내와 내게 아무 이상이 없다는데 아이는 한동안 생기지 않았소. 자식을 그렇게 원한다면 입양하는 쪽을 알아보라는 의사의 말을 듣는 순간, 간절하지 않던 아이가 왜 그렇게 간절해지던지. 참으로 알 수 없는 일이잖소. 꼭 타의에 의해 체념해야만 했던 화가의 꿈같지 뭐요. 갖지 못할 아이였기에 더 미련을 떨었소. 몇 번의 인공수정을 시도했지만 체념할 수밖에 없었소. 아내의 고통이 크다는 걸 알았으니까. 헌데 말이오. 인생 참 알 수 없는 일인거요. 화가가 되는 것도, 자식을 얻는 것도 내 팔자에는 없는 일이구나 솔직히 포기했소. 그런데 기적이 일어난 거요. 내게 그것은 분명 기적 같은 일이었소."

"부인께서 임신을 하셨군요?"

"그렇소. 의사도 나도 포기한 일인데…, 아내만은 아니었던 모양이오. 절에도 가고 백일기도도 하고. 어쨌거나 아내의 임신으로 화가가 되고픈 열망은 내 아이에 대한 간절함으로 옮겨갔소."

말 사이사이 남자는 행복한 웃음을 자신도 모르게 지었다. 아들을 품에 안게 된 것은 환갑을 훌쩍 넘기고서였다. 증손자를 볼 나이에 아들을 본 게 뭐 그리 자랑이냐고 남들은 비웃었지만 남자는 신경 쓰지 않았다. 부러워 그러는 것이라고 일축했다. 눈에 넣어도 안 아픈 금지옥엽의 아들이다. 행복감만큼 불안감도 없지 않았으나 남자의 웃음은 불안감을 덮고도 남았다.

환은 남자의 얘기를 묵묵히 들었다. 고령에 얻은 아들과 노비의 평생도가 어떤 연관성을 갖고 있는지 알 수 없었다. 남자의 아들 자랑이 환은 껄끄러웠다. 환이 의자에서 엉덩이를 떼려고 하자 할이 눈을 부릅떴다.

- 자리를 뜨기만 해봐. 가만 안 둬.

할의 살벌한 기운이 들썩이는 환의 엉덩이를 주저앉혔다.

"어디가 불편하시오?"

"참을 만합니다."

환은 화장실을 가려다 만 것처럼 둘러댔다.

"벌써 내 나이 칠순을 바라보고 있소. 내 아들은 이제 고작 다섯 살이오. 그 아이가 스무 살이 되면 그때의 나는 귀신의 친구가 되어있을 것이오. 요즘 들어 내 자신이 종이호랑이 같다는 생각이 많이 듭니다. 내 아들에 대한 근심이 어

36

찌 들지 않을 수가 있겠소."

아들로 인한 남자의 웃음에 근심이 들었다.

"인간 수명 백이십 세를 바라보는 시대에 그깟 팔 구십이 대수겠습니까."

환은 남자의 얘기에 푹 빠져 있는 할을 곁눈으로 보고 말했다.

"백 세? 말이야 쉽지…. 내 입장이 되면 탐정도 나를 이해할 것이오. 어린 아들이 성인이 될 때까지 내가 무사하다면 좋겠지만 장담할 수 있는 일은 아니잖소. 아버지가 필요할 때 함께 있어줄 수 없다고 생각하면 얼마나 끔찍한지 모른다오. 어린 아들이 장성해 가정을 꾸리고 자식을 낳고 잘 사는 것을 보고 싶다고 한다면 호호백발 늙은이의 욕심이라고 욕할지도 모르겠소. 하지만 어쩌겠소. 이게 어린 아들을 둔 내 속내인 걸."

아직 벌어지지 않은 일이었다. 그럼에도 어린 아들의 앞날을 떠올리면 남자는 어지간히 애가 끓는 모양이다. 입춘이 막 지난 추운 겨울임에도 남자는 얼음물을 요구했다.

환이 일어서려고 하자 이번에도 할이 부릅뜬 눈으로 주저앉혔다. 할은 점원에게 시키라는 눈빛으로 은미를 턱짓했다.

"얼음물 한 잔만 주세요."

환보다 나이 많은 점원이지만 은미의 행동은 빨랐다. 남자는 은미가 가져온 얼음물을 단숨에 벌컥벌컥 들이켰다.

"어린 아드님의 장래를 걱정하신다는 건 잘 알겠는데 지금도 모르겠는 것은 이토록 지극한 사랑을 주는 아버지가 계신데 뭐가 문제죠? 설령 문제가 생겨 어린 아들이 아버지를 일찍 여의게 되더라도 아버지에 대한 사랑의 추억이 넘쳐날 텐데 말이죠."

환은 넘치는 사랑을 받고 있는 남자의 아들이 내심 부러웠다. 사랑의 기억이 있다면 그 아들은 혼자가 되어도 뭐든 다 잘할 수 있을 것이다.

"그래준다면야 뭘 더 바라겠소. 남들은 가업을 물려주면 되지 않겠냐고 하지만 난 내 아이가 나처럼 살기를 바라지 않소. 그 아이만큼은 자신이 원하는 꿈을 좇아 마음껏 인생을 펼치며 살길 원하오."

- 오, 멋지다.

할은 감탄했다.

일흔을 바라보는 나이에도 유독 검은 머리를 고집하고 스포츠형 렉스턴을 몰고 다니는 남자의 심정이 이해될 것도 같았다. 어린 아들을 위해 조금이라도 더 젊음을 유지하고픈 아버지의 마음. 욕심일지도 몰랐다.

"내가 찾고 싶은 평생도는 말이오. 조선 시대 노비였던 아비의 한과 염원이 깃든 것이오. 그 아비의 염원에 힘입어

부귀영화와 무병장수의 인생을 누리게 해줄 그림이란 말이
오."

고작 한 세기밖에 안된 그림에 생성된 얘기치고는 과할지
몰라도 남자는 확신했다. 자식에게 아무것도 해줄 수 없는
아비가 자신의 여생과 맞바꾼 그림이다. 아들의 평생도를 눈
앞에서 빼앗겼으니 행운보다 원한이 그림에 서렸을지 모를
일이다. 아무렇거나 상관없었다. 남자는 노비의 평생도를 손
에 넣고 싶은 마음뿐이었다.

"믿기지 않겠지. 나도 처음엔 그랬소. 무슨 운명의 장난
인지 우연찮게도 노비의 평생도 연작 중 하나가 내 손에 들
어온 거요. 그땐 무심히 넘겼는데 시간이 지날수록 풍문으로
만 떠돌던 당시의 소문이 진짜일 수 있겠다는 생각이 들었
소."

남자의 눈빛이 확신으로 아니, 간절함으로 물들었다. 환은
그 눈빛에 이끌렸다.

"저도 볼 수 있을까요, 그 그림?"

"물론이오. 당연히 봐야할 거요."

남자는 점퍼 안주머니에서 돌잡이 그림 사진 한 장을 꺼냈
다. 붓과 명주실을 양손에 든 색동옷의 아기는 활짝 웃고 있
었다. 사뭇 소인국에서 벌이는 거인 아기의 돌잡이 풍경이었
다. 아기의 주변에 있는 사람들과 돌상이 아기에 비해 현저

하게 작았다.

환은 사진 속 그림을 유심히 들여다보았다. 서양식 복장의 손님도 있는 것으로 보아 개화기 전후의 것으로 추정되는 그림이다. 가로 폭에 비해 세로 폭이 한 네 배쯤 됐다. 8폭 혹은 10폭의 병풍이라면 이런 유사한 그림체의 그림이 7폭이나 9폭이 더 있다는 뜻이다.

남자는 그 남은 그림을 찾고자 했다.

"아드님의 미래를 이 그림이 보장해줄 수 있다고 믿으십니까?"

"소문의 진위 따위는 중요하지 않소. 아까도 말했지만 평생도는 관료 양반들의 전유물이오. 품계도 없고 과거도 치를 수 없는 천한 노비에게 어울리는 물건은 아니란 거요. 하루하루의 끼니를 걱정하는 생이 목숨이나 연명하면 다행인 거요. 노비의 평생도가 특별한 것도 바로 그 때문이오. 아비의 염원도 염원이지만 양반 상놈이란 신분제 사회에 정면으로 저항한 그림이 아니고 뭐란 말이오? 난 그 정신을 높이 사고 싶소."

남자의 요구는 간단했다. 노비의 평생도가 어디에 있는지 알아봐 주는 것.

- 화풍이 왠지 친근하네. 어디서 본 것 같은 느낌도 강하게 들고….

할은 그림 사진에서 눈을 떼지 못했다.

"어디 있는지 알아내면 그다음엔 요?"

"사례는 섭섭지 않게 하겠소. 난 이 그림에 사로잡혔소. 내 아들을 위해서라도 꼭 다른 그림들을 이 두 눈으로 꼭 보고 싶소."

어린 아들의 미래를 위해서라지만 그것은 핑계다. 남자는 자신의 욕심에 그림의 행방을 찾고 있었다. 노비의 평생도가 왜 비운의 그림이 되었는지 알 수 없지만 환은 그 이야기가 궁금했다. 하지만 환은 남자의 부탁을 거절했다.

"제게는 무리인 것 같습니다. 그림에 문외한이기도 하고 말이죠."

"내가 지금 거절의 말을 듣자고 장시간을 떠든 줄 아시오?"

남자는 쉽게 물러서지 않았다. 생각할 시간을 줄 테니 마음을 돌려보라는 말을 남기고는 일어섰다. 남자는 자신이 몰고 온 렉스턴과 함께 골목을 떠났다.

할은 멀어지는 차를 아쉬운 눈길로 지켜보았다. 진수성찬을 즐기지도 못한 채 상을 물린 기분이다. 한나절이 그냥 지나갔고 할은 홀로 입맛을 다셨다.

- 의뢰인의 간절한 마음에 초를 치다니. 매정한 놈!

할은 환을 쏘아봤다.

"내가 뭘 어쨌다고 야단이야."

- 몰라서 물어? 가만 보면 아홉 살 꼬맹이에서 조금도 안 자랐다니깐. 어리광도 적당히 부려야지. 젖 달라고 보채는 갓난애도 아니고 이건 뭐 다 큰놈이 밴댕이소갈딱지니. 마 교수 죽고 나면 미워할 사람 없어서 어찌 살까 싶네.

"언제까지 그럴 건데?"

할을 노려보던 환의 눈동자가 이내 촉촉하게 젖어들었다.

- 자식을 돌보지 않은 아버지는 필요 없다며? 웃어주지 않는다고 화내는 건 또 무슨 족보에도 없는 행동이람. 부러우면 부럽다고 솔직히 말해.

"부럽다니?"

- 의뢰인 아들이 부러운 거잖아. 아들의 장래를 위해 뭐든 해주고 싶은 그런 아버지를 뒀다고. 지금이라도 안 늦었거든. 마 교수 찾아가 응석이라도 부려보던가.

"여름도 아닌데 어디서 모기가 이렇게 앵앵대는 거야."

환은 손바닥을 마주치며 모기 잡는 시늉을 했다.

- 너도 네 눈으로 확인하고 싶잖아?

환은 못 들은 척했다.

아버지 마선명 교수와의 인연은 오래 전에 이미 끝났다. 마 교수에 대한 응어리진 마음은 쌀 한 톨만큼도 없어야 했다. 아버지에 대한 원망은 환의 내면 어딘가에서 똬리를 틀었다. 아버지는 없다고, 자신은 혼자라고 맹렬하게 다짐을 할수록 환의 감정은 뒤엉켰다. 과부하가 일어났다.

그것이 아버지의 사랑을 받아보지 못한 아이의 열등감이라는 것을 환은 나중에야 깨달았다. 그것은 또 결핍이고 그리움이었다. 버림받았다는 생각은 견딜 수 없었다. 마 교수를 떠올리자면 갈증만 났다. 쌓이고 쌓인 애증은 적대감으로 옮아갔다. 말로는 부자의 연을 청산했다지만 환의 감정은 굴을 파고 들어앉아 있었다.

마선명 교수에 관한 말을 꺼내자면 할은 눈치부터 살폈다. 평생도의 행방을 알아봐달라는 의뢰인이 다녀간 그날만은 예외였다. 환의 속을 박박 긁어놓았다.

환은 귓등으로도 듣지 않았다.

돌잡이 아기는 할의 눈앞에서 아른거렸다. 상사병에 걸린 것처럼 할은 시름시름 했다. 사지를 축 늘어뜨리고 환의 주변을 맴돌았다.

"목불인견이네, 참."

보다 못한 환이 혀를 끌끌 차며 말했다.

- 내 마음을 니가 어떻게 알겠냐? 의뢰인의 요구를 받아주고 싶은 이 마음을….

"왜 그러고 싶은데?"

- 그냥 그 그림 속의 아기가 내 머릿속을 파고드는 것 같

아. 떠나질 않는다고.

"그게 다 저 그림 때문이란 생각은 안 들어?"

할은 뚱한 얼굴로 환을 돌아보았다가 다시 환이 가리키는 벽을 쳐다보았다. 홍시가 주렁주렁 열린 감나무 아래서 책을 읽는 아이의 그림[2]이 벽에 걸려 있었다. 덕수궁 돌담길에 전시되어 있던 그림을 처음 봤을 때도 할은 이끌리는 마음을 주체하지 못했다. 그러고 보니 돌잡이 화풍과 닮은 듯도 했다.

"흔한 그림일 뿐이야. 노비의 평생도는 무슨…."

처진 할의 어깨가 더욱 주저앉았다. 돌잡이 그림이 낯익었던 이유가 자신이 내내 봐왔던 카페의 그림 때문이었다는 사실에 할은 적잖이 당황했다.

– 환, 네 말이 맞아. 흔하고 흔한 시시한 그림일 뿐이지.

할은 따분하고 무료한 일상으로 돌아왔다. 노비의 평생도에 관한 얘기도, 렉스턴을 타고 온 남자에 관해서도 다시 꺼내지 않았다.

할은 카페의 강화 유리벽에 달라붙어서 시간을 보냈다. 지나가는 사람에게 괜한 시비를 걸고 트집을 잡으면서. 그래봐야 그들은 보지도 듣지도 못하는 할만의 아우성이다. 환은 할이 무슨 일을 하던지 어디서 어떻게 늘어져 있던지 상관하

---

2) 『커피유령과 바리스타 탐정』 다섯 번째 사건

지 않았다. 마선명의 얘기로 환의 속을 뒤집지만 않으면 괜찮았다.

개점 전 카페의 풍경은 평화로웠다. 환은 부의 상징인 모란꽃이 프린트된 잔에 담긴 고수레커피를 할 앞에 놓았다. 카페 할의 커피맛의 영업을 알리는 첫 커피. 고수레커피의 구수한 향이 카페로 은은하게 퍼져나갔다. 날이 추워 향기도 얼어붙을 판이지만 비오는 날의 짙은 커피 향처럼 고수레커피의 냄새는 맑은 날에도 진하게 퍼졌다.

할은 아무런 냄새도 맡지 못했다. 환이 가져온 커피잔에 코를 대고 킁킁거리지도 않았다. 먼 산을 바라보며 골난 사람처럼 신경질을 부렸다.

－ 내 커피를 달라고.

"여기 있잖아. 드리퍼에 종이필터 아닌 비단천을 올려서 뽑은 거라고."

환의 정성에도 짜증만 부리는 할 때문에 환은 난감했다.

－ 이거 아니라고!

할의 기분은 전혀 풀리지 않았다.

전기를 사용하는 원두분쇄기에 머신으로 뽑아내는 에스프레소도 풍미가 좋았지만, 할은 기계가 만들어내는 커피를 그리 좋아하지 않았다. 할의 고수레커피는 핸드밀에 간 원두를 드리퍼 천에 담아 환이 직접 내린 일명 융드립의 커피다. 환

45

의 그 수고로움을 할이 반겼는지는 알 수 없다.

어쨌거나 할은 고수레커피를 쳐다보지도 않았다. 할이 처음 마신 커피는 맛도 향도 없었다. 아니, 느낄 새가 없었다는 것이 더 정확했다.

까만 물은 사약이라고만 여겼다. 마시면 죽을 거라는 생각은 하지 못했다. 긴 치마정장 차림의 아리따운 여인이 만개한 꽃처럼 할 앞에서 웃고 있었으니까. 여인이 주는 뭔가를 받아본 것은 그때가 처음이자 마지막이었다.

마셔보라는 여인의 그 한마디에 할은 냉수를 마시듯 까만 물을 벌컥 들이켰다. 입 안은 물론 식도가 타들어가는 기분이었다. 입으로 들어간 검은 물은 반사적으로 뿜어져 나왔다. 할은 발작하듯 팔다리를 가만두지 못하고 그 자리서 날뛰었다.

화상을 입은 맛. 할이 마신 첫 커피의 맛이다. 바지춤이다 먹어버린 커피. 창피하면서도 마음은 무던히도 설렜던 그날의 커피다. 첫 여인과 첫 커피에 대한 그리움처럼 돌잡이 아기 또한 막연하고도 묘한 감정을 불러일으켰다.

의뢰인은 시간을 준다고 했지만 다른 탐정을 알아보고 있을지도 모를 일이다. 돈만 주면 살인청부도 하는 세상이지 않은가. 그림의 행방을 찾아만 주면 되는 일인데 거절하다니. 평양감사도 본인이 싫으면 못하는 거지. 할은 홀로 구시렁거리며 미련을 떨었다.

❀

김홍도의 책거리 그림이 인터넷 경매 사이트에 올라왔다는 기사 하나로 화단은 물론 방송가 일대가 시끄러웠다. 단원 김홍도, 단원 책거리가 인터넷 검색어 상위를 나란히 차지했다. 그 덕분인지 입찰가는 천정부지로 솟구쳤다.

경매 입찰과는 거리가 먼 카페 손님들까지 단원의 책거리 가격을 놓고 야단들이다. 단원의 책거리가 진품일지 위품일지를 놓고 또 저들끼리 설왕설래했다.

"아, 탐정님 생각은 어느 쪽이에요? 진짜? 가짜?"

웨이브머리의 손님이 환의 생각을 듣고 싶어 했다.

"글쎄요."

손님의 대화에 끼는 건 환의 일이 아니다. 핸드드립으로 커피를 내리는 중이고 집중하지 않으면 커피를 망친다. 손과 귀가 하는 일은 서로 다르지만 환의 뇌는 하나여서 동시다발적으로 뭔가를 하도록 지시를 내리지 못했다. 핸드드립 중에 손님을 응대하는 일은 어려운 일이다.

"그래도 아무 말이나 한번 해주세요."

스탠드 테이블 앞에 선 웨이브머리 손님이 아이처럼 졸라댔다.

"정조가 화원들에게 책거리를 그리도록 명했다는데 김홍도라고 안 그렸겠어요. 단원이 책거리 그림으로도 당시는 유명했다는데…."

커트머리의 여자 손님이 끼어들었다.

"지금까지 발견된 작품이 없다잖아요."

"뒤늦게 발견된 거겠죠."

"아이 참, 눈치도 없어. 난 우리 탐정님의 고견을 듣고 싶은 건데."

웨이브머리 손님은 당신은 좀 빠져줄래요, 하는 표정을 지었다.

"손님, 주문하신 왓슨 나왔습니다. 그리고 다투지들 마세요. 단원의 책거리가 진짜인지 가짜인지는 그쪽 전문가들이 밝혀줄 겁니다."

환의 미소는 화사했다. 티격태격하던 손님은 금방 흐뭇해서 왓슨 커피를 들고 자리로 갔다.

오후 나절 내내 카페는 단원의 책거리로 화기애애 아니 뒤숭숭했다. 저녁 무렵에는 유근철이 카페에 나타나 선친의 그림을 도둑맞았다며 심란함을 부려놓았다. 그가 운영하는 헌책방은 카페와 그리 멀지 않은 곳에 위치했다. 환이 종종 들러 중고 추리소설들을 집어오는 곳이기도 했다.

"내 작업 책상 있잖아. 컴퓨터 테이블 말이야. 거기 뒤편에 걸어뒀던 그림이 감쪽같이 사라졌어. 아니 바꿔치기 당했지 뭐야."

"누가 그런 짓을…."

환은 헌책방 어디에 그림이 걸려있었는지를 떠올렸다.

"모르겠어. 언제 그런 일이 벌어졌는지도 도통 감을 잡을 수가 없다니깐."

유근철은 기막혀했다. 그의 웃음은 씁쓸하고 허탈했다.

헌책방은 대로변에서 안쪽으로 들어간 낡은 건물 지하에 위치해 있었다. 건물 맞은편으로 경찰서가 떡하니 자리 잡고 있어서 오다가다 범행을 저지를 수 있는 곳은 분명 아니었다. 헌책방을 찾아왔더라도 초행이면 못 찾고 되돌아가는 경우가 허다했다.

환 또한 그곳에 책방이 있다는 사실은 까맣게 몰랐다. 그 앞을 수시로 지나다니면서도 말이다. 그곳에 헌책방이 있다는 것은 청년 혁신 모임 행사에서 유근철을 만나고 나서야 알았다. 그가 자신이 근무하는 곳을 친절하게 설명을 해준 후였다.

경찰서 맞은편 건물 지하에 헌책방이 있다는 것은 아는 사람만 알았다. 그 흔한 간판 하나가 건물 외벽이나 밖에 나와 있지 않으니 당연한 일이다. 지하 계단을 반쯤 내려가야만 작은 칠판에 손글씨로 작성한 책방의 간판을 발견할 수 있고 영업시간도 거기에 적혀 있었다.

출입문에 책이 매달려 있어서 문을 열 때마다 도르래와 같이 움직였다. 현실의 세상을 뒤로하고 동화의 세계로 들어가는 문이라고나 할까. 책방 안에는 로봇 장난감도 많고 꽤 오랜 시간 수집해왔을 다양한 만화 캐릭터 피규어가 출입구 쪽에 진열되어 있어서 방문자의 눈길을 사로잡는다. 미로처럼 꾸며진 서가를 한 바퀴 돌다보면 방문자는 헌책방의 매력에 빠져들었다. 책을 살 일이 없더라도 종종 들어와 공간의 분위기를 누렸다.

환도 그와 같은 이유로 참새 방앗간처럼 책방을 드나들었다. 유근철이 도둑맞았다는 그림은 서가 안쪽에 자리한 책상 뒤편에 걸려 있었다. 환은 유근철이 바꿔치기 당했다는 그림을 어렴풋이 기억했다. 관찰력이 없다면 그냥 지나쳤을 그림이다.

문화행사에 게스트로 참석한 유근철을 따라 책방에 갔을 때였다. 서가로 꾸민 미로도 미로지만 미로 사이에는 무대나 소통의 공간들이 숨어있었다. 손님을 맞이하자면 유근철의 책상은 입구에 있어야 했다. 손님이 오는지 가는지도 모를 깊숙한 곳이 아니라. 하지만 상식적이지 않은 책방의 그 구조가 환은 인상 깊었다.

그림을 그때 봤다. 감꽃이 활짝 핀 감나무 기둥 아래, 부잣집 도령이 서책을 보는.

"수상쩍은 손님이 다녀간 적은요? 최근에 개설된 새로운 모임은요?"

"그걸 알면 내가 이러겠어? 한번 다녀간 사람들이 아니면 찾는 것도 어려워. 단골손님들을 의심하는 건 더 불편한 일이지."

유근철은 혼란스러워했다.

"이해는 하지만 그래도….”

"다른 일에 정신 팔려서 그동안 집필 책상엔 앉아보지도 못했어. 엊그제서야 겨우 짬이 나서 뭔가 끼적여 보려고 했는데 뭔가 이상한 느낌이 들지 뭐야. 그냥 넘어갔지. 그리고 오늘 책상에 앉아 글 몇 줄 쓰고 일어나려는데 알겠더라고. 그림이 바뀐 거였어. 해태눈깔이 돼나서 그림이 바뀐 줄도 몰랐던 거지."

언제 그림이 바뀌었는지 유근철은 짐작하지 못했다. 일주일 전인지 보름 전인지 한 달 전인지 알 수 없어 고개만 내저었다.

"짐작되는 일이 전혀 없어요?"

"헌책방 물건에 관심을 누가 갖겠냐고."

그럼에도 불구하고 유근철이 방심한 틈을 타 누군가 그림을 바꿔치기 해갔다. 유근철은 자신의 더벅머리를 헤집으며 답답함을 금치 못했다.

"형의 외부 일정을 꿰고 있는 자의 소행일 거예요. 주인도 금방 알아채지 못할 만한 그림과 바꿔치기를 했다는 것은 오랫동안 계획했다는 얘기고."

"그게 나한테 어떤 그림인데…."

"유명한 화가의 작품인가요?"

"낙관이 있긴 했지만 제대로 보지 않아서 모르겠어. 뭔가 허전하다 싶어서 봤더니 낙관이었어. 지금 있는 그림엔 그게 없더라고. 가치도 없는 그런 그림을 왜 모사까지 하면서…."

"형만 모르는 거 아녜요?"

"가치가 있다면 나한테나 있지. 아버지가 생전에 곁에 두고 보던 그림이니까. 내겐 아버지 같은 그림이라고나 할까."

아버지에 관한 말이 나오자 유근철은 시무룩했다.

선친은 책과 보내는 시간이 많았다. 종이에서 나는 쾌쾌한 곰팡이 냄새가 향기롭다며 해맑게 웃던 아버지를 유근철은 이해하지 못했다. 볕 하나 들지 않는 골방에서 책만 보는 일이 뭐가 그리 좋다는 건지. 선친은 아들 셋을 두었다. 막내아들인 유근철은 아버지의 책을 끔찍하게도 싫어했다. 아버지는 그런 막내아들에게 당신의 손때 묻은 골방의 책들을 유산으로 남겼다.

"그때 무슨 생각했는지 알아? 책이라면 질색하는 내게 책을 물려주다니, 주워온 자식이 맞구나."

유근철은 허탈한 듯 웃었지만 환은 웃지 않았다.

"주워온 자식한테 아끼던 걸 물려주진 않아요. 아들이 하나도 아니고 셋이라면서요."

환은 정색했다.

마 교수로부터 환이 받은 것이 있다면 찬바람 나는 냉대. 다른 것은 기억나지 않았다. 아버지 마 교수를 떠올리자면 찬바람만 일었다.

자신의 눈앞에서 한순간에 사라진 엄마로 인해 어린 환은 충격을 받은 상태였다. 마 교수는 그런 아들의 마음을 위로하거나 치료해 주기는커녕 모른 척했다. 아파트 베란다에서 뛰어내린 아내의 죽음을 어린 아들이 목격했다는 사실을 불편해했다. 보호와 사랑이 필요한 아이였을 뿐인데 마 교수는 환을 자기 인생의 방해물로 여겼다.

"말이야 그럴듯하지. 당신이 사랑하는 자식에게 당신이 가장 아끼는 걸 물려주는 거라고. 그때의 나는 말이야. 아버지가 무슨 억하심정으로 내게 그 곰팡내 나는 책을 물려줬을까. 의구심만 들더라고."

"깊은 뜻이 있으셨겠죠."

환은 유근철의 아버지를 두둔했다. 다른 아버지들은 모두 자신의 아들을 사랑하고 또 좋은 영향을 끼치고 싶어 한다. 그럼에도 환은 마 교수에 대입하자면 전혀 아니라고 고개를 내저었다.

"당연히 있으셨지. 다른 자식은 의사다 판사다 자랑스러운데, 나만 아버지가 돌아가시는 그 순간까지 무위도식 했으니 한심했겠지. 내가 놀고먹는 꼴은 도저히 못 보겠다 뭐, 그런 거였을 거야. 아버지 돌아가시고 산더미처럼 쌓인 책들을 보는데 폐지로 팔아버리면 딱이겠더라고."

"그런데 헌책방을 왜 차렸어요?"

"아버지가 남긴 책들을 폐지로 싹 다 팔아치울 작정이었지. 한 이틀 지나고 나니깐 폐지로 파는 것보단 헌책으로 파는 게 낫겠더라고. 그러다 알았지. 돈은 못 벌어도 헌책방 주인이 되는 것도 나쁘지 않겠다. 도둑맞은 그림은 아버지가 생전에 곁에 두고 즐기던 거였어. 무척이나 아꼈지. 지금은 아버지가 생각날 때마다 내가 들여다보는 그림이 됐지만."

"신고는 했어요?"

"고민 중이야. 해야 될지 말아야 될지."

"아버지나 다름없는 그림을 도둑맞았는데, 여태 신고도 안했단 겁니까?"

54

환은 신고부터 하라고 채근했다.

"자네 등쌀에 못 견디겠군."

"그림을 들고 나가는 것을 본 사람이 있을 거예요, 분명히."

"알았다고. 알았어."

유근철은 마지못해 자리를 털고 일어섰다. 신고하러 간다고 했지만 환은 미덥지 않았다. 아버지와도 같은 그림을 도둑맞았다는 것을 알면서도 바로 코앞에 있는 경찰서를 두고 환의 카페로 온 그였다.

– 나 혼자만 마음 비우려고 애면글면하면 뭐해. 사방이 온통 그림 얘기뿐인데….

유근철이 나가고 할이 째린 눈으로 환을 보며 구시렁거렸다.

"첫사랑 커피 두 잔, 나왔습니다."

할의 말을 못 들은 척 환은 홀을 향해 외쳤다.

❋

유근철은 신고를 접수하지 못했다. 그림이 뒤바뀌었다는 것을 입증할 증거가 없었다. 전의 그림이 어떠했는지 찍어둔 사진도 없었다. 그림이 바뀐 것뿐이니 진실은 유근철의 머릿속에만 존재했다.

환이 대신하여 그림도둑 사건을 경찰서에 접수시켰다. 가로 30㎝에 세로 140㎝쯤 되는 제법 크기가 있는 그림이라 인근 CCTV만 잘 살펴도 누가 가져갔는지 금방 알 수 있을 것이라는 말도 함께였다.

경찰은 헌책방의 지하 입구가 보이는 CCTV 영상을 확인했지만 액자를 들고 나가는 사람은 발견되지 않았다고 알려왔다.

"소용없을 거라고 했잖아."

유근철은 새로 들어온 헌책들을 서가에 정리하고 있었다.

"낙관은 왜 모사를 안했을까요? 액자형태까지 꼼꼼하게 챙겼으면서. 낙관만 있었어도 바꿔치기 당했다는 걸 형이 모를 수 있었을 텐데."

"낙관까지 모사를 하려니 힘들었나부지. 돈도 안 되는 그림을 훔치자고 그런 개고생을 하다니."

"그건 형이 모르고 하는 소리죠. 예술품의 가치는 그것을 원하는 사람의 욕망과 정비례하잖아요. 형이 갖고 있던 그 그림도 도둑한테는 그 정도의 노력과 위험을 감수할 만큼의 가치가 있다는 뜻이고요. 형이 모르는 비밀이 그림에 있을지도 모르고."

"암튼 요즘 되는 일이 없다. 큰형은 의료분쟁에 휘말리고 작은형은 좌천이라 사직한다고 난리고…. 아버지가 남긴 그림을 도둑맞은 줄 알면 또 그냥 지랄지랄하겠지."

유근철은 책다발을 묶은 끈을 가위로 싹둑 잘라냈다.

"언제부터 그런 일들이 벌어진 거예요?"

"낸들 알겠어."

"혹시 노비의 평생도에 대해 들어본 적 있어요?"

"노비? 양반만 가질 수 있는 거 아닌가, 평생도는?"

유근철은 고개를 갸우뚱거렸다.

"그게 말이죠."

환은 조심스러웠다.

환을 찾아온 남자는 노비의 평생도 연작의 한 폭만 소장하고 있어도 운수대통이라고 했다. 부귀영화와 무병장수의 염원을 이뤄준다는 노비의 평생도. 집안이 시끄러워졌다는 유근철의 말에 환은 그림을 도둑맞은 때문이 아닌지 짧은 생각이 스쳐갔다. 그러고 보니 남자의 돌잡이 그림과 유근철이 갖고 있던 그림이 닮은 구석이 있는 것처럼 느껴지기도 했다.

"평생도가 남아있다면 노비가 아니라 고관대작을 지낸 양반이지. 노비가 남길만한 인생이 뭐가 있겠어. 없어."

유근철은 실없이 웃어넘겼다.

"아무래도 그렇겠죠."

환은 멋쩍게 머리를 긁적였다.

●

사 년 전, 덕수궁 돌담길에서 환이 만난 화가는 자신의 편
지에 그렇게 적었다. 암으로 떠난 아내가 자신에게 남은 마
지막 행운이었다고 말이다. 화가로 성공하지는 못했으나 평
생 그림과 함께 살 수 있게 해준 사람은 행운의 그림이 아니
라 화가 자신의 아내였다고 말이다.

아내의 희생을 깨달은 화가는 그 뒤로 덕수궁 돌담길을 떠
났다. 더는 그림을 그리지 않았고 행운을 가져다준다는 그림
을 택배로 보내왔다. 할이 보고 반한 홍시가 주렁주렁 열린
감나무 아래서 책 보는 아이의 그림이다. 유근철이 바꿔치기
당한 그림과도 유사한 일면이 있었다.

환의 동공이 지진을 일으킨 것은 그 순간이었다. 환이 그
두 그림을 연관 지어 떠올린 때. 머릿속이 갑자기 북적거렸
다. 불행이 한꺼번에 들이닥쳐 무엇을 먼저 해야 할지 모를
때처럼 환은 당혹스러웠다.

"뭐가 이래?"

말로는 설명할 수 없는 기류가 자신을 향해 다가오는 것만
같았다.

뒷좌석의 남자는 카페에 불이 켜져 있는 것을 확인하고는 그 가까운 곳에 차를 세우도록 했다. 운전기사는 할의 커피 맛 전경이 잘 보이는 곳에 정차했다. 남자는 실눈으로 카페를 확인하고는 등받이에 기대어 눈을 감았다.

"불이 꺼지면 알려주게."

남자는 전화가 오기를 기다렸지만 며칠 동안 환의 연락은 없었다. 거절의 의사로 받아들여야 했다. 하지만 이렇게 끝낼 수는 없다. 그랬다면 처음부터 환을 선택하지도 않았다. 귀신을 볼 수 있는지 없는지 확인할 길은 없으나 무작정 하겠다고 달려들지 않아서 마음에 들었다.

돈만 주면 뭐든 다 하겠다는 이들을 남자는 신뢰하지 않았다. 돈이 기준이 되는 이들은 더 많은 돈의 유혹을 견디지 못하고 언제든 넘어가기 마련이다. 욕심이 사나운 사람에게 자신의 일을 맡길 생각은 없다. 이번 일은 특히나 그랬다.

남자는 어떻게든 환을 설득해 볼 요량이다.

마지막 손님이 카페를 나가고 일하던 점원이 퇴근을 하고 카페 매장의 불도 꺼졌다. 환은 마지막으로 카페를 나섰다. 남자의 눈에는 보이지 않았지만 환이 누군가와 대화를 나누며 걷는 것도 같았다.

59

"귀신인가?"

"네?"

남자의 혼잣말에 기사가 반응했다.

"아무 것도 아닐세."

남자는 환이 자신의 차 가까이 오기를 기다렸다. 차창을 열고 곁을 지나는 환의 앞으로 손을 쑥 내밀었다.

느닷없이 뻗어 나온 팔에 놀란 환이 멈춰 섰다. 환은 고개를 낮춰 차 안의 남자를 바라보았다.

"생각은 해봤소? 시간을 어떻게 더 드릴까?"

환과 눈이 마주친 남자는 기다렸다는 듯이 말했다.

– 뚝심 있는 의뢰인이네. 이번엔 무조건 오케이.

흥분한 할이 목소리를 높였다.

"답변은 이미 드린 걸로 압니다만."

환은 정중하게 거절했다.

– 그게 아니지. 그게 아니라고. 제발.

할은 답답하다는 듯이 주먹으로 자신의 가슴을 쳤다. 그러고는 환 앞에 두 손을 모아 쥐었다.

"생각할 시간을 주겠다고 했잖소."

환이 잰걸음으로 벗어나려고 하자 남자가 차에서 내렸다. 뒤돌아가려고 하자 이번엔 운전기사가 차에서 나와 환을 막아섰다.

"안하겠다고요. 못한다고요."

"왜 못한다는 거죠?"

"그림을 모르니까요. 저는 탐정도 해결사도 아니고 그저 커피 파는 사람일뿐이죠."

- 엥? 여기서 브레이크를 밟으면 쓰나. 바리스타 탐정이. 여기까지 온 손님의 정성도 감안해야지.

할은 눈에 힘을 주고 환을 노려보았다. 어서 하겠다고 말하라는 눈치 아닌 압박을 하면서.

"이래서 난 당신이 마음에 듭니다. 그림을 좀 안다싶으면 거들먹거릴 것이고 해결사면 돈이나 뜯어내려 들 테니까. 장난질은 딱 질색인 사람이오, 그렇다고 경찰의 힘을 빌릴 수 있는 일도 아니잖소."

환이 내려다봐야 할 정도로 남자의 키는 작았다. 몸에 딱 맞은 양복은 작은 몸이지만 단단했다. 광채가 나는 눈을 가진 남자의 기세는 위풍당당했다.

환은 말없이 서있기만 했다.

"이러면 어떻겠소. 당신의 커피를 내가 사겠소. 당신은 내가 원하는 그림을 찾는 걸로 하면…."

- 그러겠다고 해, 어서! 빨리!

"시간이 오래 걸릴 겁니다."

"상관없소. 다만 평생도를 찾는다는 소문만은 나지 않아야 할 거요."

남자는 환의 뒤편에 있는 운전기사에게 손짓했다. 그는 차 트렁크에서 하드커버의 서류가방 하나를 꺼내 환에게 건넸다.

"이게 뭡니까?"

"당신이 팔아야 할 커피를 사겠다고 하지 않았소. 뭣하면 착수금이라고 해두지."

협상을 마친 남자는 차에 올랐다. 일사천리로 일을 마무리한 다음이었다. 남자는 지체하지 않고 차와 함께 골목을 빠져나갔다.

환은 뭔가 할 말이 있었지만 할이 자신의 등에 올라타는 바람에 남자를 그냥 보내고 말았다.

– 드디어 막차에 올라탔군. 빼도 박도 못할 거야, 이젠. 물러도 안 돼. 신뢰감 없게.

할은 호탕하게도 웃어젖혔다. 평생도가 궁금함에도 달갑지 않아 하는 환 때문에 꾹꾹 눌러 참고 있던 감정이 한꺼번에 터져 나왔다.

하드커버의 검정색 가방 안에는 오만 원권 현금이 가득 차 있었다. 커피 값이라고 하기엔 너무 과한 액수다. 가방 안의 현금을 가늠하자니 남자에게 그림의 가치가 어느 정도일지 좀처럼 상상이 되지 않았다.

돈의 문제가 아니다. 얼마가 들더라도 꼭 찾아야만 하는 절대적인 그림이다. 하기는 노비의 평생도를 얻기만 하면 현생에서 이루고 누릴 수 있는 모든 것이 자신의 것이 된다는데, 아까울 것이 뭐가 있을 것인가.

이 정도 액수쯤은 껌값이란 거겠지. 환은 왠지 모르게 착잡한 생각이 들었다.

염원

돌잡이 그림에 구현된 명암법은 인물을 부각시켜 강한 인상을 남기기에 충분했다. 노비의 평생도에 그 어떤 영험함이 깃들어있다면 평생도의 행방을 쫓는 이는 환을 찾아온 남자만이 아닐 것이다. 남자가 그림에 꽂힌 만큼 다른 이들도 영험한 평생도를 손에 넣기 위해 돈과 시간을 들이는 일을 수고롭다 하지 않을 것이다. 그러므로 몇 폭인지도 모르는 노비의 평생도를 찾는 일은 어느 순간 목숨을 걸어야 되는 일이 될 것이다.

할은 조울증 환자처럼 마음이 극과 극을 오갔다. 갈팡질팡했다. 인간의 욕망을 부추기는 물건에는 행운과 불운이 한 몸처럼 뒤얽혀 있다. 환이 그림으로 인해 불상사를 당하게 된다면 할은 견딜 수 없을 것이다.

- 환! 다시 생각해봤는데 아무래도 돈을 돌려주고 손을 떼는 게 맞는 것 같아.

할이 걱정스런 얼굴을 했다.

"마 교수까지 들먹이며 내 자존심에 생채기를 내면서까지 맡으라고 강요할 땐 언제고?"

- 그림이 낯설지 않아서 그랬어. 고향 생각도 나고 그림이 왠지 정겨워서. 다시 생각해보니까 아무래도 위험해. 착수금을 저렇게나 많이 준다는 건 말이야.

"신뢰성 없게 변덕이라니. 도움 안 되는 소리하려거든 관둬."

내친 김이다. 페달을 밟기 시작하면 멈추는 일은 쉽지 않다. 남자의 돈 때문인지도 모를 일이다. 환은 노비의 평생도인지 뭔지를 자신의 눈으로 확인해보고 싶다는 욕망에 눈떴다. 어떤 배경을 갖고 있어서 그런 말들이 생겨났는지 호기심이 일었다.

- 네가 위험해질까봐 걱정돼서 하는 말이지.

"가보면 알겠지. 또 알아. 영험한 그림이 할의 생을 구원해줄지."

- 아, 나도 모르겠다. 같이 유령이 되면 좋기도 하겠지.

할은 진실로 혼란스러웠다. 그림을 보고 있자면 마냥 행복했다. 넘치는 사랑을 받고 있는 기분이다. 행복감에 불안은 그림자처럼 따라붙었다.

할은 이부자리에 든 환을 빤히 들여다보았다.

아홉 살이던 꼬맹이가 어느새 스물여덟의 청년이 됐다. 할의 눈에는 여전히 아버지의 사랑을 갈구하는 어린아이에 불과했지만.

환은 자는 척했다. 꾹꾹 눌러가며 속내를 감춰봤자 유령할을 속이는 것은 역부족이다.

엄마를 잃은 슬픔과 충격에서 벗어나지도 못했는데 그런 환에게 마 교수는 새엄마를 소개했다. 새엄마가 생긴 그날에 환은 비행기를 탔고 일본이란 땅은 낯설었다.

"지난 일은 다 잊어. 여기 도쿄에서 새로운 인생을 사는 거야."

마 교수는 기대에 부풀었지만 환은 아니었다. 혼란과 삭이지 못한 슬픔 그리고 외로움이 따라다녔다. 마 교수는 아들을 방치했고 환의 방황은 시작이었다.

학교는 듬성듬성 다녔다. 아버지 마선명 교수와 새엄마 혜정은 환이 학교를 제대로 다니지 않고 있음에도 그 일을 눈치 채지 못했다. 알고 있었으면서 모른 척한 것인지도 모를 일이다. 환은 학교가 아닌 다른 엉뚱한 곳에서 시간을 보내는 날이 늘어갔다.

해가 질 무렵에야 돌처럼 무거운 마음과 잘 떨어지지 않는 발걸음으로 꾸역꾸역 귀가했다. 반겨주는 사람도, 말을 걸어주는 사람도 없는 식탁에서 넘어가지도 않는 밥을 입에 욱여넣었다. 밥을 남기면 혼날까 싶어 그랬지만 나중에는 쓰레기통에 버리고 먹은 시늉만 했다. 환은 방안에 홀로 틀어박혔다. 밤이 끝나지 않게, 아침이 오지 않게 해달라는 주문을 외우면서. 거의 매일 같은 날들이 반복됐다.

새엄마 혜정과 아버지 선명은 하숙집 주인보다 못했다. 환의 학교생활이 어떠했는지, 특별한 일은 없었는지, 학교에서 점심으로 무엇을 먹었는지, 어떤 숙제가 있었는지 그들은 묻지도 살피지도 않았다. 학부모 면담요청이 없는 것으로 미루어 환이 학교생활에 잘 적응했다고 여겼다. 휴일에도 방에서 잘 나오지 않는 환을 그들은 혼자 있고 싶은 모양이라고 치부했다.

쪽창이 전부인 환의 방은 불을 끄면 어둡고 음침했다. 방문 밖에서 나는 소리는 귀를 기울이지 않아도 또렷이 들렸다. 칭얼대는 아기의 울음소리. 새엄미의 발소리. 싱크대 안으로 떨어지는 물소리. 동생을 어르는 혜정의 꿀 떨어지는 목소리. 알아들을 수 없는 일본 방송의 텔레비전 소리. 퇴근해 들어오는 선명의 발소리. 곧이어 들리는 혜정과 선명의 대화를 환은 숨죽여가며 엿들었다.

"별일 없었지?"

"도윤이가 미열이 좀 있어서 병원에 다녀왔어요."

"그 조그만 녀석이 말도 못하고 괴로웠겠군. 지금은 어때? 괜찮은 것 같아?"

"좀 전까지 칭얼대다가 당신 오기 직전에 겨우 잠들었어요."

그들의 대화에 환은 없었다. 지나가는 말로라도 한 번쯤 나올 만했지만 선명도 혜정도 환에 관한 얘기는 하지 않았다. 그들에게 환은 언제 터질지 모르는 시한폭탄 같은 존재일 뿐이었다. 환에 대한 말이 나오면 혜정은 목소리부터 곱지 않았다. 선명은 환에 관한 일만큼은 혜정이 알아서 하겠거니, 모른 척해 주는 것이 집안의 평화를 유지하는 것이라고 여겼다.

환은 침대에 누워서도 안락하지 못했다. 서러운 마음이 불쑥불쑥 가슴 언저리를 치고 올라왔다. 울지는 않을 것이다. 자신이 사라져도 평화로울 것 같았다. 선명에게 야단을 듣는 때는 그나마 위안이 됐다. 친구 하나 왜 제대로 사귀지 못하냐고, 왜 매일 혼자 다니는 거냐고, 새로운 환경에 적응하지 못하는 환에게 무슨 문제가 있는 것처럼 나무랐지만 말이다.

"잘 지내는 걸요. 전 괜찮아요. 봐요, 이렇게 씩씩한 걸요. 그리고 저 친구도 많아요."

너덜너덜해진 마음에도 환은 예쁜 말들을 착하게 늘어놓았다. 서운한 것이 있어도 참고 아파도 참고 외로워도 참고 배가 고파도 참았다. 아홉 살의 아이가 실천하기에는 적절하지 않은 것들이었다.

"잘 지내고 있다니 기특하네. 내겐 지금이 중요한 시기야. 번거로운 일은 만들지 않았으면 좋겠다."

선명은 웃음기도 없이 말했다.

환은 새엄마의 신경을 긁지 말라는 말로 알아들었다. 고개를 숙이던 환은 "그럴게요, 아빠"라고 대답했다.

한번쯤 환의 머리를 쓰다듬어줄 만도 했다. 선명은 쌩하니 돌아섰다. 새엄마 혜정을 찾았고 동생 도윤의 눈을 맞추며 환한 웃음을 지었다. 환에게는 좀처럼 보여주지 않는 얼굴. 어린 환에게 선명의 행동은 고스란히 상처가 되었다.

선명이 혜정과 재혼한 지 얼마 되지 않은 때였다. 도쿄대학의 교환교수가 된 선명은 새로운 학교생활에 적응하는 중이었다. 엄마를 잃은 환에게도 신경을 조금은 써야 했지만 혜정에게 모든 것을 일임한 채 선명은 무심하게 굴었다. 혜정과 환이 친해질 수 있는 기회를 주고 싶다며 둘 사이에서 뒤로 빠져 있었다.

선명은 환이 자신보다 빠르게 도쿄 생활에 적응하고 있다고 여겼다. 새로운 환경에 적응하는 데에는 아이들이 더 민첩한 법이니까. 선명의 생각대로 되었더라면 얼마나 좋았을까.

환은 낯선 생활에 순조롭게 적응하지 못했다. 하루하루가 쌓여 달이 되고 해를 넘겨도 마찬가지였다. 환은 새엄마 혜정이 이끄는 가정 안으로 스며들지 못했다. 학교에서도 환은 환영받지 못했다. 말이 없음으로 음산한 기운을 풍기는 아이가 되었고 마음이 아픈 아이로 남았다.

환은 겉돌았다. 집에서도 학교에서도. 혼자 지내는 시간은 상대적으로 무한하게 늘어났다. 활동이 왕성한 아홉 살의 사내아이가 친구도 없이 매일 혼자 얌전하게만 지낸다면 한번쯤은 의심을 해봐야 했다.

환은 의심할 만큼의 관심을 누구한테도 받지 못했다. 주말이 되어서야 겨우 아버지 선명을 볼 수 있었다. 환과 놀아주는 일은 없었다. 어린 동생이 항상 먼저였다. 다음은 학교의 연구논문이었다. 선명이 자신과 놀아줄 것이라는 기대는 하지 않았다.

환은 집에서도 유령 취급을 받았다. 매일이 똑같았다. 그날도 그런 날들 중의 하나였다. 환은 밥과 반찬을 쓰레기통에 부려놓고 방에 들어앉았다.

도쿄의 학교는 환에게 적합하지 않았다. 알아들을 수 없는 수업은 흥미도 없고 시간이 가도 반 친구들과는 데면데면 지냈다.

- 내가 모르는 것을 배울 수 있다는 건 신나는 모험 같은

거야. 뭔가를 알고 나면 네 세상이 그만큼 넓어지는 거고 새로운 시각이란 것을 갖게 돼.

"학교가 그런 걸 만들어주는 것 같진 않아."

할은 환이 학교생활에 흥미를 갖길 원했다. 하지만 학교 문제에 있어서만큼은 할의 뜻대로 되지 않았다.

– 할 수 없다. 학교는 안 가도 책을 읽는 건 어때?

"아무 책이나?"

– 그래. 아무 책이나.

할과 환은 그렇게 서로의 거리를 좁혀갔다. 티격태격하면서도 단짝처럼 붙어 지내니 그들이 찰떡궁합인 것만은 틀림없는 일이다. '할의 커피맛'은 커피를 좋아하는 할의 이름을 따서 지은 할의 카페다. 아니 환의 카페다.

커피 맛도 모르면서 좋아한다고 핀잔하기 일쑤지만 할은 담백했다. 환이 바리스타가 된 것은 변명의 여지없이 모두 할 때문이니 말이다. 환이 카페를 오픈하게 된 것도.

환은 매일 아침 할을 위한 고수레커피를 차례상에 올리는 음식처럼 정성을 다해 만들었다. 그 옛날 가마솥 바닥에 눌은 누룽지 향이 나는 커피를 할은 미치게 좋아했다. 유령에게 주는 것이니 고수레커피라 이름을 붙인 것은 당연했다. 만드는 놈 따로, 마시는 유령 따로라고 환이 구시렁거리기는 했지만 할은 그쯤은 귀엽게 봐 넘겼다.

71

고수레커피가 할의 지정석에 놓이는 것으로 환의 카페 영
업은 시작됐다. 할이 고수레커피를 음미하는 동안 환은 카페
앞에 개점 팻말을 내걸었다. 손님이 드나드는 카페에서 할은
종일 하릴없이 빈둥거렸다. 그것이 자신의 일인 양. 벌써 몇
년 째 이어져온 일이고 그 사이 환은 할의 나이를 뛰어넘었
다.

변함없는 하루가 다시 시작됐다.

- 쪼그만 애가 무슨 생각이 그렇게 많고 무슨 고집이 그렇
게나 센지. 처음엔 학교가기 싫어서 일부러 꾀병을 부린다고
생각했어.

할은 개점 팻말을 내걸고 돌아온 환을 바라보며 말했다.

"갑자기 지난 얘기는 왜 들추고 난리야."

그렇게 말하면서도 털어내지 못한 과거에 환은 짧게 숨을
토했다. 그러고는 입술을 앙다물었다.

- 일어나 앉지도 못하는 아들을 마 교수가 혹독하게 다루
긴 했지. 아프다는 애한테 쓰러지더라도 학교 가서 쓰러지라
고 했지. 그러면 새엄마가 학교로 데리러 갈 거라고. 병이
날만도 해. 벽하고 얘기할 만해. 그 덕을 내가 보긴 했지만
말이야.

"그때 진짜 재밌었는데…."

- 언제?

72

"도쿄만에서 할이랑 같이 놀던 때지 언제긴 언제야. 그곳이 내겐 학교나 마찬가지였어."

— 동생들은 보고 싶지 않아?

할은 환의 시선을 피해 물었다.

"…."

환은 입을 다문 채 카페 유리창만 바라보았다.

자신의 생각을 한 번만이라도 물어봐 주길 기다렸다. 환은 무슨 말을 할지 생각을 해두고 있었지만 마 교수는 묻지 않았다. 그랬더라도 입술에 접착제를 발라놓은 것처럼 환은 말문을 열지 못했을 것이다. 둘의 관계는 회복될 수 없게 어긋나 있었다.

어린 아들의 작은 실수에도 마 교수는 책임을 따져 물었다. 엄마를 잃은 아이에게 관심을 먼저 보여줬어야 했음에도 책임만 강요했다. 하루아침에 모든 것이 낯선 곳에 놓인 아이에게, 아빠의 보살핌을 갈구하는 아이에게 마 교수는 어른처럼 굴라고 꾸짖었다.

"동생이 생겼는데, 니 일은 니가 좀 알아서 해야 되지 않겠니?"

눈물을 찔끔거리는 일조차 환은 할 수 없었다.

"그럴게요, 아빠."

절망이 뭔지도 모르면서 환은 절망에 빠져들었다. 자신도 아직 아이라 돌봐줘야 한다고 말하지 못했다. 그 사이 동생이 생겼고 철든 아이가 되어야 했다. 부작용은 심했다. 할에게조차 털어놓을 수 없는 속내가 부글부글 끓었다.

할은 아무 것도 묻지 않고 환과 함께 있어 주었다.

혜정은 종일 혼자 지내는 환을 경계했다. 환이 이상해졌다고 여겼다. 병원상담을 받아야한다고 했지만 마 교수는 혼자 중얼거리고 다니는 아들의 상태를 믿고 싶어 하지 않았다. 환의 방황은 마 교수의 방치로부터 시작되었다. 전철을 타고 도쿄 시내를 돌아다녔고 그 마지막은 항상 도쿄만이었다. 바다에 떠 있는 배와 너른 바다를 보고 있자면 마음은 한없이 평화로웠다.

말수 적은 아이의 곁에서 할은 수다스러웠다. 환의 생각을 알 수 없었고 혹여 엉뚱한 생각을 환이 하고 있는 것은 아닐까 염려스럽기도 했다.

도로에 차량들이 넘쳐나니 환과 동행하는 일은 만만치 않았다. 굴러다니는 차만 보면 기겁했다. 이상하게도 두려웠다. 자신을 덮칠 듯한 기세에 어린 환의 어깨에 올라타는 일이 종종 벌어졌다. 그럼에도 바다와 마주하는 일은 그런 두려움을 감내하게 만들었다.

바다는 환이나 할 모두에게 평화로운 곳이었다. 태풍이 불고 해일이 몰려오는 때에도 바다가 무섭다는 생각은 들지 않왔다. 출항하는 배가 있으면 할은 그 배에 타고 싶어 안달했다.

"혼자서 할은 어디든 갈 수 있어?"

어린 환이 물었다.

- 어디든 당연히 갈 수 있지. 아마, 갈 수 있을 걸….

할은 호기롭게 말을 꺼냈지만 뒤로 갈수록 목소리의 자신감은 떨어졌다. 생각해보지 않은 일이다. 굴러다니는 것만 봐도 멈춘 심장이 살려달라고 요동을 치는 것 같은데 과연 어디든 갈 수 있을까. 할은 이내 말을 잃었다. 어리다고는 하나 환이 함께여서 다닐 수 있었다. 환의 곁을 벗어날 수 없는 유령이라는 것을 할은 그때에 절감했다.

음산하고 불길한 아이. 뇌가 어떻게 된 아이. 귀신과 노는 아이. 환에 대한 좋지 않은 소문은 빠르게 학교와 아이들 사이에 퍼져나갔다. 어쩌다 학교에 가면 책상에 내장이 터진 개구리나 죽은 실험용 쥐가 놓여있었다. 악마는 교실에 들어올 수 없다거나 가위표가 그려진 환의 얼굴이 칠판을 도배했다.

학교는 끔찍했다. 어린 환이 감당해야 했던 교실의 풍경은 할에게도 적잖은 충격을 안겼다. 신나는 배움의 광장이 아니다. 친구들과 놀 수 있는 놀이터가 아니다. 아이에게 학교만큼 좋은 곳이 어딨냐는 말은 나오지 않았다.

사람들이 북적거리는 지하철이거나 바다 건너의 땅을 상상할 수 있는 도쿄만의 앞바다가 환에겐 학교였다. 유령 할이 선생님이고 친구였다.

　방바닥을 기어 다니는 동생은 귀여웠다. 환이 뺨이라도 만지려들면 혜정은 소스라치게 비명을 질러댔다. 통화를 하던 중에도 지진이 난 양 다가와 환의 손을 우악스럽게도 밀쳐냈다. 새엄마와 친해질 일이 없었다.

　형답게 굴라는 마 교수의 엄한 말들은 환을 슬픔으로 몰아넣었다.

　"서울에 가고 싶어요. 엄마랑 살고 싶어요."

　그럴 수 없다는 건 알았다. 환이 할 수 있는 유일한 저항이었고 한번 입 밖으로 나온 말은 주워 담을 수 없었다. 그러기도 싫었다.

　"엄마라고? 네 엄마는 여기 우리랑 있잖니."

　마 교수는 불편한 언성을 했다.

　"나를 낳아준 진짜 엄마랑요."

　환은 지그시 입술을 깨물었다.

　"죽은 엄마랑 어떻게 같이 살겠다는 거지? 넌 고작 열네 살이잖니."

　마 교수는 자신이 편한 방식으로 말했다.

　늘 그런 식이다. 아홉 살짜리에게 어른 같은 책임을 운운

할 때는 언제고 고작 열네 살짜리여서 혼자 살게 둘 수 없다고 한다. 열네 살이면 충분하다고 환은 고집을 피웠다. 한국에서라면 아버지에 대한 미움도 원망도 없이 살 수 있을지 모른다. 환은 한국으로 보내달라고 떼를 썼다. 할이 곁에 있으니 뒷일은 걱정되지 않았다.

"고아가 될 생각이 아니라면 죽은 엄마한테 가겠다는 말은 다시 꺼내지 않는 게 좋을 거다."

"제가 죽는 꼴을 기어이 보실 작정이라면 그렇게 하세요. 사람들의 손가락질을 받으며 이상한 아이가 되느니 한국에서 고아로 사는 게 나아요."

환은 작은 주먹을 옹골차게 쥐었다. 그러고는 마 교수를 치켜뜬 눈으로 쳐다봤다. 협박이나 다름없었다. 마 교수는 예상하지 못했던 상황 앞에서 당황했다. 무릎을 꿇고 아버지를 노려보는 열네 살의 환은 두려울 것이 없었다.

한국으로 보내달라는 아들을 선명은 끝까지 어린애 취급했지만 할은 그때처럼 환이 어른스럽게 여겨졌던 적이 없었다.

선명은 무르기만 한 줄 알았던 아들의 또 다른 모습에 적잖이 당황했다. 그러다 말겠지 싶었다. 환은 몇날 며칠 식음을 전폐했다. 진실로 살기를 거부한 아이처럼 굴었다. 그대로 뒀다간 정말로 죽게 생겼다. 둘의 기싸움은 영양실조로 환이 병원에 실려 갔다 온 다음에도 끝날 줄 몰랐다.

"지독한 놈. 이제부터 넌 내 아들이 아니다."

선명은 정나미가 떨어진 듯했다.

"지금까지도 그랬어요."

그 어떤 기대감도 남아있지 않았다.

"뭐라고?"

노여웠지만 생사를 넘나드는 환 앞에서 선명은 더 말하지 않았다.

환을 한국으로 돌려보내던 날, 선명은 침묵으로 일관했다. 가서 잘 지내라는 말도, 잘 가라는 말도 하지 않았다. 환과 눈을 마주쳐주는 것도 하지 않았다. 환의 한국행에 관한 모든 절차를 혜정에게 떠맡긴 채 물러나 있었다.

환의 한국행은 그렇게 이뤄졌다. 환은 생기를 되찾았지만 그리 오래가지는 못했다. 그놈의 학교가 또 말썽이었다. 서울에 와서도 학교라는 시스템에 적응하는 일은 어려웠다.

아들의 한국행이 결정되고 선명이 전처 귀현의 친구에게 환을 부탁했다. 박수를 쳐줄만 한 일이었다. 거기까지였다. 한국에 와서도 적응하지 못했던 환은 결국 학교를 관뒀다. 온종일 만화책을 끼고 살았다. 도서관에 가서 손에 잡히는 대로 책을 빌려왔다. 그 중에서도 탐정만화나 추리소설은 취향에 맞았다. 시간이 가는 줄도 모르고 날밤을 새가며 읽어댔다.

노파심 어린 할의 충고가 잔소리가 된 것도 그즈음부터였다. 유령과 함께여서 환이 이상해졌다고 여길지 모르나 실상은 그렇지 않았다. 할은 자신의 잔소리 때문에 그나마 환이 사람처럼 살고 있는 거라고 여겼다. 검정고시로 중학교와 고등학교 졸업자격을 얻은 것은 모두 할의 조언 덕분이다. 환이 검정고시를 통과한 그때, 할은 자신의 일처럼 기뻐했다. 환을 대견하게 여겼다.

선명과의 관계는 조금도 나아지지 않았다. 되레 악화일로를 걸었다. 할이 선명에 관한 말을 흘리자면 환은 무덤에 가져갈 얘기처럼 정색했다. 그것이 원망인지 그리움인지 할은 헷갈렸다.

- 자기 아들이 불행하길 바라는 아버지는 없어. 애정을 표현하는 방식이 다른 아버지들과 다르고 서툴러서 그런 거지.

할은 환의 속을 뒤집게 될 것을 알면서도 마 교수를 또 입에 올렸다.

"…."

환은 눈살을 찌푸리는 일도 없이 조용했다.

- 언제가 될지는 몰라도 자식을 두게 되면 너도 알게 될거야. 아버지 마음을….

할도 자신은 없었다. 아버지의 마음을 아는 일에 대해서. 그럼에도 할은 남들이 하던 말을 환 앞에 늘어놓았다. 그만 아버지에 대한 원망을 털어내라고. 마 교수를 위해서가 아니라 환 자신을 위한 것이라고.

"자식은 안 둘 거야."

– 인아랑 둘이 서로 사랑하는 거 아니었어? 자식은 당연히 낳아야지.

"누가 옛날 사람 아니랄까봐 고리타분하긴."

– 자식이 있어봐야 아버지 마음을 알지. 지금이야 죽었다 깨어나도 모를 테고.

"그러는 할은 알아? 애도 없으면서…."

환은 도끼눈으로 째려봤다.

– 꼭 먹어봐야 똥인지 된장인지 아는 건 아니지. 다 널 위해서 하는 말이니까 그냥 곱게 새겨듣는 게 좋을 거다.

"잔소리하고 싶어서 입이 근질근질한 건 아니고? 그동안 내가 들은 할의 잔소리를 싹 다 모으면 태산도 금방이지. 아마 하늘을 찌르고도 남을 걸? 또 모르지. 찔린 하늘 틈으로 할을 데려갈 저승사자가 내려올지도."

– 나 없으면 당장 울고불고할 녀석이 누군데? 네가 내 발목을 붙잡고 있어서 못 가는 거잖아.

"제발 좀 가주세요. 네에?"

말은 그렇게 했지만 환의 진심은 아니었다.

– 갈 수 있으면 나도 가고 싶다. 무슨 미련이 있어서 이러

고 살고 있는지 참.

할은 한숨을 내쉬었다. 정말이지 미치게 알고 싶다. 백 년도 더 지난 영혼이 뭐가 아쉬워 이승을 떠나지 못하고 있는지를 말이다. 가끔은 자신이 기억하지 못하는 죽음 때문은 아닐까 싶기도 했다. 그 순간을 떠올리자면 머리가 지끈지끈했다. 고막이 터질 듯한 소리가 할을 덮쳐왔다. 아무런 기억도 나지 않았다.

환이 그늘진 목소리로 할을 불렀다.

- 그렇게 불러대니까 내가 저승에 가고 싶어도 못가는 거잖아.

할이 핀잔했다.

"할? …할은 어땠어? 아버지가 있었을 거잖아. 나한테 하는 걸 보면 할은 분명 좋은 아버지를 뒀을 거야."

- 그걸 말이라고! 나 같은 좋은 아들을 뒀는데 당연히 훌륭한 아버지지.

할은 으스댔다. 누구를 나무랄 입장이 못 된다는 사실에 이내 말문을 닫았지만.

자신의 아버지에 대해 왜 한번도 떠올리지 않았을까. 아버지에 대한 할의 생각은 새삼스러웠다. 아들의 꿈을 지지하거나 응원해준 적 없는 아버지. 할은 자신의 아버지에 대해 털어놓지 못했다. 환이나 할 자신이나 다를 바 없는 상황임에

탄식이 절로 나왔다.

아버지란 존재는 아들의 영원한 적이 아닐까.

그렇지 않고서야 어떻게….

❀

백인석 박사는 경매 사이트에 올라온 단원의 책거리가 진품이라는 소견을 내놓았다. 인터넷은 또 다시 시끄러웠다. 그가 오랫동안 단원 김홍도를 연구해왔다는 것은 관계자들도 잘 아는 일이었다. 그랬음에도 그가 단원의 책거리 감정가에 내놓은 결과를 두고는 다들 고개를 내저었다.

정조의 명을 받고 스승 표암 강세황과 함께 대마도에 밀입국했다는 점을 내세워 김홍도가 일본의 도슈사이 샤라쿠와 동일 인물이라고 주장했던 것과도 무관하지 않았다. 단원이 책거리를 그렸을 것이라는 추측은 난무해도 전해오는 작품은 없었다.

백인석이 경매 사이트에 올라온 책거리가 단원의 것이라 주장함으로써 유명세를 얻어 보려는 심사라 여겼다. 이 같은 논란에도 불구하고 김홍도의 책거리는 무려 칠억 원이라는 고가에 낙찰되었다.

- 종이 한 장을 칠억씩이나 주고 사다니 미쳤군.

할은 기가 찼다.

"사랑하는 연인의 시 한 줄에 자신의 전 재산을 내놓은 여자도 있다던데…."

환은 담담했다.

– 정신 나간 인간이 한둘이 아니군.

"할이 흥분할 일은 아니지. 예술은 소유하는 자가 그 가치를 정하는 법이니까. 같은 그림이라도 누구는 수억 원을 아무렇지 않게 지불하고 또 누구는 단돈 만 원도 아까워한다고. 그게 바로 예술의 속성 아니겠어? 마음이 흔들린 사람이 집착도 하게 된다고."

– 그래서 넌, 저 그림을 얼마에 주고 샀는데?

할은 카페 벽에 걸린 민화를 손으로 가리켰다. 덕수궁 돌담길 화가가 작품 활동을 중단하면서 환에게 택배로 보내온 그림이다.

"할이 좋아한 걸로 따지면 수백 수천을 줘도 아깝지 않지."

환은 공짜로 얻었다는 말은 하지 않았다. 그렇다고 할이 좋아하는 그림에 그런 식의 가격을 매기고 싶은 마음도 없었다. 그림에 값을 매기는 순간 가치는 고정된다.

– 하기는 그때의 마음 같아선 내 심장을 꺼내주고서라도 갖고 싶었으니까. 그나저나 우리의 의뢰인이 찾는 노비의 평

생도는 과연 얼마짜리일까?

할은 눈을 가늘게 뜨고 고민했다.

"글쎄…."

의자에 앉아 턱을 고인 환은 할과는 또 다른 생각으로 골
똘했다. 책거리와 같은 날 경매에 올라온 문자도에 대해서.

경매 시작 전부터 단원의 작품은 관계자들뿐 아니라 사람
들의 뜨거운 관심을 받았다. 경매가 시작되자 분 단위로 아
니 초 단위로 가격이 올랐다. 삼십 분도 안 돼 천 단위를 넘
어서고 나중엔 억 단위로 뛰어올랐다.

예서체의 '齋'와 '靈' 두 글자로 이뤄진 문자도는 단
원의 책거리로 인해 세간의 주목에서 밀려났다. 경매 시작가
에서 좀처럼 변화가 없었다. 환이 마지막으로 본 것은 경매
가 끝나기 삼십 분쯤 전이었다. 시작가 십만 원에서 만 원이
더 올랐지만 결국은 그 가격에 낙찰되었을 것이 뻔한 그림이
었다.

경매는 전날 오후 두 시에 시작해서 다음날 오후 두 시에
정확하게 마감됐다. 책거리와 문자도 두 작품 모두 낙찰이
이뤄졌지만 누가 받았는지에 대한 정보는 나와 있지 않았다.
김홍도의 작품이야 고가의 것이니 그렇다 치더라도 문자도를
낙찰 받은 사람에 대한 정보를 알아내는 것도 어려웠다.

환은 경매 사이트를 다시 찾아들어갔다. 담당자를 통해 물어보면 알 수 있지 않을까 싶었다.

스마트폰은 그때 울렸다. 환은 액정을 확인했다. 의뢰인이다. 전화를 받자마자 남자는 인사도 없이 본론으로 들어갔다. 평생도의 행방을 알아보고 있는지를 확인했다. 서두른다고 쉽게 찾아질 물건이 아니라는 건 남자도 잘 알고 있었다.

"급하신가요?"

남자는 환의 물음에 대답하지 않았다. 다만, 김홍도의 책거리 때문에 온 나라가 들썩거리는 것 같다며 노비의 평생도만큼은 은밀하게 움직여달라는 언질이었다. 소문나지 않게 조용히. 남자의 통화도 거기서 뚝 끊겼다.

"소문이 나야 누군가는 입을 열 텐데…."

환은 까맣게 된 스마트폰 액정을 보며 혼잣말을 했다.

그러고는 예술품 경매 사이트에서 대표 전화번호 하나를 찾아냈다. 환은 즉시 키패드를 눌렀다. 남자가 전화를 받았다. 환은 단원의 책거리와 함께 경매에 올라왔던 문자도를 누가 가져갔는지 알고 싶다는 말을 전했다.

'민화 문자도 말이군요?'

"그게 민화였나요? 암튼 두 글자의 한자가 적혀 있었죠. 제가 낙찰을 받으려고 했는데 다른 일에 바빠서 타이밍을 놓쳤지 뭡니까?"

설레발을 친 환은 낙찰가에 웃돈을 얹어서 되사고 싶다는 뉘앙스를 풍겼다. 돌아온 답변은 예상한 대로였다. 고객의 정보를 함부로 유출할 수 없다. 연락처를 남겨주면 전해줄 수는 있다. 의례적인 말들이었지만 환은 꼭 좀 전해달라는 말과 함께 자신의 연락처를 남겼다.

"뭔데 그렇게 사정해?"

장시간 비행에 피곤할 텐데도 인아는 집으로 바로 가지 않았다. 승무원 캐리어를 끌며 카페에 나타났다.

"아홉 번째 파리는 어땠어? 좋았어?"

"고마워."

"뭐가?"

"환이 그렇게 물어봐주면 난 이상하게 그냥 기분이 좋더라. 따로 주문하지 않아도 내 커피가 적절한 타이밍에 나와 주는 것도."

인아는 의자에 앉아 부은 종아리를 주무르며 말했다.

"인아 커피잖아."

- 애도 안 낳겠다는 놈이 저 꿀 떨어지는 눈 좀 봐. 누가 보면 백만 년 만에 만난 연인인 줄 알겠어.

눈꼴 시린 할이 시샘을 부렸다.

"본인 자리로 좀 가지?"

환이 어금니를 물고 나직이 말했다.

"어? 뭐라고?"

"아냐, 아무것도. 그나저나 인아 종아리에 알 배겼네."

환은 인아의 뭉친 종아리를 마사지하듯 주물렀다.

인아는 손님들이 본다고 부끄러워했다. 환의 손을 뿌리치지 못한 채 인아는 다정한 눈길로 환을 바라보았다.

- 평생도 행방은 안 알아볼 거야?

할이 곁에서 또 구시렁구시렁 거렸다.

유령이라고는 하지만 할 역시 스물여섯의 혈기 왕성한 청년이다. 환이 인아와 함께 있자면 할은 훼방꾼처럼 잔소리를 늘어놓았다. 신선놀음에 도끼자루 썩는 줄 모른다거나 카페가 무슨 물레방앗간도 아니고 애정표현이 과하다거나 요즘 젊은 것들은 부끄러움이나 창피함도 모른다고 걸쩍지근하게 굴었다.

"정 그러면 할도 유령 애인을 사겨."

"유령 애인이라니?"

할에게 힌 말을 인아가 받았다.

"그 유령 나오는 드라마 있잖아. 어제 본 드라마 얘기야."

"드라마 얘기가 왜 여기서 갑자기 나와?"

"그러게. 왜 나왔지."

환은 바보처럼 어색하게도 웃었다. 인아와 있는 시간은 짧게만 느껴졌다. 민화 문자도를 낙찰 받은 사람의 연락은 오지 않았다.

●

환은 은미에게 카페를 맡기고 대법원 인근에 있는 국립중앙도서관을 찾았다. 노비가 그렸다는 그림에 대한 실마리를 서가의 책 한 귀퉁이에서 발견할 수 있다면 더할 나위 없을 것이다. 민화와 관련된 서적은 생각보다 적었다. 조선 후기 대중적으로 그려졌던 것에 비하면 말이다. 그림을 곁들인 민화관련 책들을 들춰보는 일은 꽤나 시간이 걸렸다.

조선 시대 중후기는 문화예술의 전성기였다. 민화는 도화서의 화원이 되지 못했거나 그림교육을 정식으로 받지는 못했지만 그림에 재주가 있는 무명의 떠돌이 화가들에 의해 널리 그려졌다. 조잡한 면이 있어 양반가의 감상용 정통 회화와는 견주지 못했다. 묘사의 세련미나 격조가 정통 회화에 비해 한참 뒤떨어졌다.

그럼에도 작금에 민화가 주목받는 데에는 한 시대를 풍미한 까닭이다. 특히 정통 회화에는 없는 소박하고 익살스러운 면이 있다. 구성에 있어서도 대담함을 뛰어넘어 파격적이라 할 만큼 혁신적인 화풍으로 인정받았다.

그 당시 서민들은 민화를 집안 곳곳에 장식용으로 걸어뒀다. 양반의 전유물이라 여겼던 그림을 평민이 즐기기 시작했다는 점에서 민화는 확실한 변화를 이뤄냈다. 먹고사는 문제에서 벗어난 서민들이 예술을 향유할 만큼 풍요로운 시대였다.

환은 그 옛날 마 교수의 화첩에서 봤던 청룡도에 시선이 멈췄다. 에어리언 같고 괴기스럽기만 해서 그때는 청룡도를 보는 것이 무서웠다. 환은 테이블에 머리 위까지 책을 높게 쌓아두고는 한 권씩 봐 넘겼다. 강렬한 색채에 이끌려 민화를 흥미롭게 감상하고 있을 때였다.

- 언제까지 책만 들여다보고 있을 거야? 이런 그림이라면 산증인이지, 내가.

도서관에 사람들이 불어나자 할은 초조했다.

"노비의 평생도에 관한 건 아무리 뒤져도 없는데…."

- 그런 그림이 있다는 건 나도 들어본 적이 없어. 남자가 보여준 그림도 노비보단 고관대작집의 도령이잖아. 근데 그게 왜 노비의 평생도란 거야?

할은 알다가도 모르겠다는 표정을 지었다.

그 시절, 민화는 어느 집에나 있었다. 집집마다 한 점씩은 벽에 걸려있을 정도로 흔했다. 할의 집에는 없는 물건이었지만. 악귀를 물리치고 사악한 기운으로부터 집을 지켜준다는 용맹한 호랑이나 해태의 그림을 할은 본 적이 있다.

"귀여운 용도 많은데 이 용은 괴수 같아."

환은 구름 속에 몸을 반쯤 숨긴 채 뒤얽혀 있는 청룡과 황룡을 보고 있었다.

- 미꾸라지도 용이 되던 시절이었지. 용이 못되면 이무기가 되고 말이야.

"뭐란 거야?"

환이 무슨 뜬금없는 소리냐는 듯 할을 바라봤다.

대꾸가 없는 할은 서가의 창문 밖을 내다보고 있었다. 나라를 위해 자신도 뭔가 할 수 있을 것이라고 여겼다. 벼슬을 꿈꾼 건 아니었다. 양반의 족보가 없더라도 사람이다.

사람처럼 살고 싶다. 사람으로 태어났으니 사람대접은 받고 살아야 했다. 사람이라고 다 같은 사람은 아니었다. 송두리째 마음이 건너갔다. 사랑한다는 고백이라도 할 수 있다면 아니 얼굴이라도 다시 볼 수 있다면 그것으로 족할 것도 같았다.

붉은 피가 할의 몸에 똑같이 흘러도 그것은 사람의 피가 아니다. 개돼지의 피다. 어느 날 갑자기 죽어 무덤도 없이 버려져도 아까울 것 없는 피였다. 무역상 중에 더러는 양반의 족보를 사고 신분을 세탁하는 이도 있었다. 할은 알고 있었다. 자신으로서는 꿈도 꾸지 못할 일이다.

- 다 헛꿈이지. 노비 주제에 평생도가 웬 말?

할은 자조했다.

실체도 없는 소문이 천 리를 가고 만 리를 간다. 그것도 옛말이었다. 요즘 같은 IT시대에는 헛소문은 그야말로 핵폭탄 급이다. 사람들의 입과 귀를 한입에 집어삼키고 거짓도 진실인양 목을 빳빳이 세우고 다니는 세상이다. 노비의 평생도 역시 몰락한 양반 가문의 평생도가 노비의 것으로 둔갑했을 것이다. 노비에겐 애초부터 가당치 않은 물건임에야.

관련 서적을 아무리 뒤져도 환의 눈길을 끌만한 것은 나오지 않았다. 인터넷 어딘가에 단 한 줄의 풍문이라도 올라와 있지는 않을까. 환은 책을 펼쳐 둔 채, 스마트폰으로 인터넷 접속을 했다. 노비의 평생도. 아버지의 염원. 평생도. 노비. 민화 평생도. 연관될 만한 단어들을 모조리 검색해봤지만 얻을 만한 정보는 없었다.

- 그렇게 찾을 수 있는 거였다면 우릴 찾아오지도 않았겠지. 노비의 평생두든 아니든 돌잡이 그림의 맥락을 이어줄 그림을 찾으면 그만 아냐?

"소문의 발원지를 알면 뭔가 가닥이 좀 잡힐 것도 같은데 말이야. 계보 같은 게 혹시 있지 않을까? 집집마다 그런 거 있잖아, 왜?"

환은 실낱같은 희망을 내비치며 말했다.

- 계보가 아니라 족보겠지. 근데 누구 족보? 노비 족보?

말을 하다 말고 할이 헛웃음을 터뜨렸다. 노비에게 족보가 있다면 그것은 노비문서다. 노비 자신은 손에 넣을 수도 없는. 수중에 넣었다면 그 즉시 불태우고 말 문서인 것이다.

"그게 그렇게 웃을 일이야? 빈정 상하려고 하네. 그만 좀 웃지?"

- 니 기분 상하라고 웃는 거 아니거든. 암튼, 노비족보가 필요하다면 노비를 거느렸던 양반들의 문서를 찾아보는 게 낫겠다.

할은 얼굴의 웃음기를 지웠다.

"민주주의 시대에 그런 비인권적인 물건을 여태 갖고 있는 사람이 있을라고?"

- 노비는 보는 즉시 불살라도 그 주인은 깊숙한 곳에 보관해둘걸. 오백년이 됐어, 삼백년이 되기를 했어? 백년 내외의 그림이잖아, 고작. 노비의 후손이든 화가의 후손이든 역추적하면 문제의 평생도에 대해 알고 있는 사람이 어디서든 걸리겠지. 남자도 그런 사람 중의 하나를 만난 거 아니겠어?

"그림을 팔았다는 사람부터 찾아야겠군."

- 옳거니!

할이 맞장구를 쳤다.

도서관에 더 있을 필요가 없었다. 환은 서둘러 도서관을 나와 의뢰인에게 전화를 걸었다. 몇 번의 연결음이 울렸지만 남자는 전화를 받지 않았다. 환은 돌잡이 그림을 누구에게 샀는지 연락처나 인적사항을 알고 싶다는 문자를 남겼다.

카페로 돌아오는 길에 국립중앙박물관에도 들렀지만 민화는 전시되어 있지 않았다. 그런 거라면 민속박물관에 있을지도 모른다고 학예사가 전했다. 환은 할과 함께 박물관을 좀 더 둘러보다가 도롯가로 나왔다.

할이 갑자기 비명을 지르더니 환을 향해 달려들었다.

"아, 제발 쪼옴!"

골똘한 생각에 잠겨 있던 환이 화들짝 놀라 소리쳤다.

- 미안하긴 한데, 내 사정 봐가며 차가 달려들지 않는데 어떡해?

할은 윙크를 날렸다.

카페를 나서면 할은 항상 환의 옆이나 뒤에 바짝 붙어서 다녔다. 차는 환이 알아서 피해 다녔다. 그렇더라도 가끔은 자신을 향해 달려드는 차를 할은 어쩌지 못했다. 환의 어깨에 올라타거나 등에 업혔다. 종종 있는 일이라 적응도 되었다만 할이 앞에서 달려들면 환도 침착하게 굴기는 어려웠다.

"카페에 그냥 있었으면 좋았잖아."

퉁명스러우면서도 걱정 어린 말투였다.

- 무슨 말씀을 그리 섭섭하게 하시나. 이번 일엔 내가 적

격이라고.

할이 핏대를 세우며 씩씩거렸다.

"민속박물관까지 가는 건 아무래도 무리겠어."

- 난 괜찮아. 가자고. 갈 거야.

마음 같아서는 카페로 돌아가자고 말하고 싶었으나 할은 괜한 오기를 부렸다. 가깝게 지나가는 차들을 피해 할은 비틀비틀 앞장서 걸었다. 몇 발자국을 못 가 환의 어깨에 목말을 타듯 올라탔다.

환은 또 당황했다. 다리가 중심을 잃고 휘청했다. 지나가던 사람이 놀라 환을 부축하며 다가왔다.

"저는 괜찮습니다. 고맙습니다."

❀

새벽 세 시. 환은 좁은 방안을 하릴없이 오갔다. 자려고 침대에 누우면 달덩이처럼 하얗고 포동포동한 아기의 얼굴이 천장에 그려졌다. 까무룩 잠든 그 틈에도 아기는 다녀갔다. 눈을 뜬 다음에도 잔영이 남아서 환은 부대꼈다. 잠자기는 다 글렀다.

환은 어둠 안에 우두커니 앉아 있었다. 창문가로 어스름한 빛이 들이치자 집을 나섰다. 어둑한 골목. 환은 다른 날과 달리 일찍 카페로 출근했다. 머리가 복잡할 때면 그런 날이 종종 있었다.

진열장의 커피잔을 꺼내 닦고 새롭게 진열했다. 홀의 테이블을 재배치하고 청소기를 돌렸다. 그러고는 어제 새로 사온 생두를 창고에서 꺼내왔다. 로스팅 기계에 투입된 생두는 조금씩 갈색화가 되어갔다. 커피 볶는 냄새가 카페와 새벽의 거리로 번져갔다.

영업 준비를 다 마쳤음에도 카페 앞 골목으로 사람은 지나가지 않았다. 이른 시간이다. 환은 구석 의자에 등을 기대고 누웠다. 못잔 잠이 그제야 쏟아지는 듯했다.

"카페에서 주무신 거예요, 사장님?"

은미의 목소리에 환은 눈을 떴다.

"왔어요."

멀뚱멀뚱한 은미는 무슨 일인가 싶어 환의 눈치를 살폈다.

주인이 과하게 부지런하면 밑에서 일하는 사람은 피곤하다. 처음엔 자신보다 항상 일찍 나와 있는 젊은 사장을 이겨 보겠다고 출근 시간을 앞당겼다. 환은 매번 은미보다 먼저 나와 있었다. 주인보다 먼저 나와 있겠다는 각오는 퇴색했다. 보통 때보다 한 시간 일찍 출근했음에도 카페에 환이 나와 있는 것을 확인하고 나서였다.

환이 혼자 영업 준비를 다 끝내놓았다고 해도 이상하지 않았다. 다만 오늘은 다른 날과 달랐다. 아무리 피곤해도 환이 카페 구석에서 잠을 자는 일은 없었다.

"무슨 고민이라도 있으세요?"

은미는 측은한 눈길로 바라봤다.

"그냥, 생각이 좀 시끄러워서요."

환은 의자에서 일어섰다.

"저번에 찾아온 남자 손님 때문이겠죠? 몸이 두 개라도 모자랄 만큼 바빠져서 사장님 얼굴보기도 힘들어지겠다, 뭐 그런 뜻이겠죠."

"아니라고 할 순 없겠네요."

"사장님이 안 계시면 그날은 이상하게 매상도 같이 떨어지던데…."

은미는 매상이 걱정인 듯했다.

"제가 없어도 손님은 득시글할 테니까 걱정 붙들어 매세요."

환은 피식 엷은 웃음을 지었다.

카페 할의 커피맛, 매상을 책임지고 있는 이는 따로 있다. 환은 햇볕이 잘 들지 않는 창가의 테이블에 있는 할을 향해 눈을 찡긋했다.

– 기어코 혼자 다닐 작정이군. 환도 없이 카페에만 있는 건 진짜 죽을 맛인데.

할은 우거지상을 하고 환을 째렸다. 다 자신을 위해서라는 것은 알지만 속상한 마음은 잘 풀리지 않았다. 당장 카페 앞 골목만 나가도 굴러다니는 바퀴 천지다. 쌩쌩 달리는 차들은 유령 할을 위협하는 괴물이나 다름없다. 굴러다니는 것만 봐도 할은 혼비백산했다.

거기서 끝나는 일이라면 괜찮았다. 어디로 튈지 모르는 할 때문에 환의 안전을 보장할 수 없다는 게 문제다. 자신을 향해 달려드는 차에 할이 기겁해서 환을 덮친다는 사실이다. 할의 몸무게를 감당하지 못해서가 아니다. 유령인 할은 무게감이 없다. 하지만 환의 눈에 보이는 할이 정면에서 달려들면 상황은 달라졌다. 저도 모르게 할을 피했고 가끔은 차도로 뛰어드는 일이 발생한다는 것이다.

유령인 할이야 공포에 질리더라도 차에 치여 죽는 일은 발생하지 않는다. 환이라면 얘기는 달라진다. 차에 부딪히면 그 자리에서 사망이거나 최소 입원이다. 그동안은 비교적 아니 아주 많이 운이 좋았다. 함께 지내는 동안 할로 인해 환이 병원에 실려 가는 일은 없었으니 말이다.

─ 하나만 약속해. 뭐든 아는 건 다 나한테 얘기해 주겠다고.

자신의 호기심 때문에 환이 위험한 일을 당한다면 그것도 견딜 수 없는 일이다. 할은 적잖이 서운했지만 흔쾌히 받아들였다.

"그럴게."

환은 고마운 눈초리로 할을 뚫어져라 바라봤다.

- 미안하다. 사랑한다. 뭐 그런 낯간지러운 소리할 거면 관둬.

할은 환의 표정만 보고도 무슨 말을 하려는 것인지 짐작했다. 십수 년을 둘이 살았으니 척하면 척이다.

환은 잡히지도 않는 할을 껴안았다. 질겁하는 할을 쫓아 카페를 이리저리 뛰어다녔다. 할을 볼 수 없는 은미는 다 큰 어른이 또 장난을 친다며 주방으로 향했다.

탐색

만물 스님. 불교적인 냄새가 짙게 풍겼으나 토속적인 느낌도 지울 수 없었다. 남자는 만물 스님한테서 그림을 샀다고 했다. 과거엔 사찰에서 기거했지만 현재는 경기도 이천 모처에서 화실을 운영하고 있다는 귀띔도 함께였다.

찾는 건 어렵지 않았다. 불화를 도제식으로 전수한다는 만물 스님은 문하생들을 데리고 다니며 사찰에 불화를 그려주고 있었다. 전국의 사찰을 옮겨 다니는 까닭에 그의 비서라는 중년 여자가 화실의 전화를 받았다. 문하생들과 지방으로 출타를 하면 한두 달은 기본이라고 했다. 안료를 구하는 일로 예고 없이 들르기도 하고 간혹은 일이 중단되어 돌아오는 때도 있다고 했다. 환은 전갈을 주면 바로 찾아뵙겠다고 했다.

연락은 생각보다 빨리 왔다. 만물의 화실을 찾아가는 동안 환은 긴장했다. 이천시내의 아파트 단지가 모여 있는 인근이었다. 신둔천이 가까운 건물의 이층 유리창에 '불화(佛畵)'라는 글씨가 붙어있었다.

환은 더 볼 것도 없이 건물 출입구의 계단을 따라 올라갔다. 이층에 올라서자 두 개의 문이 한눈에 들어왔다. 문에 안내문 같은 것은 붙어있지 않았다. 환은 가까운 곳의 문을 두드렸다.

"아무도 없나? 왜 이렇게 조용해?"

환은 조심스럽게 문의 손잡이를 잡았다. 문이 열리자 마룻바닥을 도배한 강렬한 색채가 화기처럼 환을 향해 달려들었다. 바닥에 쭈그리고 앉아 부처인지 보살인지 헷갈리는 밑그림에 채색을 하는 이들은 다들 나이가 지긋한 문하생들이었다. 한 장의 거대한 그림에 여러 명이 달라붙어서 작업을 하는 중이고 환의 등장에도 아랑곳 하지 않고 채색에만 정신을 팔았다.

"저기요. 만물 스님이 여기 계시다던데…."

환은 단정하게 머리를 쪽진 여자에게 말을 건넸다. 붓질을 멈출 생각이 없는 여자는 자신의 앞쪽을 향해 고갯짓을 하고는 이내 채색에 다시 열중했다. 삼십 평은 족히 될 듯싶은 공간에 펼쳐진 전지에 환은 홀로 난감함을 금치 못했다.

환은 좀 전의 여자가 가리킨 회색빛의 개량한복을 입은 노인을 건너다보았다. 긴 머리를 상투처럼 정수리에 올려 묶은 그는 스님처럼은 보이지 않았다. 환이 보고 있는 동안 전지에 눈길을 두고 있던 그가 상체를 일으켜 세웠다.

환은 그와 눈이 마주친 순간을 놓치지 않았다.

"만물 스님을 뵈러 왔습니다만."

"…참으로 오랜만에 듣는군. 나를 그렇게 부르는 사람이 아직도 있다니."

만물은 혼잣말처럼 중얼거렸다.

"만물 스님? 여쭙고 싶은 게 있어서 찾아왔는데 시간을 좀 내주시면…."

"그럽시다."

만물은 흔쾌했다. 붓을 내려놓고 허리를 곧추세우며 일어섰다. 마룻바닥에 펼쳐져 있는 탱화의 흰 부분을 지그시 밟으며 환이 있는 쪽으로 건너왔다.

"여기는 그러하니 제 방으로 옮깁시다."

만물은 문을 나서기 전에 문하생에게 발색을 좀 더 하라고 조언하고는 돌아섰다. 그러고는 또 다른 문으로 환을 안내했다.

환은 쭈뼛거리며 실내를 두리번거렸다. 사무실이라 하기에도 뭣하고 사람이 먹고 자는 곳이라고 하기에도 애매했다.

두루마리의 불화가 벽 곳곳에 세워져 있는가 하면 전지와 그림 도구들이 어수선하게 흩어져 있었다. 중형의 냉장고와 간이 싱크대가 있는 걸 보면 만물의 임시 거처 같기도 했다.

"정신은 좀 없지만 그러려니 하고 참아주시오. 나이드니 여기저기 늘어놓는 게 습관이라."

만물은 어질러진 전지와 화구들을 손과 발로 밀쳤다. 앉은뱅이 탁자 밑에서 방석을 꺼낸 만물은 어서 앉으라고 손짓했다. 그러고는 전기난로를 켜서 손님 가까이에 놓았다.

"괜찮습니다, 저는."

환은 차대가 놓인 탁자 앞에 방석을 깔고 앉았다.

"보아하니 불화를 배우자고 여기까지 온 손님은 아닌 것 같고, 젊은 양반이 내게 뭔 볼일이 있을까나."

만물은 말을 혼잣말처럼 하는 게 버릇인 모양이다. 찻물을 싱크대 수도에서 받아와 커피포트에 붓고 끓이는 동안에도 만물은 혼자 생각의 말을 늘어놓았다.

"신창성 사장의 소개로 왔습니다. 그분이 누군지 알고 계시죠?"

환은 말을 에두르지 않았다.

"신 사장?"

안다는 것인지 모른다는 것인지 헷갈렸다.

"스님께서 돌잡이 그림을 신 사장님께 파셨다고 하던

데….”

그제야 만물은 “그 신 사장” 하며 안다는 듯 고개를 끄덕
거렸다.

환은 돌잡이를 누가 그렸는지, 닮은 그림체의 그림이 또
있는지 등에 대해 확인하듯 물었다. 하지만 만물도 아는 게
없는 듯했다.

“한 칠팔 년 전인가. 신당에 걸 탱화를 그려준 적이 있는
데 거기 무당이 그림 값 대신이라며 그 그림을 줍다. 어이
가 없긴 했는데 배를 째든가 아님 그림을 받든가 둘 중 하나
를 택하라면서.”

“신 사장님한테는 어쩌다가 파시게 된 겁니까, 그럼?”

그사이 물이 끓었다. 만물은 환의 찻잔에 찻물을 따랐다.

“지금이야 문하생들과 불화를 그리고 있지만 한때는 절에
서 스님노릇을 좀 했습니다. 그때 신 사장의 아내분이 애가
생기지 않는다며 치성을 드리러 왔었죠. 한번은 남편과 함께
왔지 뭡니까. 우연찮게 내 거처에서 차를 한잔 나눴는데, 벽
에 걸어둔 그림을 부러운 눈길로 쳐다보지 뭡니까. 아기가
없으니 그림의 아이가 눈에 밟히나 보다 싶었죠.”

만물은 말하는 간간이 차를 마시며 입과 목을 축였다.

“그 그림을 파셨군요?”

의뢰인 신창성이 힘들게 얻은 아들인 것만은 분명해 보였

다. 절에 치성까지 드린 것을 보면 말이다.

"갖고 있으면 누군가 비싼 가격을 쳐줄 거라고 무당이 말을 하긴 했죠. 한번 속지 두 번을 속겠냐. 거의 반년 가까이 작업을 하고도 한 푼도 못 받았으니 재수 옴 붙었다 했는데⋯. 돌잡이 그림을 본 신 사장이 팔라지 뭡니까. 내가 받을 탱화 값보다 몇 배나 더 높은 가격을 제시하면서. 처음엔 장난을 치나 싶어서 팔만한 물건이 아니라고 거절을 했는데⋯."

"그랬는데요?"

만물의 얘기는 흥미진진했다.

"값을 점점 더 올리더란 말이죠. 액수가 막무가내로 높아가니 겁이 덜컥 나지 뭡니까. 나중엔 그림 덕에 아내가 임신을 했다며 좋아하는데, 에라 모르겠다 싶더라고요."

"정말 그림이 효험이라도 있었다는 건가요?"

"그런 게 어딨어요. 다 아기를 얻고 싶은 부인의 치성 덕이라면 또 몰라도."

만물은 껄껄 웃고는 차를 다시 마셨다.

환은 노비가 그렸다는 그림을 아냐고 물었지만 만물은 자신의 어깨를 으쓱 들어 올렸다가 내렸다. 들어본 적이 없는 모양이었다. 신창성이 무엇을 보고 돌잡이 그림이 노비의 평생도 연작이라고 확신했는지 환은 알 수 없었다. 인간의 염원을 담아 그렸다는 말은 들어봤어도 그림에 효험이 있다는 말은 처음이라며 만물은 웃어넘겼다.

"그림에 대해 해박한 분이 좀 없을까요? 전문적으로 활동하시는 분 말고 그냥 재야에서 취미로 그림을 다루는…, 민화 같은."

환은 뭐라도 알아내야만 했다. 별 기대는 없었다. 하지만 만물이 들려주는 애기에 환은 귀가 또 솔깃했다.

"황학동 풍물시장의 황 노인이라면 뭔가를 좀 알라나? 돌잡이 그림을 달라고 어찌나 사람을 귀찮게 하던지. 뭔가 아는 눈치인데 말을 안 하길래, 나도 모른 척 그냥 넘겼지 뭐. 내가 그림을 팔아치웠다는 소식은 또 어떻게 알았는지 나를 찾아와서는 난리도 그런 난리가 없었어. 에이, 흉악한 노인네."

만물은 말끝에 치를 떨었다.

"나쁜 사람입니까?"

"그건 아니고. 암튼 전국 안 다니는 곳 없이 다니며 골동품을 수집하는 노인네니 나보단 아는 게 많을 거요."

만물은 이름만큼이나 할 말이 많은 사람이었다. 외지에서 찾아온 환을 앉혀놓고 장시간 수다삼매경에 빠졌다. 나중에는 자신이 그린 불화가 전국의 사찰 어디에 있는지, 그리고 어느 사찰에서는 작업을 하는 동안 내내 부처가 꿈에 나타나는 체험을 했다며 침을 튀겼다.

환은 학생처럼 앉아서 만물의 경험담을 들어주었다. 환과 통화했던 중년의 비서가 문을 두드리며 나타나고서야 만물의 이야기는 끝을 보였다.

"멀리서 왔으니 저녁이라도 하면 좋으련만, 선약이 있어서…, 미안해서 어쩐다?"

"별 말씀을 다 하십니다. 저는 괜찮습니다."

만물의 시간을 뺏고 정보를 얻었으니 밥을 사도 환이 사야 마땅했다. 자신의 선약에 미안함을 금치 못하는 만물로 인해 환은 또 어쩔 줄을 몰랐다. 만물은 계산적인 사람이 못되었다.

◆

황의 연락처는 따로 없었다. 황학동 풍물시장에서 황 노인을 묻기만 하면 다 알 것이라는 만물의 말을 환은 그대로 받아들였다. 요즘 같은 세상에 휴대폰 하나 없다는 게 말이 되진 않았다. 알려주기 곤란하다는 뜻일 것이다. 환은 카페로 돌아오는 길에 황학동 풍물시장을 찾았다.

대로변 안쪽으로 풍물시장 간판을 단 건물 하나가 산뜻하게 서 있다. 환은 건물 안으로 들어가기 전에 그 인근에서

좌판을 펼친 몇몇 장사꾼을 붙잡고 황에 대해 물었다. 풍물시장 골목에서 웬만한 사람은 다 황을 알 거라던 것과 달리 다들 고개를 젓거나 손사래를 쳤다.

풍물시장 건물 안에 있으려나. 환은 자리를 옮겼다. 백화점처럼 점포들이 따닥따닥 붙어있는 그곳은 별천지처럼 보였다. 보지도 듣지도 못한 무엇에 쓰는 물건인지 모를 것들도 간간이 눈에 띄었다.

한국전쟁을 치르고 난 뒤였으니 먹을 것은 없고 입에 풀칠은 해야 했던 시절이다. 사람들은 굶주린 배를 채우기 위해 집에서 쓰던 물건들을 하나둘씩 내다팔기 시작했다. 그것을 증명이라도 하듯 밥그릇, 장식장, 시계, 도자기, 불상, 악기, 금빛 나는 장신구와 장식품 등등 집에서 쓰는 그 옛날의 생활 잡화들이 없는 것 없이 다 나와 있었다.

풍물시장은 전쟁을 겪은 세대들이 살기 위해 몸부림치던 흔적이 그대로 남아있는 곳이기도 했다. 배고픔을 달래주던 시장은 세월이 흘러 골동품 시장으로 변모했다. 누군가는 그곳에서 소중한 추억을 손에 넣기도 하고 또 누군가는 진귀한 골동품을 손에 넣기도 했다. 운이 좋다면 말이다.

누군가의 식탁에서 오랫동안 머물렀을 식기류 등의 생활용품은 물론 누군가의 삶과 함께 했을법한 장신구와 장식품들이 세월의 더께를 뒤집어쓴 채로 존재감을 드러냈다.

접해보지 못한 해묵은 물건들에 환은 저도 모르게 마음을 빼앗겼다. 주인의 손때를 간직한 물건들을 보고 있자니 옛 주인의 삶이 연상되기도 했다.

스마트한 서울의 한복판에 이런 해묵은 것들이 거래되는 시장이 있음에 환은 놀랐다. 황을 찾으러 왔다는 것도 잠시 잊었다. 옛 물건과 옛 풍경의 점포에 환이 정신을 팔고 있을 때였다. 어디선가 "이봐, 황!" 하는 소리가 귓속에 박혔다.

환은 부리나케 사방을 휘둘렀다. 베레모를 쓴 남자와 백발의 남자가 시장 계단에서 대화를 나누고 있었다. 환은 그들을 향해 걸음을 재촉했다.

"황학동의 황이신가요?"

환은 백발의 남자에게 물었다.

"이 사람도 황이네만 우리 중 누구에게 볼일이 있는 건가?"

두 명의 황이 얼굴에 만연한 웃음을 지으며 환을 쳐다봤다.

"황학동의 황이 한 명이 아닌 모양입니다."

환은 당혹스러웠다.

"그렇다고 젊은 사람이 우거지상을 할 건 또 뭔가. 어디서 황의 얘기를 듣고 왔다면 보나마나 황학동에서 제일 바쁜 황을 말하는 거겠지."

베레모를 쓴 남자는 자신이 얘기하는 중에 홀로 풍물시장 입구를 빠져나가는 백발의 남자를 향해 "안 그런가, 황?" 하고 큰소리로 외쳤다.

"저분이 제일 바쁜 황인가요?"

환은 허둥대는 눈길로 멀어지는 황 노인을 쳐다봤다.

베레모 남자는 직접 확인해보라며 실실거렸다.

환은 아무튼 고맙다는 말을 던지듯 하고는 백발의 남자를 허둥지둥 뒤쫓았다. 작은 체구에도 걸음은 어찌나 빠르던지 날다람쥐가 따로 없었다. 오가는 사람들 사이로 증발하듯 황 노인이 감쪽같이 사라져버린 것도 삽시간의 일이다.

환은 갈림길에 서서 황망한 시선으로 주위를 둘러보았다. 골목 어디에도 황 노인의 모습은 보이지 않았다. 환은 황 노인이 사라진 지점의 인근 가게를 기웃거렸다.

"머리가 하얗고 몸집이 작은 남자를 혹시 보셨습니까? 좀 전에 이리로 지나갔는데⋯."

가게주인들은 못 봤다며 다들 고개를 저었다. 번번이 허탕을 친 환은 고서화 액자가 진열된 가게 앞에 서서 숨을 골랐다. 그 와중에도 환의 눈은 황 노인을 찾아 골목을 훑었다. 해코지를 하려는 것도 아니고 그냥 말 몇 마디 나누려던 것뿐인데 도망치듯 가버리다니 야속했다.

"뭐, 찾는 물건이라도 있나?"

고서화가게 주인은 등졌을망정 환이 입구를 딱 막고 서있으니 한마디 한 것뿐이다. 돌아서서 가게주인을 마주한 환은 멋쩍었다. 죄송하다며 비켜서려던 그때, 벽에 걸린 고서화가 환의 시야로 들어왔다.

"혹시 여기, 민화나 평생도 그런 것들도 있습니까?"

있으리란 기대는 하지 않았다. 환의 머릿속에서 요 며칠 동안 떠나지 않은 단어들이었다. 말문이 열리면 자연스럽게 나오는 것들이었다.

가게주인은 반말이 입에 밴 사람처럼 "없어" 했다. 골동품을 취급하는 사람이라 그런지 얼굴에 나타난 연륜 때문인지 환은 그의 반말이 귀에 거슬리지도 않았다. 그래서였을 것이다. 돌아서는 가게주인의 팔을 환은 섣부르게도 붙잡았다.

"저기요, 풍물시장에서 제일 바쁜 황 노인을 어디 가면 만날 수 있어요?"

가게주인은 위아래로 환을 훑어봤다. 그러고는 말했다.

"가봤자 못 만날 거야."

"어디로 가면 되는데요?"

환이 반색한 얼굴로 물었다.

"저어기, 우측으로 꺾어져서 세 번째 건물인데, 가게에 없을 거야."

110

"다른 사람이라도 있겠죠?"

"보나마나 가게 문도 닫혔을 거야. 그 양반 혼자 일하는데 가게 문도 가뭄에 콩 나듯 열어. 하기는 이 시장바닥에서 그래도 큰돈 만지는 건 그 노인네뿐이지. 우리 같은 장사치들과는 질적으로 다른 장사수완을 가졌거든. 들쑥날쑥 문을 여는데 그런 날만 또 기막히게 알고 거물고객이 다녀간다니깐."

그의 말투에는 놀라움과 시샘이 고스란히 묻어있었다.

"사전에 연락을 주고받고 오는 거겠죠."

환이 가벼운 웃음을 지었다.

장사하는 사람이 들쑥날쑥하면 손님은 떨어지기 마련이다. 가게 문을 닫아놓고도 황 노인이 시장 내에서 가장 바쁘고 장사를 잘 하는 곳이라니 석연찮았다. 아니나 다를까 환이 찾아간 황의 가게는 문이 굳게 닫혀 있었다.

환은 황의 행방을 고집스럽게 떠올렸다. 조금 전까지만 해도 눈앞에 있던 황 노인이 아닌가. 어디에도 황은 없었다. 인근 사람들에게 물어봐도 대답은 똑같았다. 모른다, 였다. 하는 수 없었다. 환은 만나 뵙고 싶다는 메모와 연락처가 적힌 쪽지를 가게 문틈에 끼워뒀다.

이틀이 지나도록 기다리는 황 노인의 연락은 오지 않았다.

메모를 못 본 것인지, 보고도 안하는 것인지 환은 초조해지기 시작했다.

- 똥 마려운 강아지처럼 왜 그래? 차라리 가게 앞에서 잠복하라고. 니가 보는 앞에서 도망쳤다면서 퍽이나 잘도 연락하겠다?

보다 못한 할이 훈수를 두고 나섰다.

"아무래도 그렇지?"

환은 할이 고개를 주억거리자 앞치마를 벗어두고 외투를 집어 들었다. 그러고는 카페 앞으로 지나가는 빈 택시를 잡아탔다.

- 뭔가 내가 도울 일이 분명 있을 텐데 말이야. 심란하군.

할은 강화 유리벽에 붙어서 환이 탄 택시를 멀뚱히 바라보았다.

●

문틈에 꽂아둔 쪽지는 보이지 않았다. 바닥에 떨어진 것은 아닌지 살폈지만 없었다. 확인을 했음에도 연락하지 않은 게 확실해 보였다. 모르는 사이라고는 하나 장사를 하면서 사람을 피한다는 게 아무리 생각해도 이해되지 않았다.

가게 물건을 사겠다고 거짓말이라도 할 걸 그랬나. 환은 황의 가게 건너편 편의점 창가에서 주전부리를 하며 기다렸다. 그렇게 삼일 째가 되던 날이다.

황이 일 톤 트럭에 오동나무 뒤주를 싣고 가게 앞에 나타났다. 뒤주를 가게 안에 들일 모양이었다. 보고 있던 환은 부리나케 달려갔다.

"제가 좀 도와드릴까요?"

"성가시게 하지 말고 비켜."

황은 발로 환을 밀쳐냈다. 그러고는 트럭에 있는 뒤주를 단번에 자신의 등으로 옮겼다. 무게중심을 잡지 못해 비틀거리는가 싶었지만 잠깐이었다. 뒤주를 등에 진 황 노인은 가게 안으로 우직하게 걸음을 옮겼다. 몸만 날랜 게 아니라 그 작은 몸집에 근육도 장난 아니게 단단했다.

환은 황 노인의 힘에 감탄이 절로 나왔다.

"내가 이러고 있을 때가 아니지, 참."

트럭에는 고서화 액자가 몇 개 더 실려 있었다. 환은 넉살 좋게 액자 하나를 들고 황 노인을 따라 가게 안으로 들어갔다. 장정도 들기 버거운 뒤주를 등에 진 황 노인은 굳건하게 계단을 올랐다. 환은 끙끙거렸다. 액자가 생각보다 무거웠다.

시간을 품은 문갑, 나비장, 소반, 경대 등의 고가구는 물론 상감청자, 이조백자 등등의 이층 물건들은 일층에 있는 것들에 비해 특별해 보였다. 그중에서도 익살스런 표정을 짓고 있는 불상은 진귀했다. 하나가 아니라 서로 다른 표정의 불상 세 개가 나란했다.

환은 불상 앞에서 넋을 놓았다. 뒤주를 내리기 위해 용쓰는 황 노인의 신음소리를 듣고서야 쪼르르 다가갔다. 도움은 되지 못했다.

"다친다고, 비키라고. 거참 성가시게 구네."

힘들어 보이긴 했으나 황 노인은 능숙한 솜씨로 뒤주를 바닥에 안착시켰다.

"밖에 있는 액자도 여기로 다 옮기실 거죠?"

환은 황 노인의 말을 흘려들었다. 트럭에 있는 액자를 양손으로 치켜들고 잽싸게 계단을 오르내렸다.

"염병할."

황 노인의 욕설인지 기특함인지 모를 소리가 환을 향해 날아갔다. 말릴 생각이 없는지 황 노인은 가게 앞에 철퍼덕 주저앉아 담배를 입에 물었다.

"어르신이 풍물시장 아니 황학동의 황이시죠?"

액자를 이층으로 모두 옮긴 환은 자신의 옷을 털며 물었다.

"자네는 마환인가?"

"제가 남긴 쪽지 보셨군요. 그냥 환이라고 불러주십시오. 어르신, 근데 이런 물건들은 다 어디서 가져오는 겁니까?"

114

"귀찮게 궁금한 것도 많고⋯."

담배 연기를 길게 내뿜는 황 노인은 시큰둥했다.

"실은 만물 스님이 소개를 해주셨습니다. 어르신이라면 노비가 그렸다는 평생도란 그림에 대해 뭔가 알고 있을지도 모른다고. 어르신이 그쪽 바닥에서는 최고라고 하던데요?"

환은 황 노인의 비위를 맞추며 치켜세웠다. 그랬음에도 황 노인의 말문은 여물어서 좀처럼 곁을 내주지 않았다.

"그런 거 찾아다닐 시간 있으면 집에 가서 발 닦고 잠이나 퍼질러 자!"

황 노인은 담배꽁초를 땅에 대고 비벼 껐다.

뭔가 알고 있다, 확실히. 환은 황 노인의 곁에 쪼그리고 앉았다.

"어르신은 무슨 힘이 그리 세요? 완전 천하장사시잖아요. 웬만한 놈들은 어르신만 봐도 그냥 다 도망가겠어요."

"뭐가 궁금해?"

"노비의 평생도 때문에 왔다고 말씀드렸잖아요. 아시는 거 있으시면 좀 말씀해주세요. 네에?"

"몰라!"

황 노인은 성질을 부리며 고개를 외로 돌렸다. 그러고는 답답한 사람처럼 숨을 길게 내뿜었다.

"뭔가 아시는 얼굴인데요."

환은 그의 눈을 뚫어져라 응시했다.

"호사가들이 멋대로 지껄이는 풍문에 휩쓸려서 괜한 시간 낭비하지 말고 그만 돌아가게나. 짐을 옮겨달라는 부탁은 안 했으니 고맙다는 말도 안 하겠네."

황 노인은 그대로 일어나 가게 안으로 들어갔다. 문을 닫아걸었고 환의 사정에도 열어주지 않았다. 환은 한참을 두드리다 골목에 나타난 경찰을 보고서야 돌아섰다.

"나중에 다시 오겠습니다."

황 노인은 나와 보지 않았다. 호사가들의 말일 뿐이라면 그리 정색할 일도 아니다. 지나는 얘기 삼아 얼마든지 해줄 수도 있지 않을까. 황 노인의 과민한 경계심은 환의 호기심을 무던히도 자극했다.

다음날 아침, 환은 눈을 뜨자마자 황 노인의 가게를 다시 찾아갔다. 문은 닫히고 황 노인을 다시 볼 수도 없었지만 환은 끈덕지게 메모를 남기고 돌아오는 일을 거듭했다.

노비의 평생도가 지닌 영험함이 진짜라면 그림을 쫓는 동안의 위험도 피할 수 없을 것이다. 환은 자신 또한 그 위험 안에 이미 들어와 있을지 모른다는 생각이 들었다. 물러서고 싶은 마음은 들지 않았다. 호기심이 환을 뒤흔들어놓은 지 오래였다.

그날은 가게 앞 편의점에서 늦은 점심을 컵라면으로 때우고 있을 때였다. 한심한 눈길로 환을 쳐다보는 황 노인은 혀를 끌끌 찼다. 편의점 밖의 그와 눈이 마주친 환은 라면을 먹다말고 쫓아나갔다.

"어르신 뵙기가 하늘의 별따기만큼이나 어렵네요."

"젊은 놈이 맨날 컵라면은…." 황 노인은 환을 지켜보고 있었던 모양이다. "그렇게 시간이 남아돌면 따라와 보게."

"왜요? 일자리라도 알아봐주시려고요?"

환은 능청을 떨며 앞장 선 황 노인을 뒤따라갔다.

"끈질긴 건 좋은데, 요행은 바라지 말게."

"일당이 얼마나 되는데요? 이래봬도 나름 비싼 인력이라서…."

"시끄러우니까 흰소리 말고 따라와."

"네에."

환은 조용히 말문을 닫았다.

가게 안에는 옆 건물 옥상으로 가는 통로계단이 따로 있었다. 그곳은 황 노인의 거처였다. 환을 평상에 앉힌 황은 옥탑방 주방에서 소반 하나를 내왔다. 골동품을 취급하는 사람이라 그런지 그가 사용하는 소반도 예사롭진 않았다. 역사가 깃든 물건처럼 보였다.

황 노인은 편의점에서 환과 마주쳤을 때부터 들고 있던 검은 비닐봉투를 열었다. 족발과 소주 세 병이 그 안에서 나왔다.

"열한 시쯤 나와서 문 열고 해지면 퇴근해. 손님은 없겠지만 또 모르지."

환은 대꾸하지 않았다. 맥주 컵에 소주를 붓는 황 노인을 얌전히 바라보았다. 유리잔의 소주를 그는 물처럼 벌컥벌컥 한입에 털어 넣었다.

"손님도 없는데 뭐하러 저를 써요?"

가게 문 닫아걸고도 지금까지 영업을 잘만 해온 황 노인이었다.

"일당 쳐준다고. 제깟 놈이 비싸봐야 일당이지."

"진심이세요?"

"허튼소리로 들리나?"

"그건 아니지만…."

민망함에 환은 황 노인의 소주병을 가져다 유리잔에 따랐다. 황 노인은 뼈에 붙은 살을 입에 물고 질겅질겅 씹고 있었다.

"…참, 징그럽게도 돌아다녔지. 별의별 일을 다 당해서 안 당해본 수모가 없을 정도지. 도둑놈에 강도에 가정파괴범에…. 그뿐인 줄 알아? 애 유괴범으로 몰려 경찰서에 불려간 적도 있지. 듣고 있자니 무서운가? 겁먹진 말게. 그렇다고 내가 진짜 범죄자는 또 아니거든. 전국방방, 마을곳곳 안 다닌 곳이 없으니 오해는 인생에 양념 같은 거지. 자네도 한 잔 하지?"

"술은 못합니다."

환은 황 노인이 주는 술잔을 거절했다.

"뭐했어, 여태. 술 하나도 못 배우고…. 후회 안할 자신 있나?"

"뭘요?"

"노비의 평생도 말일세. 자네가 어쩌다가 그런 그림을 알게 됐는지 모르겠지만 자칫하다간 인생만 허비하게 될 거야."

황 노인의 입에서 노비의 평생도란 말이 나오자 환은 어느 때보다 긴장했다. 어쩌면 자신의 생각보다 황 노인은 더 많은 것을 알고 있을지 모른다는 생각에 입안의 침이 바짝바짝 말랐다. 황 노인은 누군가의 심부름으로 환이 노비의 평생도를 찾고 있다는 생각을 지운 듯했다.

"그런 일은 없을 겁니다."

환은 자신했다.

"나중에 내 탓은 하지 말게. 군위던가, 영월이던가 이십 년도 더 지난 일이라 가물가물하기는 하네만 그 그림만큼은 아직도 생생해."

황 노인은 노을이 지는 도시의 하늘을 바라보며 말했다.

남자는 그림 대신 급전을 달라고 요구했다. 그림은 본 황은 자신의 인생을 통째로 위로받는 기분이었다. 남자가 원하는 돈과 그림을 황은 맞바꿨다. 그림에 대한 혜안은 없었지만 그림은 황의 마음을 요상하게도 사로잡았다.

처음이었다. 항상 돈이 되는 물건일까 아닐까를 따지던 황은 그림 앞에 다른 사람이 되어 있었다. 마음을 빼앗긴 황에게 그림의 가치는 지대했다. 임자를 제대로만 만난다면 부르는 게 값이 될 것이다. 그렇다고 그림을 다른 사람에게 팔 생각은 전혀 없었다.

전보사의 주사가 된 황금빛 제복의 남자는 눈이 부셨다. 그 많은 주사들 틈에서 단연 돋보였다. 인생에서 가장 높은 지위에 오른 주인공의 모습이 아닐까. 황은 황금빛 제복의 남자가 자신인 듯 했다. 형언할 수 없는 충만함에 부러울 것도 없었다.

황은 혼자 있자면 남몰래 그 그림을 눈앞에 두었다. 전보사의 주사가 된 주인공의 모습에 근심 걱정이 녹아내리고 그곳으로 황홀감이 들어찼다. 남자가 다시 찾아와 그림을 내놓으라고 하면 어쩌나 싶은 생각에 황은 야반도주하듯 그림을 챙겨 그곳을 떠났다.

한 사 년이 그렇게 흘렀다. 황은 우연찮게 그림을 팔았던 남자가 사는 마을에 다시 들르게 되었다. 마을 사람들이 사용하는 공동 우물에 사람이 빠져죽었다는 흉흉한 소문이 나돌았다. 도박에 미쳐 집안에 있는 돈 될 물건이란 물건은 죄다 판 남자가 빚만 잔뜩 남겨놓은 채 자살을 했다. 남자의 아내마저 대들보에 목을 매고 죽는 바람에 한 집안이 몰락했다는 얘기였다.

"부부의 죽음으로 동네가 흉흉했지. 그림과 돈을 맞바꾼 남자가 사는 마을이란 걸 그때 깨달은 거야. 오래 머물 수가 없어서 날이 밝자마자 떠날 생각이었지. 그날 밤에 일이 터지고 말았지."

"무슨 일이요?"

"새벽에 마을을 떠나려고 채비를 하는데, 그림통이 감쪽같이 사라졌지 뭔가."

황 노인은 현실의 일인 양 허탈함을 지우지 못했다.

"그림을 갖고 다녔단 말입니까?"

휜온 어이가 없었다.

"그림을 봐야 잠이 왔거든. 그런 그림을 도둑맞았으니 눈이 뒤집혔지. 그림을 찾겠다고 동네방네 떠들고 다녔지. 열 몇 집 안 되는 작은 마을에 외부인은 나 하나뿐이니, 나와 남자의 거래를 아는 사람일 거라고 생각했지."

"그래서, 찾았어요?"

환의 귀가 쫑긋했다.

"이거 보이나? 목숨을 잃을 뻔했지."

황은 옷을 내려 어깨에 난 칼자국을 보여주었다. 이십 년의 세월에도 상흔은 선명했다.

"어쩌다가?"

"그림을 훔쳐간 놈을 잡으면 가만 안두겠다고 마을을 들쑤시고 다녔거든. 나를 보는 마을 사람들의 눈초리가 심상치 않았지. 하지만 그런 게 내 눈에 들어올 리가 있나. 도박에 미쳤을 때부터 그 남자는 이미 망조가 든 거였는데, 내가 그림을 가져가서 그리 됐다고 죽은 남자의 아버지가 내게 낫을 휘두르며 말도 안 되는 소리를 해대더라구."

황 노인은 노비의 평생도를 그때에 알았다. 노비의 평생도에 눈독을 들였다간 제 명에 못 죽을 거라고 저주를 퍼부었다. 낫에 찔려 죽는 한이 있더라도 노비의 평생도란 게 대체 어떤 그림인지 황은 알아야 했다.

환은 황 노인의 말을 기다리며 빈 유리잔에 소주를 다시 따랐다.

"그래서 알아내셨습니까?"

"여기까지야. 내가 말해 줄 수 있는 건. 그 이상은 알아도 말 못해. 그러니까 자네도 정신 차리라고. 그 그림을 쫓다간 쥐도 새도 모르게 갈 수 있어. 자네, 내가 언제부터 술을 유리잔에 마시기 시작한 줄 아나? 지금도 잠자리에 누우면 서슬 퍼런 낫이 날 향해 날아와. 오금이 저려서 잠을 잘 수가 없어."

황은 환이 따라놓은 유리잔의 소주를 또 금방 비웠다. 진저리는 소주의 알싸함 때문인지, 서슬 퍼렇게 날아든 낫에 대한 기억 때문인지 알 수 없었다.

술기운이 정수리까지 오른 황 노인은 곱게 죽으려거든 아니, 살고 싶다면 노비의 평생도 따위는 깨끗하게 잊는 게 상책이라고 충고했다. 그 뒤로는 진짜 취했는지 환이 뭘 물어도 횡설수설하며 말을 잘라먹었다.

"주무실 거면 들어가 주무세요."

환의 말에도 평상에 뻗은 황 노인은 움직이지 않았다. 한데서 자다간 입이 돌아가는 구안와사가 올지도 모를 일이다. 환은 코를 고는 황 노인을 방으로 옮겼다. 근육질의 단단한 몸에도 황 노인은 가벼웠다. 그를 방에 눕힌 환은 이불을 찾아 덮어주고는 밖으로 나왔다.

취해서 잠든 황 노인을 홀로 두고 가자니 내키지 않았다. 황 노인은 자면서도 자신의 공포와 대적하는 듯했다. 괴상한 신음소리가 창문을 넘고 죽여 버릴 거라는 말도 잇따라 들려나왔다.

환은 평상에 드러누워 하늘을 올려다보았다. 노비의 평생도는 어쩌면 아무나 가져서는 안 되는 물건일지도 모른다는 불길한 생각이 스쳐갔다. 그림 때문에 그 험한 꼴을 당하고도 황 노인은 왜 만물의 그림을 손에 넣지 못해 그렇게 안달했을까. 보기만 해도 위로받는 기분이었다니 자신의 인생인 양 착각을 했던 건 아니었을까.

밤은 깊어가고 환의 상념은 끝없이 이어졌다. 추위가 다리를 타고 올라왔다.

다음날 아침, 벽에 기대앉은 채 잠들었던 환은 황 노인이 휘두르는 몽둥이에 잠이 깼다. 간밤의 일을 전혀 기억 못하는 사람처럼 누군데 남의 집에 들어와 도둑잠을 자는 거냐며 소란을 피웠다.

"무슨 잠꼬대를 그리 살벌하게 하십니까? 접니다, 환. 어르신이 일하라며 여기로 데려왔잖습니까?"

"내가?"

황 노인은 그제야 생각난 듯 배시시 웃었다.

"저 아니었으면 저체온증으로 간밤에 비명횡사했을 거라고요. 최소, 구안와사죠. 입 돌아가고 안면마비로 드러누웠을지 모르는데도 고맙다는 말씀은 안하시고 몽둥이질이라뇨?"

환은 홧김에 언성을 높였다.

황 노인은 미안하다는 말도 하지 못했다. 갑작스럽게 밀려오는 두통에 자신의 머리를 양손으로 감싸 쥐고 방바닥에 머리를 박았다. 어쩔 줄을 모르던 환은 베개를 황 노인의 얼굴 밑에 깔았다.

"약 좀, 내 약 좀….."

환은 방안을 둘러보았다. 방 한구석에 약상자가 놓여있었다. 무슨 약인지는 알 수 없으나 환은 서둘러 약과 물을 챙겨 황 노인에게 가져다줬다. 약을 먹고서야 황 노인은 고통에서 벗어난 듯 평온한 얼굴을 했다.

"어디가 아프십니까? 겉으론 건강해 보이시는데."

"별 거 아냐. 그만 가보게."

황 노인은 누운 채로 가라고 손짓했다. 환은 쉽게 돌아서지 못했다.

"어르신, 근데 모열이가 누굽니까?"

"자네가 그 이름을 어떻게 아나?"

황 노인은 당황한 듯했다.

"무슨 잠꼬대를 그리 험하게 하시는지 격투라도 하시는 줄 알았습니다. 뭔 일 날까봐 집에 가지도 못하고 거의 날밤을 샜지 뭡니까…. 무슨 억울한 일이라도 당하신 겁니까? 그 사람한테?"

환은 농담처럼 말을 흘렸다.

"안되겠군. 이놈의 술을 내 끊어야지. 그만 가보게."

황 노인은 모로 돌아누우며 씁쓸한 투로 말했다.

어깨에 깊은 상처를 입고 마을을 떠나오면서 봤던 소년의 눈빛을 황 노인은 기억했다. 아버지를 우물에 잃은 소년은 낫을 휘둘러대는 실성한 듯한 할아버지의 모습에 충격을 받은 것처럼 보였다. 눈물이 어렸고 절망이 깃들었고 분노가 피어올랐던 것도 같다. 황 노인은 낫보다 소년의 그 눈빛을 피해 도망쳤다.

잃어버린 그림을 되찾아야 했지만 결계 같은 소년의 눈빛에 황 노인은 살이 떨렸다. 그 후로 그 마을엔 다시 가지 않았다. 만물의 그림을 본 순간 욕심은 절로 돋았다. 목숨을 잃을 뻔했다는 생각을 잊을 만큼.

"죽은 제 아빠 나이쯤 되었으려나."

황 노인은 길게 숨을 내쉬었다.

"누가요?"

"여태 안 갔어?"

"영감님이 죽상을 하고 계시는데, 발이 어떻게 떨어져요?"

"그렇군. 오늘부터 내 밑에서 일 좀 할 텐가?"

"네에?"

곁을 내줄 것 같지 않던 황 노인은 금방 마음이 변한 사람

처럼 굴었다. 술은 입에 대지도 않은 환이지만 왠지 해장을
해야 될 것만 같았다.

●

　"오늘은 계시네요. 올 때마다 탐정님이 없어서 카페가 텅
빈 것 같더니만. 한껏 차려입고 애인을 만나러 왔는데 애인
이 약속을 취소한 기분이랄까."
　거의 매일 오다시피 하는 단골이다. 모처럼 환과 마주한
단골은 주문은 뒷전이고 너스레부터 떨었다.
　"곧 나갑니다."
　환은 몸만 카페에 있을 뿐이었다.
　"난 아직 주문도 안했는데, 뭐가 나온다는 거죠?"
　"죄송합니다. 뭘 드릴까요?"
　"간만에 봐서 반가운데, 단골을 너무 홀대하신다. 그냥
갈까요?"
　단골이 서운함을 내비치자 환은 멋쩍은 웃음을 흘렸다.
　할의 커피맛에 오는 단골의 대부분은 짧은 대화일망정 환
과 소통하는 것을 즐겼다. 환이 없으면 주인 없는 집에 놀러
온 것처럼 맥빠져했다. 환과 대화를 나눌 수 없더라도 많은
손님들이 카페에 환이 있다는 것만으로 각자의 시간을 즐겁

게 보냈다.

"탐정님이 안 계시니 손님도 줄고 매상도 뚝 떨어졌을 겁니다."

단골은 시위하는 투였다.

"왓슨 커피, 맞죠?"

단골의 취향을 환은 기억했다.

"이런 맛에 제가 여기를 온다는 거 아시죠?"

"그럼요."

자리에 가서 기다려달라고 했지만 단골은 환이 있는 주문대 앞에서 버텼다. 카페에 환이 있다는 것을 확인한 손님이 또 한꺼번에 몰려와 주문대 앞에 줄을 섰다.

– 내가 손님을 불러들이는 줄 알았더니 아니군. 인기 많아서 좋겠어.

어느 틈에 나타난 할이 시샘하듯 시비를 걸었다.

"애처럼 굴지 좀 말지."

– 손님들만 널 기다린 게 아니라고. 니가 없으니까 나도 심심해. 그뿐인 줄 알아. 내 자리를 멋대로 침범해서는 비켜주지도 않아.

단골이 기다렸다가 왓슨 커피를 가져간 다음이었다. 카페는 빈 테이블이 없을 정도로 손님이 많았다. 왓슨 커피를 받아간 단골이 할의 지정석 테이블에 앉았다. 예약석이라는 팻

말이 놓여있기는 했다. 그곳에 손님이 앉아있는 것을 본 적이 없는 단골은 환과 시선이 마주하자 앉아도 괜찮죠, 하는 식으로 어깨를 으쓱했다.

"카페에 손님이 많은 건, 다 할 덕분이야."

- 닭살이니까 그런 소린 집어치우라고. 내 자리나 어떻게 해줘. 내가 말을 한다고 저 얼간이들이 알아들을 것도 아니고 마음 같아선 다 쫓아버리고 싶거든. 환이 없는 동안 카페가 엉망이 됐다고. 내 카페에서 괄시 받는 기분이 어떤 건지 모를 거다.

할 역시 간만에 환을 본 터라 푸념을 늘어놓았다.

"더 좋은 자리가 할에겐 있잖아."

환은 자신의 어깨를 툭툭 쳤다. 그러고는 주문을 은미에게 넘긴 채 검색에 열중했다. 할이 환의 스마트폰을 같이 들여다보았다.

환은 전국에 어떤 박물관들이 있는지를 살피고 있었다.

황 노인은 모열이란 사람에 대해 말문을 닫았지만 해장을 하는 동안 그의 마음도 풀린 듯했다. 언젠가 박물관에서 일한다는 모열이 자신을 찾아왔다고 했다. 황 노인이 전국 안 다니는 곳이 없다는 것을 알고서다. 아버지의 죽음이 자신 때문이라고 원망하거나 복수심에 찾아온 것은 아닐까, 황 노인은 모열을 경계했다.

모열의 입에서 나온 노비의 평생도는 뜻밖이었다. 아는 것이 있으면 사소한 것이라도 들려달라고 했지만 황 노인은 생전 처음 듣는 얘기였다. 황 노인이라면 뭔가 알고 있을지 모른다고 여겼으나 아무런 정보도 얻지 못한 모열이 화만 부리다 돌아갔다고 했다.

환은 전국에 있는 박물관마다 전화를 걸어서라도 윤모열이란 사람을 찾아낼 생각이었다. 노비의 평생도에 대해 언급한 인물이니 이번만큼은 뭔가를 알아낼 수 있을 것이다. 전화를 돌리는 일은 수고스럽고 시간이 걸리는 일이기는 했으나 환은 운 좋게 여겼다.

환은 윤모열이 근무할 만한 박물관들을 눈여겨봤다. 늦은 오후, 손님들이 줄어든 틈을 타 환은 전화를 걸었다.

– 윤모열이 대체 누군데 그래?

할은 몹시 궁금했다.

환은 대답도 하지 않고 전화하는 일에만 열중했다. 흔한 이름은 아니었다. 환은 스물여섯 번쯤의 전화를 걸었을 때 윤모열 실장을 바꿔주겠다는 말을 들을 수 있었다.

"윤 실장님이 계시다고요?"

예상은 했지만 환은 순간 긴장했다. 무슨 말을 해야 할지 준비도 없는 상황에서 환은 얼떨결에 바꿔달라는 말을 해버렸다. 뭐라고 하지? 환은 그럴 듯한 말이 생각나지 않아 또 초조했다. 아까까지 있었는데 자리를 비웠다며 메모를 남겨 주겠다는 말이 돌아왔을 때 환은 무던히도 안도했다.

윤모열은 영월에 있는 조선민화박물관에 근무했다. 노비의 평생도를 찾아다닌 사람의 근무지다웠다. 환은 그를 만날 구실을 찾기 위해 머리를 굴렸다.

"뭐라고 핑계를 대면 좋을까?"

- 나도 갈래.

"어딜 가겠단 거야?"

- 어디긴 어디야. 영월이지.

"거기까지 가는데 얼마나 많은 차들이 오갈지 생각은 해봤어? 그리고 이건 우리 약속과도 다르잖아."

환은 할을 정면으로 응시했다.

- 네가 없는 카페는 따분해. 그리고 노비의 평생도에 나도 관심 많거든. 그깟 굴러다니는 괴물 차 따위는 이겨낼 수 있다고.

"그래도 안 돼."

- 나도 안 돼. 나한테 다 말해주기로 해놓고선 미친놈처럼 혼자만 중얼거리지. 내가 뭐하고 있는지, 어디에 있는지 신경도 안 쓰잖아. 나를 못 보는 손님들한테 장난치는 것도 지겹고 내 카페에서 내가 뜨내기 취급 받는 것도 마음에 안 들어. 말해주길 기다리는 것도 싫고 차라리 바퀴의 공포에 맞

서겠어. 나도 현장에 있을 거야. 한번 죽은 놈이 두 번은 또 못 죽을까.

"할 때문에 내가 죽게 될지도 모르는데?"

– 후우….

할은 낙담했다. 어깨가 측은하리만치 축 늘어졌다. 종일 입도 떼지 못하고 지내는 신세다. 자신의 입에서 군내가 나는 것 같다고 구시렁거리면서도 환이 죽게 될지도 모른다는 말에 할은 카페에서 홀연히 자취를 감췄다.

민화

영월로 가는 고속버스 안에서 몇 번의 터널을 통과했는지 환은 헤아리지 못했다. 지금은 지붕 없는 박물관 도시로 종교미술, 역사, 생태, 화석, 지리, 판화, 불화, 음화 등등 온갖 민간 박물관이 모여 있는 곳이다.

그 옛날엔 유배지로 통했던 영월이다. 한번 들어가면 나오기 힘든 땅. 환은 그곳으로 가는 중이다. 사방 천지에 산이 즐비하고 첩첩산중이란 말은 이럴 때에 쓰는 말일 것이다.

환은 영월읍 터미널에 도착해 택시를 잡았다. 겁먹은 할의 비명이 택시에 붙어서 왔다. 들키지 않기 위해 애쓴 보람도 없이 할은 환과 마주했다. 환이 집을 나올 때부터 몰래 뒤따라왔다. 외상 후 스트레스가 언제 어디서 불시에 발현될지 알 수 없지만 할은 환의 영월행에 동행하고 싶었다. 목적지에 도착할 때까지 들키지 않을 자신이 있었다.

'영월에서 날 보면 설마 돌아가라고야 하려고?' 그 생각이었다.

터미널은 도심보다 한적했다. 고향 산천을 둘러보느라 할은 택시가 오는 줄도 몰랐다. 그랬다. 영월은 오고 싶어도 올 수 없었던 할의 고향이다. 그 사실을 모르는 환은 잡은 택시를 세워둔 채 망연히 할을 바라보기만 했다.

- 그런 얼굴로 보면 어쩌자는 거야? 내가 못 올 곳에 온 것도 아니고, 어서 타라고! 허락 없이 따라왔다고 잔소리 하려거든 하지 마. 뭐라고 말해도 내 맘대로 할 거야.

할은 택시의 뒷좌석에 먼저 올라앉았다.

"잔소리하려던 거 아냐."

- 그러면?

"겁먹은 나를 형처럼 달래주던 할을 이젠 볼 수 없는 거구나. 내 마음이 그냥 짠해서."

환은 뒷좌석의 할과 나란히 앉은 후에 말했다.

- 그땐 네가 어렸으니까. 보호자 노릇 하느라 나도 엄청 용 썼지.

할은 아득한 일처럼 쓸쓸하게 웃어넘겼다.

그때는 진실로 그랬다. 죽을힘을 다해 용을 쓰면서도 이상했다. 달려드는 차에 대한 공포보다 어린 환을 걱정하는 마음이 더 컸다. 잠시라도 한눈팔면 금방 환에게 무슨 일이 벌어질 것만 같은 불안감이 할을 지배했다.

놀라는 기색도 없이 유령을 반기던 아이. 할은 벽에 갇혀 백 년을 넘긴 자신만큼이나 환이 가엽고 측은했다. 할은 금지옥엽, 오매불망하는 마음으로 환의 곁에 머물렀다. 환이 자랄수록 환에 대한 할의 근심 걱정은 조금씩 옅어졌다. 그 자리에 할의 잠재의식이 대신 들어앉았다.

"나도 성인이 됐으니 이제 슬슬 할의 본색을 드러내겠다는 건가?"

- 왜, 그러면 안 돼?

할은 차창 밖으로 눈길을 주며 말했다.

"말썽은 곤란해."

환 자신이 사람을 만나는 동안 얌전히 있어 달라는 부탁이기도 했다. 할은 걱정 말라며 고개를 끄덕였다. 확답을 받은 환은 조선민화박물관으로 가달라고 택시기사에게 말했다.

그들이 탄 택시는 터미널을 벗어나 산과 산 사이를 가르며 달렸다. 산을 에두른 좁은 도로를 따라 달렸고 지나는 곳마다 첩첩의 아름다운 산세가 펼쳐졌다. 택시는 김삿갓면 일각에 있는 조선민화박물관 앞에서 멈췄다.

- 다 온 모양인데.

할은 택시가 멈추자마자 차를 빠져나갔다. 환은 택시비를 지불하고 천천히 따라 내렸다. 택시기사의 현란한 후진과 직진에 할은 또 기겁했다.

길 끝에 자리한 박물관은 숲으로 둘러싸여 있었다. 환은 긴 머리의 여자를 발견하고 다가갔다. 분위기로 봐서는 박물관 직원이거나 관계자인 듯했다.

"윤모열 실장님을 뵈러왔는데, 어디 가면 만날 수 있죠?"

"혹시, 서울에서 오신다는 분인가요? 그렇지 않아도 누가 오실 거라면서 부탁하고 가셨어요. 갑자기 관장님의 호출이 있는 바람에, 죄송해요."

여직원은 실장의 일이 곧 자신의 일인 양 사과를 하고는 환을 사무실로 안내했다. 그러고는 둥굴레차를 내왔다. 할이 자신도 한 잔 달라고 했지만 여직원은 듣지 못했다. 환이 한 잔 더 줄 수 없겠냐는 말에 고개를 갸우뚱하면서도 다시 내왔다.

"고맙습니다."

"민화에 관한 연구를 하시는 모양이죠?"

"네에."

환은 얼버무리듯 답했다.

"외진 곳이라 직접 찾아오시는 분들은 드문데, 민화는 언제부터…."

여직원은 의외라는 표정으로 관심을 보였다. 멀리서 찾아 온 손님이 반갑기도 했을 터였다. 그러나 환은 미주알고주알 대화를 나누고 싶은 마음이 없었다.

"얼마나 기다려야 될까요, 실장님을?"

"그게 상황에 따라 달라질 수 있는 문제라서요. 여기서 기다리기 지루하시면 오신 김에 전시관 관람은 어떠세요?"

– 좋은 생각이군. 어서 가자고.

할이 재촉했다. 하는 수 없이 환은 의자에서 엉덩이를 떼고 앞장 선 여직원을 뒤따라갔다. 현대 민화 전시관 안에 들어서자 낯익은 색채가 환의 시야로 가득 들어왔다. 강렬한 색상. 기하학적인 구조. 공모전에서 수상한 작품들이라며 여직원이 설명을 늘어놓았지만 환은 귀담아 듣지 않았다. 의뢰인의 돌잡이 그림과 그곳에 있는 민화의 유사성에 대해 홀로 분석하고 있었다.

– 듣는 척이라도 좀 해주지.

할이 열심히 설명하는 여직원과 딴 생각에 빠져 있는 환 사이에 끼어들었다.

"가만히 좀 있어봐."

"네에? 누구한테 하시는 말씀이신지."

여직원은 주위를 훑으며 말했다. 그들 말고 다른 사람은 없었다.

"제 자신한테 한 말입니다. 다른 사람과 함께 있을 땐 혼 잣말하는 버릇을 삼가야하는데, 죄송합니다."

환은 멋쩍게 웃어넘겼다.

- 내 이럴 줄 알았다니깐.

다른 사람과 함께 있을 때에는 할의 존재에 대해 특히 주 의를 기울여야 했다. 환의 뜻대로 상황이 벌어지는 것은 아 니어서 가끔은 다른 이들의 이상한 눈초리를 감수해야 했다.

현대 민화 전시실을 빠져나올 무렵, 환은 뒷머리를 긁적였 다. 혼자 둘러봐도 되겠냐며 여직원의 양해를 구했다.

"물론이죠. 단체 관람객이 있긴 한데 해설사의 설명을 함 께 듣는 것도 나쁘진 않을 겁니다. 해설사의 일정을 따로 잡 아서 오시는 분들도 계시니까요."

여직원은 즐거운 관람이 되길 바란다며 사무실로 돌아갔 다.

"후우. 이제야 눈치 안보고 돌아다닐 수 있겠군."

환은 홀가분한 마음으로 할과 함께 조선 시대 진본 민화가 있는 상설전시실로 향했다. 꼭 노비의 것이 아니더라도 누군 가의 평생도가 있어서 볼 수 있다면 좋을 듯했다. 여직원이 관람을 하지 않겠냐고 물어왔을 때 환은 그런 생각을 하고 있었다. 현대 민화를 보자고 따라나선 것은 아니었기에 그곳 에 안내되었을 때 실망을 좀 하긴 했지만 현대 민화 역시 보길 잘했다 싶었다.

진본 민화가 있는 상설전시실은 한옥의 정취가 그대로 살아있어서 분위기부터 남달랐다. 천장의 서까래가 그대로 드러나 있어서 고풍스러워 보였다. 단체 관람객만 없다면 더좋았을 테지만 상관은 없었다.

우르르 몰려다니는 학생들 때문에 할은 정신이 사나웠다.

- 가는 날이 장날이라더니, 오늘 같은 날에 하필 단체관람이라니.

할은 천방지축으로 다니는 학생들을 피해 서까래에 달라붙었다. 보다 못한 환이 자신의 어깨를 톡톡 쳤다. 할은 냉큼 환이 내준 어깨에 올라탔다. 학생들 앞에 있는 검은 뿔테안경을 쓴 젊은 해설사의 설명을 듣기에도 좋은 위치였다.

"민화는 우리 선조들의 통과의례를 지켜온 산증인이자 누구나 즐길 수 있는 대중예술이죠. 그런 만큼 우리 민족 고유의 감성이 꾸밈없이 그대로 화폭에 담겨있습니다. 조선 중후기는 조선예술의 황금기였고 이때 탄생한 민화는 대중의 인기를 톡톡히 누렸답니다. 태평성대를 이룬 시기라 먹고 사는 걱정이 줄고 정신적으로 풍요로워진 때였으니 평민들도 대청마루에 장식용으로 그림을 걸어두고 즐길 만하게 된 거죠."

서른 중후반의 해설사가 설명을 하는 동안 뒤쪽에 있는 학생들은 장난을 치느라 집중해 듣지 않았다. 목말을 탄 할은 학생들을 향해 눈을 부릅떴다. 까불고 장난치는 학생의 정수리 머리칼을 움켜쥐고 흔들어도 봤지만 효과는 없었다. 저들의 머리를 털어내는 손짓 한번에 할은 자신의 손목이 잘리는 것을 눈앞에서 봐야 했다.

- 야, 이놈들아!

노여운 할은 주먹을 휘둘렀다. 그래봐야 저만 기운 빠지는 헛 주먹질이었다.

"할 때문에 정신이 더 없으니까, 그냥 가만있으라고."

- 쳇!

팔짱을 낀 할은 내리뜬 눈으로 학생들을 노려보았다. 그와중에도 해설사는 침착하게 자신이 해야 될 일에만 열중했다.

"일본의 민예연구가인 야나기 무네요시[3]라는 사람은 조선의 민화 책거리를 보고 받은 감동을 '불가사의한 조선 민화' 라는 글을 통해 남기기도 했죠. 이 일로 일본에서는 조선의 민화를 수집하는 붐이 일어나기도 했답니다. 우리의 민화가 일본에서만 주목을 받았느냐 하면 또 그렇지도 않아요. 프랑스, 오스트리아, 미국 등지에서도 우리의 민화에 대한 관심이 지대했죠. 왜? 조선의 민화가 갖고 있는 가치에 세계가 주목한 겁니다. 조선의 민화가 지닌 아름다움에 세계인들

---

3) 일본의 미술평론가. 1889년 3월~1961년 5월

이 반했다는 게 맞을 겁니다. 여러분도 들어는 봤죠? 가장 한국적인 것이 가장 세계적인 것이라는 말? 민화야말로 가장 한국적이면서도 가장 세계적인 우리 조선의 민중예술입니다. 일본은 말할 것도 없고 파리나 미국 등지의 박물관에 우리의 민화가 떡하니 전시되어 있는 것만 봐도 조선 민화의 가치와 위상은 매우 높습니다."

해설사의 말에 힘이 실렸다. 민화 전시실에는 산수화를 비롯해 책가도, 화훼도, 어해도, 화조도, 초충도, 문자도, 설화도 등 다양한 그림들이 전시되어 있었고 그 다양함만큼이나 해설사의 설명도 열정적이었다.

생활이 풍요롭던 그 시절, 사람들은 잘 살게 해달라는 무탈한 소망을 그림에 담았다. 십장생도로 장수를 기원하고 백수백복도로 장수에 더해 행복을 염원했다.

장난치던 학생들은 엄중한 목소리에 잠시 얌전해지기도 했지만 그뿐이었다. 그들에게 해설사의 설명은 고리타분하고 따분했다.

"민화는 뭐다? 요즘으로 치면 취직되게 해 달라거나 아이를 갖게 해 달라, 성적이 잘 나오게 해 달라, 좋은 대학에 붙게 해 달라는 소망이 깃든 그림이란 겁니다. 개인의 소망뿐 아니라 그림을 통해 나라의 정책을 전하기도 했는데, 지금 여러분이 보고 있는 이 책가도가 그렇습니다. 책을 유난히 좋아한 정조는 책가도를 그리도록 정책적으로 명한 임금이죠. 여기서 질문 하나 들어갑니다. 화원의 화가가 책가도를 그렸다면 이건 민화일까요, 정통 회화일까요?"

환과 할은 시간이 가는 줄도 모르고 해설사의 설명에 집중했지만 학생들은 아니었다. 숙제 같은 관람이 빨리 끝나기만을 기다리는 듯했다. 대답하려는 학생도, 궁금해 하는 학생도 없이 그저 웅성거렸다. 학생들의 관심을 끌어보자는 해설사의 수고로움이 무색했다.

- 해설사님이 저토록 애정 넘치는 설명을 하는데, 이런 예의 없는 것들을 봤나.

고향에 왔다는 기분 탓인지 할은 잔뜩 고무되어 있었다. 홀로 딴짓하는 학생들의 볼을 비틀고 뒤통수를 쥐어박으며 훈장노릇을 했다.

"공부하기 좋은 때가 언제인지 아는 사람, 손 한번 들어 봅시다."

웅성웅성하던 학생들의 소리가 잠시나마 조용해진 것은 그 때였다. 학생들은 이내 공부하기 좋은 때가 어디 있냐며 저들끼리 키득거렸다.

"어두운 밤과 비 오는 날, 그리고 겨울을 독서삼여라고 하죠."

환이 학생처럼 손을 번쩍 들고 말했다.

"에이, 그거는 농경사회에나 해당되는 말이죠."

"맞아요. 우린 일 년 열두 달, 날씨와 계절도 상관없이 주야로 공부만 하는 걸요."

"죽어라 공부만 하는 공부기계지. 공부하지 않아도 될 권리를 부여하라."

"공부 안 하기 좋은 때 이런 건 없나요?"

환의 독서삼여에 꼬리를 물고 학생들의 항의와 시비가 만만찮게 번졌다. 해설사는 껄껄거렸다.

- 어딜 가나 똑똑한 놈이 한 명은 꼭 있지.

다른 곳으로 가자는 할의 말에 환은 무리를 벗어났다.

현실적인 기원에서부터 흥미진진한 설화까지 담아낸 민화는 가히 조선 시대의 만화라고 할 만했다. 환은 빨강과 초록이 뒤섞인 제주의 문자도 앞에서 다시 걸음을 멈췄다. 여러 마리의 뱀이 한데 엉겨있는 것 같았다. 계속 들여다보자니 징그럽고 뱃속이 괜히 메슥거렸다.

- 그만 보고, 저기 인물화 쪽으로 가자고.

"그게 좋겠어."

환은 자신의 상한 비위를 달래며 이동했다. 인물화를 본 환은 적잖이 실망했다. 돌잡이 하는 아이를 닮은 인물화가 있다면 반가웠을 테지만 그곳에 전시된 인물화는 상상이나 창의성은 보이지 않는 사실화뿐이었다.

입맛이 쓴 환은 전시실을 나왔다. 그 앞에 서있는데 관람이 끝난 좀 전의 학생들이 우르르 쏟아져 나왔다. 해설사가 뒤따라 나와 학생들을 배웅했다. 그러고는 환을 향해 다가왔다.

– 이쪽으로 오는데?

할의 말에 환은 해설사를 지켜봤다. 학생들 관람에 끼어들었다고 질타라도 하려나 싶을 때였다.

"혹시 마환 씨?"

"윤 실장님?"

환은 해설사가 윤모열일 것이라는 생각은 못했다.

"네. 아까는 학생들 때문에 경황이 없었습니다."

윤모열은 반갑게 악수를 청했다.

"관장님과 외출을 하셨다고 했던 것 같은데 아니었나 봅니다."

"관장님을 뵙고는 왔죠. 오늘 해설을 맡으신 분이 갑자기 사정이 생겨서 제가 했으면 좋겠다는 지시를 받느라. 학생들 틈에 계셔서 긴가민가했습니다. 낯선 사람이 여기까지 혼자 와서 관람하는 일이 흔한 일은 아니라서 짐작만 했습니다. 민화에 관한 연구논문을 준비하신다고요? 석사? 박사?"

"석사논문입니다. 민화에 깃든 대중의 염원을 통해 본 당시의 생활상에 관한 자료를 수집중인데, 민화에 얽힌 특별한

이야기들을 전해들을 수 있을까 싶어서 여기까지 오게 됐습니다. 실장님이 알려지지 않은 구전 민화에 대해 많이 알고 계실 거라고 누가 귀띔을 좀 해주시더라고요."

환은 너털웃음을 지으며 말했다. 황 노인에 관한 말은 섞지 않았다. 윤모열의 반응이 궁금했지만 황 노인을 언급하는 건 좋을 것 같지 않았다. 민화에 관한 연구논문을 쓰는 중이라고 둘러대는 것으로 윤모열과의 만남은 자연스러웠다. 지도교수가 누구냐고 물을 때를 대비도 했지만 윤모열은 거기까진 묻진 않았다.

"민화에 관심 있는 젊은 분을 만나게 돼서 반갑습니다. 어릴 때, 외가에 가면 방마다 민화가 벽에 붙어있었죠. 처음엔 애들 장난 같은 그림이라 별 관심이 없었죠. 어느 집에나 있는 그림이겠거니 했거든요."

윤모열은 기분이 좋아보였다. 과거의 일을 떠올리는 그는 웃음이 만연했다.

"어쩌다가 민화에 빠지신 겁니꺼?"

"어느 날인가, 외할머니가 어린 저를 무릎에 앉히고 그림에 담긴 인간의 속내를 들려주셨죠. 아마 그때부터가 아니었을까. 그림은 별론데 그림에 담긴 사람의 마음, 소망 뭐 이런 것들을 알게 되면서 민화에 애착이 생기기 시작했죠."

윤모열은 그랬다. 외가에만 가면 외할머니의 치맛자락을

145

붙잡고 그림 얘기를 들려달라고 졸랐다. 그럴 때면 외할머니는 그림이야기 공장처럼 무궁무진한 얘기들을 들려줬다. 진짜인지 허구인지 분간되지 않는 그런 얘기들을. 그렇게 민화는 윤모열에게 특별한 그림이 되었다.

민중예술인 민화에 관심 있는 청년의 연락이라니. 윤모열은 기쁘고 흐뭇했다. 관심사가 같은 사람을 만나는 일은 드물기도 하거니와 함께 나눌 대화들을 생각하니 흥분도 살짝 됐다.

"오늘 올라가실 건 아니죠? 숙소는요? 경치 좋은 펜션이 영월에 많긴 하지만 우리 집도 그 못지않게 좋은데…, 괜찮으시다면 우리 집에서 묵는 걸로 하시죠. 먼 길 오셨는데 할 얘기도 그만큼 많지 않겠습니까?"

윤모열은 사람 좋은 얼굴로 환을 쳐다보며 미소를 지었다.

"실례가 되지 않는다면, 저야 좋습니다."

"사무실에 들렀다가 바로 오겠습니다. 그때까지 여기서 기다려주시는 걸로."

윤모열은 환을 바라보며 뒷걸음질로 몇 걸음 걷다가 돌아서서 사무실로 향했다.

– 집사람이 없나? 물어도 안보고 낯선 손님을 데려가겠다고 하네. 하긴 이런 첩첩산중에 찾아오는 외지 손님이니 귀하기도 하겠지.

그럼에도 할은 뭔가 석연치 않은 표정을 지었다.

윤모열이 외제 스포츠카를 타고 나타났을 때, 할은 호들갑스럽게도 자신의 눈을 비비고 확인했다. 산중의 박물관에 근무하면서 받은 월급으로 사기에는 과한 차였다. 검은 뿔테안경을 쓴 그와도 좀처럼 어울리지 않는 차이기는 했다.

"타시죠, 어서."

"이런 차를 여기서 보게 될 줄은 정말 몰랐는데요."

환은 믿기지 않는 표정으로 말했다.

"여기까지 오는 동안 느꼈겠지만 조용하고 무료한 곳이잖아요. 도심처럼 흥미로운 일도 딱히 없고 심심하죠. 굽이굽이 돌아가는 산자락을 따라 드라이브하는 게 그나마 기분은 최고죠. 경관이 좋으니까."

윤모열의 집으로 가는 길은 영화의 한 장면처럼 고즈넉했다. 왼편으로 졸졸졸 강이 흐르고 오른편으로 푸른 숲이 이어졌다. 드라이브하기에 좋은 도로고 윤모열은 그 길을 콧노래를 부르며 달렸다.

- 내 고향이 이렇게 생겼었구나. 실로 격세지감이네.

할은 고향에 왔다는 것이 실감나지 않았다. 첩첩산중인 것은 매한가지이나 할이 살던 그때와는 또 다른 풍경처럼 느껴졌다.

박물관에서 십여 분을 달려 도착한 윤모열의 집은 산중에

별장처럼 들어앉아 있었다. 초록 숲에 들어앉은 하얀 외관이 멀리서도 눈에 띄었다. 인근에 이웃집이라고는 없는 외딴집 뒤로 산이 병풍처럼 둘러쳐져 있고 옆으로는 계곡물이 흘렀다.

윤모열은 집 마당에 차를 세웠다.

"내리시죠."

"숙박을 따로 얻었으면 후회할 뻔했습니다."

진심이었다. 환은 안내하는 윤모열을 따라 현관 안으로 들어섰다.

운동장처럼 넓은 거실의 한 쪽 벽으로 겹겹이 액자가 세워져 있었다. 액자를 닮은 창문을 뒤로하고 환은 그림액자를 하나씩 들췄다. 한국화와 다양한 그림들 중에서도 민화가 많은 수를 차지했다.

"민화 수집도 하십니까?"

윤모열은 대답 대신 환이 보던 맨 앞의 민화 액자 하나를 뒤집어놓았다.

"그만 소파로 가시죠."

— 뭐야? 보지 말란 거야?

"제가 실례를 범했군요. 그림만 보면 호기심이 돋아서 그만."

투덜거리는 할을 뒤로한 환은 정중히 사과했다. 죄송하다

148

는 말을 재차하고는 소파로 가 앉았다. 윤모열은 냉장고로 가 식재료들을 꺼냈다.

"시골동네라 딱히 갈 곳이 마땅치가 않아서요."

"재료 손질을 거들까요? 혼자 소파에 덩그러니 있는 것도 어색하니."

환은 주방으로 가며 팔을 걷어붙였다. 오랜 혼자 생활에 요리라면 윤모열에게 뒤지지 않을 자신도 있었다.

"마환 씨가 운이 좋습니다."

"그게 무슨 말씀이신지?"

"목포에서 어제 올라온 낙지가 있거든요. 연포탕 좋아하시죠?"

"벌써 군침이 막 돕니다."

"됐습니다, 그럼. 영월은 산으로 둘러싸여 해산물 구경이 힘든 곳이죠. 물론 우리 집 냉장고는 해산물 가득이라 예외지만…, 암튼 남해에서 공수한 아주 싱싱한 놈들이란 것만 아시면 됩니다."

윤모열이 낙지를 손질하는 동안 환은 그 곁에서 양파를 깠다.

"민화엔 언제부터 관심을 갖게 된 겁니까?"

"글쎄요. 아마 대여섯 살 무렵일 걸요. 아버지를 따라 동네 이발소에 갔는데 그곳 벽에 걸린 청룡도를 본 적이 있었죠. 지금 생각하면 이발소에 왜 그런 그림을 걸어놓았는지 모르겠는데 어린 마음에 충격을 좀 받았던 모양입니다."

"아니 왜요?"

"구름 안에서 꿈틀대는 용이 꼭 이무기 같았거든요. 징그럽고, 무섭고."

"저도 그랬는데…, 우리 닮은 일면이 있나 봅니다."

환이 웃음소리를 냈다.

"오늘밤 우리의 얘기가 벌써부터 기대됩니다, 저는. 암튼 청룡도를 처음 본 그날, 눈을 뗄 수가 없더라고요. 그 뭐냐, 외국에선 그런 걸 스탕달 신드롬이라고 한다죠. 감정의 혼란이랄까, 정신적인 충격이랄까 꽤 오래갔죠. 외가에 있는 민화를 보기도 했는데 그런 무시무시한 그림은 또 아니고 그냥 알록달록했거든요. 외할머니가 들려주는 민화 얘기도 재밌어서 푹 빠져들었죠."

"민화와 연이 있는 집안에서 생활을 하셨으면 관련된 얘기도 많이 들었겠네요?"

"뭐, 남들보다는 좀 많이? 사실 외가 쪽으로 예술적인 재주를 지닌 분들이 많기도 했고…, 너무 내 얘기만 떠든 모양이네요."

윤모열은 샌님처럼 수줍은 미소를 지었다.

- 외가 쪽에서 유산을 좀 받았나? 고급 차에, 별장 같은

주택에…. 박물관 직원 월급으로 누리기엔 과한데.

유령 할은 윤모열의 제재 없이 집 이곳저곳을 자유롭게 둘러보았다.

레이어 된 산등성이를 넘고 너머 산중의 밤은 도시보다 부지런하게 찾아들었다. 소파 탁자에 휴대용 가스버너를 올려놓은 윤모열은 능숙하게 연포탕을 만들어냈다. 이 깊은 산중까지 찾아온 외지 손님이 없었던 때문일까. 자신의 관심사를 공유할 환이 손님으로 온 까닭일까. 윤모열은 흥에 겨웠고 조금은 상기된 얼굴로 민화 얘기에 열을 올렸다.

어릴 적 민화에 대한 경험으로 관심을 갖게 된 윤모열은 민중예술과 자연스럽게 친해졌다. 성인이 되어서는 고미술품으로 관심 영역을 넓혀갔다. 박물관 학예사의 길로 들어선 것은 당연한 귀결이었는지 모를 일이다. 윤모열은 국립박물관에 한 삼 년 있다가 영월의 조선민화박물관으로 자리를 옮겼다. 민화에 관한 많은 정보를 불러 모으기에는 더할 나위 없이 좋은 근무지다.

"민화라는 게 그렇잖습니까. 우리 민족의 생활방식과 밀착되어 오랜 동안 형성되어 왔죠. 민족의 정서나 풍습이 짙게 배어있는 물건이죠. 누구의 작품이어서 인정받는 게 아니라 누구나 예술을 즐기고 향유할 수 있는, 다시 말해 하나의 거대한 문화현상이 세계적으로 인정받은 거죠. 지금으로 치면 광장의 촛불 하나하나가 모여 촛불문화를 이루고 혁명을 이룬 것이나 다름없죠. 양반들만 누리던 예술을 대중으로 확대시킨 예술혁명을 민화가 이뤘달까. 같은 그림을 그려도 화원인 김홍도가 그리면 민화가 아니죠. 민화는 우리 같은 민초들의 전유물이니까."

윤모열은 자신의 개인사를 추임새처럼 민화 이야기 안에 끼워 넣기도 했다.

"김홍도 역시 화원이기 전에 한 사람의 민초라고 본다면 그의 것도 민화로 볼 수 있는 거 아닐까요?"

"그 말도 뭐 잘못된 건 아닌데, 민화로 분류되는 작품의 특징은 작가의 이름이 따로 전해지지 않는다는 겁니다. 민족의 삶과 신앙, 멋을 담고 있는 그냥 민중의 그림이기 때문이죠. 민화를 남긴 사람들은 어느 화가나 개인이 아닌 불특정 대중인 거죠. 어수룩한 호랑이에게 벽사를 기원하다니, 귀여운 행동인 거죠."

윤모열은 장광설을 늘어놓았다. 환은 장단을 맞추듯 간간이 고개를 끄덕거려주었다. 노비의 평생도에 관해서는 입도 뻥긋 하지 못한 채였다. 정작 알고 싶은 얘기임에도 기회는 쉽게 주어지지 않았다.

환은 언제쯤 노비의 평생도에 관한 말을 꺼낼 수 있을지 기회를 엿보고 있었다. 윤모열이 논문의 진행 상태를 물어왔을 때, 환은 옳다구나 싶었다.

"평생도에 관한 자료를 수집 중입니다. 양반의 것이기는 하나 자신의 평생도를 남기고 싶은 이도 있지 않았을까요? 평민이든 노비든."

환은 무심한 투였다.

연포탕에 야채를 더 넣어야겠다며 칼질을 하던 윤모열의 단말마 비명이 새 나온 것은 그때였다. 평민이든 노비든. 손가락의 붉은 핏방울이 도마 위로 뚝 떨어졌다. 윤모열은 베인 손가락을 입에 물었다. 지혈을 시키고 밴드를 붙인 후에야 야채를 접시에 담아 거실로 나왔다.

"평민의 평생도라는 게 있을까요?"

윤모열은 떠보는 듯했다.

"사람의 욕망이란 게 다 똑같잖아요. 양반의 평생도야 기록화겠지만 그렇지 못한 이들의 평생도라면 부귀영화를 누리고픈 염원을 담은 민화가 되지 않을까요?"

생각지 못한 말이었다. 환은 말을 해놓고 보니 제법 그럴 듯하게 여겨졌다. 의뢰인의 그림이 아니더라도 노비의 평생도가 어딘가에 존재할 것도 같았다. 민화에 얽힌 이야기들을 수집하다보니 그림에 담은 염원이 너무도 강해 영험함이 서린 그림도 있다더라는 말도 환은 덧붙였다. 갖고 있는 것만으로 대대손손 부귀영화와 무병장수를 보장받는다는 특별한 민화가 있다고 말이다.

"평생도에 그려진 그림대로 살게 되기라도 한단 겁니
까?"

"불가능한 것도 아니죠. 그런 평생도를 매일 보고 자라는
아이가 있다면 그럴지도. 실장님이 어릴 때부터 민화를 가까
이에 두고 살지 않았다면 민화박물관에서 근무하는 날도 오
지 않았을지 모르죠."

"못 당해내겠군요. 연구논문 쓰는 학생 같지 않군요, 마
환 씨는. 말 돌리지 않겠습니다. 헛소문일지 모르지만 제가
알고 있는 노비가 그렸다는 평생도에 대해 들려 드리죠."

윤모열의 말에 환은 귀를 쫑긋했다. 그가 지어낸 민화 얘
기라고 해도 상관없었다. 환은 어서 들려달라고 재촉했다.

"아는 바로는 1800년대 후반쯤일 겁니다. 늙은 아비 하나
가 젊은 나이에 비명횡사한 자신의 아들을 안타까워했죠. 그
림으로라도 아들이 살아있길 원했답니다. 당시 이곳 영월에
는 화원 하나가 살았는데 그 어른을 찾아가 다짜고짜 아들의
그림을 부탁했다 합니다. 아들의 그림을 얻는 대신 자신의
남은 생을 화원의 노비로 살겠다는 약조를 하고서 말이죠.
그 아비의 마음을 갸륵히 여긴 화원이 죽은 청년의 일생을
그림에 담아 건넸다는 얘기가 전해지고 있죠. 이곳에선 알
만한 사람들은 다 아는 시시한 얘기지만 외지인이 알기는 쉽

154

지 않은 얘기죠."

윤모열은 풍문이라면서도 사뭇 진지했다.

말복의 소문은 서쪽 강에서 흘러들어왔다. 사람들의 입에서 입으로 전해진 얘기에 동강 사람들은 차마 혀를 내두르지도 못했다. 가슴을 틀어쥐었고 먹먹한 마음을 쓸어내렸다.

누군들 제 자식이 귀하지 않을까. 양반이든 상놈이든 자식을 생각하는 마음은 신분의 고하와 별개였다. 제 명을 채우지 못한 채 유명을 달리한 아들. 짐승만도 못한 천한 취급을 받는 아비지만 자식을 잃은 아비의 마음을 아비가 아니면 그 누가 또 알랴.

천것 주제에 감히 양반을 흉내 내려 들다니. 화원은 그런 마음을 품었다. 말복을 노비로 부리다가 적당한 때에 돌려보내거나 땅에 묻어도 관심 가질 이는 없었다. 말복은 아들의 생을 위로하기 위해 화원의 노비가 되었다. 밤낮으로 몇 년을 몸이 부서져라 일했음에도 아들의 그림을 얻는 일은 요원했다.

그랬음에도 어느 순간부터인가 말복은 아들의 그림을 갖고 다녔다. 자식을 제대로 품어준 적 없는 아비가 죽은 아들에게 바치는 절절한 사랑의 노래가 되어서. 사람들은 그 그림을 노비의 평생도라고 불렀다.

그것이 소문만은 아님을 윤모열은 일찌감치 알고 있었다.

"진짜로 노비의 평생도가 존재한다는 거군요?"

환은 눈을 휘둥그렇게 떴다. 내심 기대감에 부풀었다.

"하지만 지금까지 노비의 평생도를 직접 봤다는 사람은 못 봤습니다. 민화박물관에 근무하는 저도 아직 못 봤거든요."

"아, 그렇군요."

환은 아쉬운 듯 말했다.

영월은 유배지였을 만큼 예로부터 폐쇄적인 곳이다. 영월에서 벌어지는 일들이 외지로 알려지는 일 또한 흔치 않을 터였다. 유배지에서 호화로운 생활을 누렸다는 화원의 얘기에 환은 고개를 갸우뚱했다. 신빙성이 느껴지지 않았다.

"평생도라는 게 조선시대 선비들의 인생관과 삶의 궤적을 단적으로 보여주는 물건인데 평민도 못 되는 노비에게 어울릴 물건은 아니죠. 이야기를 부풀리기 좋아하는 이들이 노비의 평생도를 얕잡았는지는 모르지만 원래는 부심도라 불렸다는 설도 있죠. 아비 '부(父)'에 마음 '심(心)'. 자신의 아들이 훌륭한 사람이 되어 잘 살기를 바라는 마음을 담아 화원이 그렸다는 게 더 맞을 겁니다."

"그럼, 노비 아들이 아니라 화원 아들의 일생을 담았단 건가요?"

"그래야 말이 좀 되지 않겠습니까? 유배된 화원이 아들만큼은 자신처럼 되지 않기를 바라는 비통하고 간절한 마음을 담아 그렸다고 하는 게. 소문과 함께 실물이 남아있었다면 좋겠지만 없으니 확인할 길이 없는 소문인 거죠."

"그럼, 이것 좀 한번 봐주시겠습니까?"

환은 자신의 스마트폰에 저장된 돌잡이 그림을 찾아 보여줬다.

"…이건?"

그림을 들여다보는 윤모열의 얼굴로 어두운 그림자가 짧게 스쳐갔다. 골똘하게 그림을 들여다보던 그가 고개를 내저었다.

"왜 그러시는데요?"

"노비의 평생도라는 것이 진실로 존재하는지는 모르겠으나 이건 아닐 겁니다. 여기 이렇게 이 그림을 그린 화가의 낙관이 찍혀 있지 않습니까?"

그랬다. 윤모열은 스마트폰에 저장된 그림사진을 확대해 검지 끝으로 한곳을 가리켰다. 낙관의 주인을 확인하는 일은 어려웠지만 낙관은 선명하게 찍혀 있었다.

노비 아들의 이른 죽음은 대수로울 것이 없었다. 사람 축에도 못 끼는 목숨이라 아비 홀로 가슴에 묻고 돌아서면 그만이었다. 그림으로 남길만한 업적도, 영화로운 인생을 꿈꿀 희망도 그들의 삶에는 존재하지 않았다. 그럼에도 노비 아들의 삶이 평생도에 펼쳐져 있다는 소문은 무성하게 퍼져갔다. 노비 아들의 평생을 기록한 평생도 민화가 어딘가에 존재할 것이라는.

"소문은 얼마든지 만들어질 수 있습니다. 민화는 대중의 꿈이고 종교고 또 삶이니까. 소박하고 솔직하고 그러면서도 익살과 멋이 배어있는…. 순수하고 단순해서 우리 민족의 역사와 더불어 시작됐다고 보는 이들도 있습니다."

"조선 중후기에 생성된 게 아니란 건가요?"

환의 질문에 윤모열은 껄껄거리며 웃었다.

"그림이란 게 언어가 생겨나기 훨씬 전부터, 원시시대부터 있었죠. 말보다 먼저 인간의 의사소통의 도구로 활용되었으니까. 엄밀히 말하면 그것도 민화라고 볼 수 있지 않을까요?"

"아, 그렇군요."

환은 고개를 주억거렸다.

"우리 민족의 역사와 민화가 함께했다고 보고 조선 후기에 와서야 유행하게 된 거죠. 족자나 병풍으로 만들어 일상에서 활용할 정도로 말이죠."

"윤 실장님은 화원의 부심도를 본 적 있습니까?"

환은 스마트폰을 바지 뒷주머니에 넣으며 물었다.

"말만 들었지 저도 직접 보진 못했습니다. 하지만 누군가 부심도에 대해 말하는 사람이 있다면 조심해야 될 겁니다. 소문이 진짜인지 가짜인지는 모르겠으나 부심도에 얽힌 사람은 목숨이 위험할 수 있답니다."

옅은 미소를 띤 윤모열의 얼굴로 냉기가 스쳐갔다. 섬뜩한 기운이었다. 그는 한동안 환을 응시했다. 환의 얼굴에 뭐가 묻기라도 한 것처럼. 아니면 환의 속내를 간파하기 위해서였는지도 모를 일이다.

윤모열은 뭔가 말을 하려다 말았다.

"하고 싶은 말씀이 있으시면 그냥 하세요. 편하게."

"그럼, 누구의 부탁을 받고 여기까지 왔는지 물어봐도 되겠습니까?"

"누구의 부탁이라뇨?"

"연구논문 자료 수집은 핑계고 있지도 않은 노비의 평생도, 행방을 알기 위해 온 것이 아닌가 해서요."

윤모열은 나름 예리한 촉을 갖고 있었다. 아니라고 해봤자 믿지도 않을 것이다. 환은 한국과 일본의 문화예술 교류에 대해 연구 중인 교수의 심부름이라고 둘러댔다. 연구논문도 그 교수가 진행하는 것인데 그 분의 이름이 여기저기서 거론되는 걸 원치 않아서라고.

"혹시 그 교수가 마선명 교수신가요?"

환은 깜짝 놀랐다. 생판 남처럼 지내는 마 교수를 팔고 싶은 생각은 없었다. 막다른 골목에 놓인 환의 잠재의식은 익숙한 것들을 먼저 불러냈다. 교수인 아버지의 일과 민화를 연결시키는 것은 자연스러웠다. 윤모열이 마 교수를 알 것이라는 생각은 하지 못했다. 아니라고 부인하기에는 늦은 감이 있었다.

"윤 실장님이 마 교수님을 어떻게?"

묻지 않을 수 없었다.

"민속을 연구하는 사람들이라고나 할까요? 이 바닥이 의외로 좁거든요. 하지만 뜻밖이네요. 혹시 마 교수님 아들?"

"아, 아닙니다, 그건."

환은 과하게 양손을 휘저었다.

"아무튼 핑계 김에 부탁을 좀 하죠."

"무슨?"

"노비의 것이든 화원의 것이든 평생도의 행방에 대해 뭔가 알게 되면 제게도 귀띔을 좀…."

"그 부탁은 제가 드려야 될 듯합니다만."

"명색이 영월에서 전해오는 풍문이긴 한데 본 적이 없어서요. 진짜인지 가짜인지도 모르겠고."

윤모열의 입술이 짧은 순간 삐뚤게 어그러졌다.

환은 분위기가 서먹해지는 것을 느꼈다. 잘 먹던 연포탕 맛이 영 나지 않았다. 지금껏 민화 얘기로 들떴던 윤모열의

160

기분이 저조해진 듯했다. 끝내는 환을 터미널까지 태워다 주겠다고 나섰다.

"제가 무슨 실수라도?"

"내일 아침까지 써야 할 연구보고서가 있는데 깜빡했지 뭡니까. 마 교수 얘기를 하다 보니 생각이 난 겁니다. 터미널에 아직 막차가 있을 겁니다."

– 밤새 대화를 나누자고 할 땐 언제고. 가라니, 이게 무슨 무례한 말이야.

할은 기분이 상했다.

윤모열은 술을 마신 터라 택시를 불러주었다. 민화에 대한 윤모열의 지식과 정보들이 해박해서 듣는 것만으로도 환은 즐거웠다. 아쉬운 환은 다음에 기회가 되면 또 보자는 말을 하고는 늦은 밤 할과 함께 터미널로 향했다.

– 남자 혼자 사는 시골집이 뭐가 그리 깔끔해. 이렇다 할 게 없더라고. 마 교수 핑계를 댄 건 아주 잘했어. 절연이 어디 그리 쉬운가. 불쑥불쑥 이어지는 깃이 천륜은 천륜인 거지.

환의 눈치를 보던 할은 짧은 한숨을 옆으로 내쉬었다.

터미널까지는 금방이었다.

두 명의 화가

환은 생각이 많았다. 얼굴에 먹구름이 끼었다. 할과 대면하는 일도, 대화를 나누는 일도 줄었다. 고수레커피는 잊지 않고 챙겼지만 두문불출하거나 외박을 하고 돌아온 날에는 어쩔 수 없었다.

새벽에 귀가한 환은 간만에 화색이 돌았다. 피로감이 몰려왔지만 정신은 맑았다. 환은 침대 맡에 서서 맨손 체조로 몸을 풀었다.

— 넋 빼고 다니더니 무슨 건수라도 좀 올렸나? 털어놔 봐, 어서.

할은 침대에 앉아 팔짱을 꼈다.

"한양에서 화원을 지냈다는 자가 왜 영월에 내려와 살았을까? 석연치 않았는데 궁금증이 좀 풀린 것 같거든."

- 유배를 당했겠지. 그림으로 민심을 교란시켰거나, 어진에 무슨 짓을 했거나. 정확한 속사정이야 모르겠지만.

"할이 어떻게 그걸 알아?"

- 나도 한때는 말이야. 아니다, 관두자.

"관두긴 뭘 관둬. 시작을 말던가."

환은 멀뚱한 눈으로 할을 쳐다보았다.

유배지였던 그곳이 할 자신의 고향이라는 말을 하려다 말았다. 꿈도 희망도 없이 태어난 생이었다. 버드나무의 매미처럼, 길바닥의 개미처럼 그렇게 자연의 일부로 살다 가면 그만인 생. 할이 살던 그때와는 진실로 천지개벽으로 달라진 고향이지만, 첩첩인 산에 터널이 놓였지만 오지라는 느낌은 크게 달라지지 않았다.

환이 영월에 가야 한다고 했을 때 할은 작정했다. 카페를 지키겠다는 약속을 깨면서까지 환을 따라나선 이유는 단 하나다. 자신이 태어나고 살았던 곳이라는. 이렇듯 고향을 다시 보게 될 줄은 생각지 못했다.

어떻게 보면 환은 할에 대해 아는 게 별로 없었다. 사망 당시의 차림새와 굴러다니는 것들을 괴물이라 여긴다는 것과 여인이 준 커피를 받아 마시고 맛도 모른 채 커피를 좋아하게 되었다는 것 외에는.

"아무튼 한양에서 밀려난 화원 하나가 영월에 터를 잡고 살았다는 거야. 유배지에 터를 잡았으니 그 속이 오죽하겠어. 들리는 소문엔 산속 외딴곳에 살던 노인이 화원을 찾아가 수족을 자처했대."

– 다 늙은 노인이 뭐하러? 왜 그랬대?

"화원의 곁에서 그림 수발을 들 수 있게 해달라고 했다는 거야."

윤모열을 만나고 온 뒤로 환은 영월의 서쪽 강변에서 터를 박고 살아온 이들을 찾아다녔다. 소문이 나지 않게 은밀하고도 조용하게. 백 살을 훌쩍 넘긴 노인과의 대화는 어려웠다. 그림이란 말을 들은 노인은 신귀 들린 것처럼 시키지 않아도 이야기가 술술 흘러나왔다.

"내 생각은 말이야. 그 노비가 화원의 어깨너머로 그림을 배우지 않았을까 싶어. 자기 아들의 초상화나 평생도를 남겼을지도 모르지. 우리가 찾는 노비의 평생도가 부심도일지도 모르고. 화원과 그 노비 사이에 우리가 모르는 뭔가가 있을 거야."

– 그게 전부야?

"그림 덕인지는 모르겠지만 화원의 후손들이 제법 사는 모양이더라고. 부산에서 레스토랑을 운영한다는데 그 양반이 문화예술 쪽에 관심도 많다더라고."

노비의 평생도에 관한 의문이 금방이라도 손에 잡힐 듯했다. 옷을 갈아입은 환은 부산행을 서둘렀다.

- 밤새고 들어왔으면서 또 나간다고? 눈도 안 붙이고?

"기차에서 잘 거야."

할은 집을 나서는 환을 따라 골목으로 나왔다. 전에 보지 못한 중형 승용차 한 대가 집 앞에 떡하니 세워져 있었다. 할은 차를 보자마자 남의 집 앞에 누가 차를 세웠냐고 언성을 높였다.

"동네 사람들 다 깨겠네. 조용히 좀 하지. 그리고 이거 내 차야."

- 뭐, 차를 샀어?

할은 믿기지 않았다.

"받은 돈도 있고 해서 그냥 좀 질렀어. 택시도 좋지만 내 차가 있어야겠더라고."

환은 운전석에 앉아 보란 듯이 차에 시동을 걸었다. 할이 괴성을 지르는 통에 시동은 곧 꺼졌다.

- 차를 사도 좋다고 할 땐 모른 척만 하더니.

굴러다니는 것만 보면 할은 질겁하고 자지러졌다. 상황이 이런데 환이 집까지 차를 둔다는 것은 말도 안 되는 일이다. 죽어서도 살 떨리는 공포를 느끼는 할을 위해서도 차는 사지 않을 생각이었다.

환의 차 앞에서 할은 주춤거렸다.

"비행기나 지하철은 안 무서워하면서 차만 보면 유독 병적이야. 아무리 생각해도 날 따라다닌 게 신기하단 말이야."

환은 차에서 좀처럼 내릴 생각을 하지 않았다.

- 그나저나 이거 끌고 부산까지 가려고? 지가 무슨 어벤져스라고 잠 한숨 안자고 차를 몰겠단 거야.

할이 눈에 힘을 주고 쳐다봤다.

"사고 나겠지?"

- 그걸 말이라고!

운전대를 만지작거리던 환은 아쉬운 듯 손을 떼고 차에서 내렸다. 눈꺼풀이 무겁게 주저앉았다. 이래서는 부산에 갈 수 없다.

할이 고수레커피는 됐다고 했지만 환은 할의 커피를 챙긴 후에야 쓰러지듯 침대에 드러누웠다. 생각이 많으니 졸린 눈에도 잠은 쉽게 들지 않았다. 서울역에서 야간열차를 타면 새벽녘에 부산에 도착할 것이다. KTX를 타면 더 빠를 테지만 환은 새벽에 도착하는 밤기차를 타야겠다는 생각을 하며 잠이 들었다.

그 시각, 할은 집 앞 골목에 세워둔 환의 차 주변을 맴돌았다. 차는 얌전해서 무서울 것도 없었다. 사람이 움직이는 물건일 뿐이다. 별 것도 아니라고 짐짓 호기를 부리며 할이

돌아서던 그때였다. 오토바이 하나가 할의 몸을 관통해 지나
갔다. 할은 소스라쳤다. 혼비백산이다.

 - 제기랄! 한번 죽은 놈이 뭐가 무섭단 거야. 후우. 후.
후우. 담력을 좀 기르라고.

●

 야간열차임에도 객실은 빈자리가 드물었다. 환은 부산으로
가는 무궁화호에 몸을 싣고 있었다. 차창 밖은 조명으로 반
짝거렸다. 옆에 앉은 장년의 남자가 조용조용 코를 골았다.
건너편 청년의 모습이 창에 반사됐고 그가 만지는 노트북 자
판이 타닥타닥 장작 타들어가는 소리를 냈다. 향수 냄새는
앞좌석의 여자에게서 살살 풍겨 나왔다.

 수면이 찾아든 한밤의 객실 안. 홀로 깨어있는 환의 복잡
한 낯빛이 차창에 투영되었다.

 영월 노인의 말을 들은 환은 이준재란 새로운 인물을 찾아
냈다. 그는 퓨전 한식 레스토랑을 부산에서 제법 크게 운영
했다. 타 지역에 체인점도 있어서 그쪽 바닥에선 성공했다고
알려진 외식사업가였다. 그림에도 관심이 많아 부산 시내 중
심가에 이준화랑을 운영하며 유명 화가들과의 인연도 깊었다.

 열차가 부산에 도착하기 이십분 전쯤, 환은 쪽잠에 들었

다. 이러다 낮밤이 뒤바뀌게 생겼다고 혼잣말을 하면서였다. 잠깐의 잠은 숙면처럼 깊었다. 종착역에 도착했음에도 환은 잠에 취해 있었다.

승무원이 깨우지 않았다면 열차기지까지 잠든 채 들어갔을지도 모를 일이었다. 환은 승무원의 손길 한번에 용수철처럼 벌떡 일어섰다. 열차 안에 있던 사람들이 모두 내린 후였고 환은 부랴부랴 서둘러 내렸다.

여명이 올라오지 않은 부산역 광장은 어스름했다. 곧 해가 뜰 것이다. 먼저 뱃속을 채워야겠다는 생각에 환은 역 주변을 어슬렁거렸다. 식당 문을 열기에는 이른 시간이지만 어딘가에 24시간 영업집이 있을 것이다.

돼지국밥집은 붐볐다. 이십여 분을 기다렸다. 뜨끈한 국물이 뱃속에 들어가 배를 깨우는 듯했다. 혼자 온 사람은 없어서 서둘러 자리를 내주고 환은 해운대로 직행했다.

해안을 따라 산책하는 외국인 연인과 홀로 해안트레킹을 즐기는 남자가 환의 시야로 들어왔다. 밤을 달려서 왔지만 바다를 보니 몸도 마음도 가뿐했다. 항구도시에서만 느낄 수 있는 비릿하고 습한 공기가 환을 둘러쌌다. 친근하고 익숙한 공기다. 학교를 땡땡이치고 할과 함께 노닐던 도쿄만의 공기도 이랬던 것 같다. 환은 입술에 닿은 공기를 다셨다. 짭짜름했다.

레스토랑의 개점 시간이 되자면 아직 멀었다. 지금쯤이면 직원들이 모두 출근해 오픈 준비로 한참 분주할 시간이다. 레스토랑에 이준재가 있는 시간을 확인해둔 터였다. 환은 모처럼 바닷바람을 만끽하고서야 천천히 발길을 돌렸다.

벽돌과 금속이 조화를 이룬 레스토랑은 입구부터 이준재의 예술적인 감각이 느껴졌다. 오픈 전이나 다행스럽게도 문은 열어둔 상태였다. 고층 건물의 최상층에 있어서 전망 하나는 끝내줬다. 방금까지 있다가 온 해운대가 한눈에 내려다보였다.

"전망이 끝내주는군."

환은 바다 위에 서 있는 기분이었다. 또각또각. 구두소리가 파도소리처럼 들려왔다. 창밖을 내다보고 있던 환은 고개를 돌렸다. 진한 그레이 정장차림의 직원이 환을 향해 다가왔다.

"손님, 영업은 열한 시부터입니다만."

보조개가 들어간 직원은 손님의 이른 방문에도 웃는 상이다. 사람의 기분을 상하지 않게 만드는 어투와 몸짓이 한데 어우러졌다.

"실은 여기 사장님을 뵈려고 왔습니다만. 출근 전이신가요?"

"약속이 되어 있으신가요?"

환은 간밤에 서울에서 밤기차를 타고 새벽에 부산에 도착했다는 것을 강조해 알렸다. 직원은 무선수신기로 이준재와의 연결을 시도했다. 그러고는 안내하겠다며 앞장섰다. 환은 발소리를 죽이며 뒤따라갔다.

큰 줄은 알았지만 레스토랑은 생각보다 더 넓었다. 홀을 가로지르자 가벽 안쪽으로 긴 복도가 놓였다. 그 끝에 'CEO' 표시가 붙은 문이 보였다. 직원은 짧고 강하게 노크했다. 잠깐만요. 소리는 안에서 들렸고 열리기도 안쪽에서 열렸다. 청보라 양복바지에 분홍빛이 도는 와이셔츠, 스포츠형 헤어스타일을 한 이준재가 모습을 드러냈다.

"이렇게 빨리 오실 줄은 몰랐습니다. 들어오시죠."

이준재는 이른 시간에 들이닥친 환을 거부감 없이 맞이했다. 스마트하게 생긴 것과 달리 꽤나 소탈해 보였다. 그는 환이 찾아온 목적을 묻지 않았다. 커피를 마시겠냐고 묻는 것도 하지 않고 커피머신의 전원을 켰다.

환은 우두커니 서 있었다. 성공한 사업가라고 하니 조금은 나이가 있을 줄 알았다. 환은 자신이 생각했던 것보다 한참이나 젊어서 어안이 벙벙했다. 이 정도의 사업체를 경영하는 대표라면 커피쯤은 직원이 내오지 않을까 싶었지만 그것도 아니었다.

이준재는 일회용 커피의 캡슐을 커피머신에 장착했다. 윙하는 소리와 함께 커피머신이 돌아갔다. 그는 흑백의 그림이 프린트된 예술작품 같은 커피잔에 커피를 내려 받았다.

"커피 가공품은 세계적으로 한국이 제일이라 할 수 있죠. 인스턴트라도 그 맛이 아주 일품이니까. 여기 있는 이 캡슐 커피가 한국산이 아닌 게 좀 아쉽긴 하지만 말이죠. 어떻게 한잔 드릴까요?"

"네."

환이 바리스타라는 것을 알았다면 다른 음료를 권했을지 모를 일이다. 환은 이준재가 건넨 캡슐 커피를 입으로 가져갔다.

"훌륭한데요."

환은 괜한 칭찬을 앞세웠다. 커피 맛이 괜찮기도 했다.

"손님과 홀에서 식사를 하는 경우가 아니면 손님대접에 직원들의 손을 빌리긴 말자는 게 제 생각이거든요. 사무실에서 마주한 손님의 커피는 제가 직접 다 대접합니다. 기계를 다루는 것이 어렵지도 않고."

젊은 사람답게 군림하는 대표는 아닌 듯했다. 환의 용건을 뒤로하고 이준재는 커피와 날씨, 그리고 바다에 관한 얘기들을 양념처럼 뿌렸다.

환은 반쯤 마신 커피의 잔을 상하좌우로 살폈다. 파블로 피카소[4])의 분노가 서렸다는 '게르니카'를 연상시키는 그림이다. 우아한 곡선을 지닌 커피 잔에 이런 흑백의 그림을 프린트했다는 것부터가 예사로운 잔은 아닌 듯했다.

"이 그림, 혹시 게르니카 아닌가요?"

"비슷하긴 할 겁니다. 스페인 북부의 작은 도시 게르니카에 나치가 비행기와 폭탄의 성능을 테스트하기 위해 무차별 공격을 퍼부었다죠. 이에 분노한 피카소가 고전적인 회화방식으로 전쟁을 고발한 작품이 게르니카죠."

이준재는 잔에 새겨진 그림을 대수롭지 않게 넘기면서도 게르니카에 대해서는 확인하고 넘어갔다. 쓰러진 사람들. 죽은 아이를 부여안고 우는 여인. 불에 타는 건물과 황소 등등이 일렬의 구도를 이룬 게르니카에 피카소는 수많은 역사와 비극을 은유했다.

그랬다. 화가는 자신의 그림을 통해 감정과 생각을 드러냈다. 환이 찾는 노비의 평생도는 아들에 대한 아비의 지극한 사랑의 표현이 아닐까. 그림에 대한 얘기가 나왔으니 평생도에 관한 환의 얘기는 자연스러웠다.

"듣자하니 조상 중에 도화서의 화원을 지낸 분이 계시다던데요."

환은 커피 잔을 테이블 위에 내려놓으며 말했다.

---

4) 콜라주 화가이자 조각가. 입체주의의 창시자. 1881년 10월 25일 스페인 말라가에서 출생해 1973년 4월 8일 프랑스 무쟁에서 사망

"우리 집안 족보가 궁금해서 서울에서 내려오신 겁니까, 설마?"

이준재는 어깨를 으쓱했다가 다시 내렸다. 그러고는 자신을 찾아온 진짜 용건을 말해보라는 듯이 환을 응시했다.

"족보는 아니고 집안 대대로 내려오는 평생도가 있다던데…."

환은 말꼬리를 흐렸다.

이준재는 게르니카를 닮은 그림이 있는 커피 잔을 입으로 가져갔다. 커피를 마시느라 고개를 숙였지만 긴장감이 스쳐 갔다. 이준재는 커피 잔을 입술에 대고 잠시 정지 상태로 있었다.

"도화서의 화원을 지낸 어른이 문중에 계시는데, 평생도 뿐이겠습니까? 더구나 조선 중후기에 화원을 지내셨으니 좀 한다는 양반들이 자신의 평생도를 남기고자 그림 청탁을 했겠죠. 화원을 지내신 양반이니 그런 그림이야 숱하게 남기셨을 테고, 안 그렇습니까?"

이준재는 커피 잔을 테이블 위에 내려놓고 한쪽 다리를 꼬더니 깍짓손을 했다. 그러고는 환을 물끄러미 바라봤다.

"왜 그렇게 보십니까?"

환은 자신의 얼굴을 만졌다. 뭐가 묻어있을 것 같지는 않았다.

"마환 씨도 부심도를 찾는 겁니까? 혹자는 노비의 평생도라고도 하던데. 제가 아는 한 평생도는 양반의 것이고 부심도라면 또 모르죠. 조선 중후기에 민화는 성황이고 그야말로 문화예술의 시대였으니까 말이죠."

이준재는 엷은 미소를 지었다.

"두 개가 다른 그림이라고 보시는 겁니까?"

"그렇지 않겠습니까? 평생도를 남긴 양반의 가문이 멸해서 노비로 전락했다면 또 모를까. 보름 전인가? 노비의 평생도를 찾아온 남자가 있었죠. 그땐 신통치 않게 넘겼는데, 오늘 또 이렇게 있지도 않은 그림을 찾아온 손님이 또 있는 거죠. 소문은 소문일 뿐입니다. 혹하게 되면 망상 들기 십상이죠."

"노비의 평생도 같은 건 존재하지 않는다?"

"있다고 해도 양반의 평생도에 붙여진 또 다른 제목이란 거죠."

그럴지도 모를 일이다. 이준재는 확신했고 환은 미궁에 빠졌다.

평생도의 행방을 찾는 이가 신창성만은 아닐 것이다. 연작의 한 폭만 지녀도 부귀영화를 누리게 된다는 노비의 평생도에 깃든 염원을 아는 이들이라면 어찌 탐하지 않을 것인가. 신창성은 조용하고도 은밀하게 평생도의 행방을 알아봐달라고 했지만 그것은 이미 어려운 일이라는 것을 환은 짐작했다.

"마환 씨도 이쯤에서 정신을 차리는 게 좋을 겁니다. 시간낭비하지 말고. 출세를 한다느니, 무병장수를 한다느니 하는 허무맹랑한 얘기들을 젊은 사람이 좋아서야 되겠습니까? 인간의 욕망이 어디 노력 없이 이뤄지던가요? 있지도 않은 그림을 찾아다닐 시간에 일을 하면 성공을 기대할 수 있지 않을까요?"

이준재는 입술을 앙다물었다.

"당연한 말이긴 한데, 왜 이렇게 씁쓸하죠?"

환은 자신도 모르게 허탈한 기분이 들었다. 가질 수 없는 것일지라도 가끔은 현실에 존재했으면 싶은 것들이 있다. 많은 사람들에게 감동을 불러일으키는 이야기나 물건 같은. 환은 경직된 이준재의 얼굴을 주의 깊게 응시했다. 거짓말도 자주 하면 늘고 능숙해진다.

이준재의 말은 사실일까? 믿어도 되는 걸까?

환의 얼굴로 실소가 들어앉았다.

❀

조선 중후기, 삼대에 걸쳐 도화서에서 화원을 지낸 집안이었다. 명성은 이준재의 5대 조부인 이기석에 이르러 고꾸라졌다. 민심을 교란시키는 역모의 그림을 그렸다는 죄명이니 능지처참은 당연한 형벌이었다. 하늘의 명이 있었는지, 운이 좋았는지 이기석은 목숨을 구했다. 유배지로 흘러든 그는 죄인의 신분을 감추고 새로운 삶을 이어갔다.

그림은 세월을 낚기에 좋은 도구였다. 영월의 화원 나리. 이기석의 명성은 그렇게 이어졌다.

1881년 봄.

겨울이 물러가고 나무에 연둣빛 새싹들이 올라올 무렵이다. 이기석의 집으로 상것 중의 상것인 말복이 감히 불쑥 찾아들었다.

"화원나리께 긴히 올릴 말씀이 있습니다."

말복은 몇 날 며칠 화원나리 댁의 대문가에 엎드려 읍소했다. 문중 하인들에 의해 이미 쫓겨난 백정 말복이 화원나리에게 고할 방법은 없었다. 집안에만 들어앉은 이기석은 모르는 일이었다. 그림 행차에 나선 이기석은 죽은 듯이 대문가에 엎드려 있는 말복을 발견했다. 무시하고 그냥 가시라는 하인의 말에도 화원은 뭔가가 개운치 않았다.

"내게 할 말이라도 있는 게냐?"

이기석은 얘기나 들어보자 했다. 허나 몰골을 보아하니 곧

숨넘어가게 생겼다. 화원의 얼굴을 보자마자 허깨비처럼 쓰러져 의식을 잃었다. 이기석은 자신이 출타해 돌아올 동안 말복에게 먹을 것을 주고 기운을 차리게 하라고 일렀다.

이기석은 화폭에 강가의 봄을 담느라 해질 무렵에야 돌아왔다. 그는 저녁을 물리고 말복을 사랑채로 불러들였다.

"못난 이놈에게 눈에 넣어도 안 아플 아들놈 하나가 있었습니다, 화원나리."

백정 말복의 곪아터진 상처의 장광설은 그렇게 시작되었다.

아비가 백정이면 그 아들 또한 당연히 백정이다. 상놈이다. 천한 자신의 분수도 모르고 천지개벽의 세상이 왔다는 말에 혹해 서당을 기웃거리고 양반가의 학문을 넘봤다. 그런 아들에게 본때를 보이기 위해 말복은 매질을 훈계 삼았다.

백정도 사람대접을 받을 수 있는 세상이 되었다고? 터무니없는 망발이다. 마을을 벗어나 본 적 없는 백정 말복에게 아들의 희망은 넘봐서는 안 될 비극의 씨앗일 뿐이다. 어디서 그런 몹쓸 말을 듣고 와서 아비 말은 귓등으로도 안 듣는 것이냐고 호통을 쳤다. 아들을 향한 말복의 분기가 하늘 높을 줄 모르고 충천했다.

말복에게 언어맞아 초주검이 된 아들은 그래도 사람으로 살아보겠다며 집을 나가버렸다. 공부도 하고 관직도 얻고 양반 같은 사람이 되어 돌아오겠다는 야무진 포부를 품었다. 마을 어귀에서 배를 타고 고향을 등진 아들은 끝내 돌아오지 않았다.

사사건건 말복의 뜻을 거스르고 집을 나가버린 아들. 유난히 생각이 많고 사리분별이 확고한 아들이 내심 기특했다. 그것이 식구들 모두의 불행이 될까봐 또 전전긍긍했다. 사람도 아닌 놈의 자식이 똑똑해봤자 쓸잘머리 없다. 억울하게 모함이나 당하지 않으면 다행이다. 쥐도 새도 모르게 죽임을 당하지나 않으면 다행이다.

아들을 향한 말복의 가혹한 질타는 그래서였다. 애정 어린 말 한 번 해주지 않고, 제대로 된 지지의 말 한 번 해주지 않았다.

앞날에 대한 희망조차 품지 못한다면 어떻게 살아있는 사람이라고 말할 것인가. 그렇다고 해도 천지개벽의 세상은 온전히 허상이다. 아들은 자신의 말을 믿지 않는 아버지에게 입증해 보이겠다며 분을 품고 고향을 떠났다.

말복은 하늘이 무너지고 땅이 꺼지는 것을 경험해야 했다. 결국 이렇게 되고 말 것을. 매질이나 하지 말걸. 욕심이 아니라고 말이나 잘해줄 걸. 사람으로 태어나 사람답게 살고 싶은 게 당연한 거라고 말이나 해주는 건데 말이다. 아들에게 가혹하게 굴었던 그 이상으로 비수는 말복의 심장에 꽂히고야 말았다. 사람 취급을 못 받는 천한 생, 남들은 다 천대해도 말복만은 그러면 안 되는 거였다.

어딘가에 살아만 있어주길 기대했다.

시신도 거둘 수 없는 아들의 죽음을 통보받았을 때, 말복의 후회는 뼈저렸다. 자신의 생이 더는 의미 없는 것이 되었고 모든 것이 부질없었다.

보고 싶다.

말복은 아들이 그리웠다. 심장이 타들어가는 것을 느끼며 어떻게든 되살리고 싶었다. 고민은 밤낮으로 이어졌다. 사람답게 살기를 꿈꿨던 아들의 일생을 이뤄주겠다고 다짐했다. 동물의 피를 평생 몸에 묻히고 살아온 말복이 할 수 있는 일은 아니었다.

한양에서 화원을 지냈다는 이기석을 떠올린 것은 그야말로 천우신조였고 말복에겐 또 다른 의미로 천지개벽이었다. 다시는 볼 수 없는 아들. 어여쁘다 어루만져준 적 없는 아들을 그림으로나마 되살려보겠다는 마음이 화사한 꽃처럼 피어났다. 아비가 되어 제 아들을 응원해주지 못한 속내에 대한 뒤늦은 속죄라 여겼다.

"무정한 놈의 아들을 그림 안에서 영원히 살게만 해주신다면, 이 보잘 것 없는 놈의 남은 생과 목숨을 화원 나리께 바치겠나이다."

받아줄지 말지도 모를 남은 생을 말복은 그렇게 내놓았다.

"부모 된 마음에 양반 상놈이 따로 있을 소냐. 하물며 자식을 잃은 아비의 마음이야…."

화원은 말복의 마음을 헤아렸다. 죽은 아들을 그림으로 부활시켜주겠노라고 약조했다. 그리하여 말복은 화원의 수족이 되었다. 그의 여생이 화원의 것이었고 목숨이 또 화원의 것이 되었다.

말복은 그 어떤 일도 마다하지 않았다. 그림으로 다시 태어날 아들을 볼 생각에 들뜬 말복은 주야로 혹사를 당하면서도 행복했다. 사람을 죽이는 일만 아니면 된다고 했지만 누군가를 죽여야 했다면, 그것이 화원의 명이라면 말복은 거역할 수 없었을 것이다. 하지만 문제는 다른 곳에 있었다.

일 년이 지나고 이 년이 지나고 삼 년이 지나도록 말복은 아들의 그림을 얻지 못했다. 화원은 화구에 둘러싸여 시간을 보내면서도 말복과의 약조를 지키는 일에는 게을렀다. 매일 엉뚱한 그림만 그리며 허송세월했다.

"나리, 이놈의 아들은 언제쯤 볼 수 있는…."

화원의 그림 시중을 드는 말복의 목소리는 기어들어갔다.

"지금 나를 재촉하는 것이냐?"

화원의 화는 불처럼 타올랐다.

"아, 아닙니다요."

말복은 찍소리도 못하고 물러나왔다. 희망이 체념으로 물들고 하루하루는 고역이 되었다. 이를 눈치 챈 화원은 말복을 불러 아들의 초상화를 내보였다.

미완의 초상화.

화원은 그만하면 과분한 것이라 눈치했다. 그것조차 말복은 받아 나오지 못했다. 완성이 되려면 아직 멀었다고 했다. 말복은 침묵했다. 그리고 깨달았다. 시간이 아무리 흘러도 화원나리가 자신에게 건네줄 아들의 그림은 없을 것임을.

그날부터였다. 말복은 죽은 아들의 모습을 흙바닥에 그렸다. 낮 동안 혹독한 노동에 시달린 몸으로 모두가 잠든 밤, 달빛에 의지했다. 그런 밤이 쌓여갈수록 말복의 그림은 상상의 날개를 달았다.

귀한 인물에 태몽이 있어야 하지 않을까. 말복은 나무를 타는 호랑이의 몸에 사람의 얼굴을, 그것도 태양처럼 강렬한 붉은 얼굴을 떠올렸다. 멧돼지도 한 손으로 때려잡으며 힘자랑하는 아들의 모습에는 웃음이 살짝 들기도 했다. 아들이 좋아한다는 여인과 마주 앉아 가배를 마시는 아들을 보며 말복은 또 흐뭇했다.

말복은 마당에 그린 그림들을 새벽녘이면 빗자루로 쓸어냈다. 약조한 화원의 그림이 늦어지면 늦어질수록 아들의 영화를 흙바닥에 새겼다가 지웠다가를 반복하는 말복의 밤도 늘어갔다. 태몽을 시작으로 아들의 그림은 하나둘씩 늘어갔다.

"이만하면 고관대작이 부럽지 않은 내 아들의 인생이로군. 좋아. 아주 좋아."

흙바닥에 그린 그림일망정 말복은 홀로 뿌듯했다.

평생도가 양반관료의 출세와 업적을 담은 물건이라는 것을 모르는 바는 아니지만 말복은 아들의 연대기를 하나로 엮었다. 화원의 그림수발을 드는 일은 계속됐다. 언젠가 아들의 연대기를 흙이 아닌 종이에 담을 것이다. 아들의 모습은 흙바닥에서 화원이 버린 종이 위로 서서히 옮아갔다.

말복은 아들의 그림에 쓸 한지와 안료를 화원의 눈을 피해 구하고 만들었다.

눈이 몇 날 며칠 펑펑 쏟아져 내리던 그 밤. 말복은 아들의 꽃상여를 그렸다. 호상이다. 그것으로 말복은 아들의 평생도 열두 폭을 완성했다. 흠잡을 것 없는 완벽한 인생이다. 말복은 말로는 다할 수 없는 희열을 느꼈다.

그러나 아들의 불행은 그림을 통해 다시 시작됐다.

화원은 말복이 하는 짓을 일찌감치 알아차렸다. 말복이 화원 몰래 종이를 구하고 안료를 채취하고 다닌다는 것을 알면서도 모른 척했다. 뒷간이 급한 말복은 마당의 그림을 미처 지우지 못했다. 아무도 못 봤을 것이다. 볼일을 마치고 돌아온 말복은 빗질로 그림을 꼼꼼히 지웠지만 화원은 모든 것을 지켜보고 있었다.

화원의 그림은 오래전에 생명을 잃었다. 흙바닥에 그린 말복의 그림은 생생했다. 말복에게 멀쩡한 종이를 내다 버리라고 한 데에는 그 나름의 속셈이 있었다. 산수든 인물이든 사실화만 그려온 이기석에게 말복의 그림은 그야말로 신세계였다.

어디서도 본 적 없는 그림은 강렬했다. 그래서 확인하고 싶었다. 자신의 것으로 하고 싶었다. 사당 앞에 움막을 따로 내주고 밤낮으로 보초를 서게 했다. 말복은 비밀리에 그림을 그렸다고 여겼겠지만 이기석은 은밀하게도 움막을 들락거렸다. 탄복은 절로 나왔다. 그래서 용납할 수 없었다.

이기석은 기다렸다. 말복의 그림이 완성될 그 순간을 기다렸고 놓치지 않았다. 한줌의 온정도 베풀기를 거부했다.

"네 놈이 감히 상전의 물건을 빼돌렸겠다?"

"그게 무슨 말씀이십니까요, 나으리?"

말복은 어리둥절했고 또 황망했다. 비린 물건을 누가 가져간다한들 어찌 도둑이 될 것인가. 말복에겐 해당되지 않았다.

"이놈을 내 집에서 당장 끌어내어라. 손모가지를 분질러 놓아도 시원찮을 놈!"

"쉰네가 그린 아들놈의 그림만은 갖고 가게 해주십시오.

네에, 나으리."

"그것이 어찌 네 것이더냐. 니놈이 내 소유물이거늘 네 것이라니 당치 않은 소리다."

화원은 무던히도 야멸찼다.

손도 써보지 못한 채였다. 말복은 아들의 평생도를 맥없이 그렇게 빼앗기고 말았다. 추운 눈밭에서 비참한 최후를 맞이했다.

길이길이 회자될 그림이다. 이기석은 자신의 명성을 되살리기에 충분한 그림이 될 것이라고 장담했다. 그는 말복의 그림 열 폭에 자신의 낙관을 찍었다.

"제목을 붙여야겠는데…, 부심도! 그거 좋군."

이기석은 진실로 좋았다. 말복은 죽었고 말복이 그린 평생도는 누구도 부인할 수 없는 이기석 자신의 것이 되었다. 낮말은 새가 듣고 밤 말은 쥐가 듣는다고 했던가. 말복의 그림이 화원의 것으로 둔갑했다는 것을 누군가는 또 알았다.

열두 폭이던 그림은 병풍이 되지 못한 채 뿔뿔이 흩어졌다. 이기석의 부심도는 노비의 평생도가 되어 사연을 낳았고 사람들의 입에 오르내렸다. 말복의 그림이 지닌 염원으로 누군가는 부를 얻었고 누군가는 취업을 했으며 누군가는 천생연분을 만났고 누군가는 자식을 얻었고 또 누군가는 명성을 얻었다는 풍문이 빠르고 두텁게 퍼져나갔다.

말복의 그림을 손에 넣은 이기석은 더는 붓을 들지 않았다. 부심도에 대한 애착은 날로 강해졌다. 화원은 방안에 틀어박혀 그림을 보는 일로 아니, 지키는 일로 온 시간을 보냈다. 가문의 몰락이 역모가 아니라 부심도가 사라진 때문이라는 말이 돌기 시작했다.

●

이준재는 해운대 바다가 내다보이는 창문가에 서 있었다. 팔짱을 낀 채 서성였고 혼자만의 생각에 골똘했다. 노비의 평생도 따위는 존재하지 않아야 했다. 그림에 깃들어있다는 영험함은 호사가들 사이에서 한낱 흥밋거리로 떠도는 것일 뿐이어야 했다. 이준재의 불안은 그렇지 않을지도 모른다는 데에서 피어올랐다.

부심도를 되찾아야 한다는 5대 조부의 유언은 집안의 장자들을 통해서만 전해 내려왔다. 부심도에 깃든 염원이 그림을 갖고 있는 이에게 영화를 누리게 해준다는 허무맹랑한 말과 함께. 누군가는 무시했고 누군가는 침묵했고 누군가는 찾아다녔다. 5대 조부의 부심도에 얽힌 얘기는 영월 사람들 사이에서 내밀한 전설처럼 떠돌았다.

노비의 그림을 가로챘다는 말은 웃기지도 않았다. 이준재가 말귀를 알아들을 때부터 증조부는 옛날이야기를 들려줬다. 생생히 떠오르는 그림임에도 부심도의 장면들을 증조부가 말로 그려내고 있었다는 것을 그때는 몰랐다.

노비의 평생도가 됐든, 화원의 부심도가 됐든 이준재는 확인하고 싶었다. 자신의 뇌리에 증조부가 새겨 넣은 그림에 대해. 그것은 항상 마음뿐이어서 행동이 되진 않았다. 늘 공부가 먼저고 사업이 먼저였다. 그럼에도 이준재는 부심도를 잊어본 적이 없었다.

사업이 안정적인 궤도에 올라서자 미뤘던 것들을 실행에 옮겼다. 사교적인 화가들을 접촉하고 그들을 후원하기 시작했다. 언젠가는 그들의 입을 통해 부심도의 행방이 자신에게 전해지길 기대했다.

"마환 씨? 만약인데 말이죠…, 이건 어디까지나 만약입니다."

이준재는 서성임을 멈추고 환을 향해 돌아섰다.

"만약이라 치고, 어서 말씀해 보시죠. 뭔 얘기인데 그리 뜸을 들이십니까?"

환은 능청스럽게 받았다.

"우리 집안에만 전해오는 말이 있는데 말입니다. 아주 오래전에 일본에서 건너온 여인이 우리 조상의 그림을 사갔다는…. 5대 조부가 돌아가신 게 그분이 아끼던 그림을 그 아들이 팔았기 때문이라는 말이 돌았죠."

"자살이라도 하셨단 겁니까, 그림 때문에?"

이준재는 알 수 없다는 듯 양손을 펼쳐들고 어깨를 으쓱했다.

환은 턱을 고였다. 일본 여인이 이런 촌구석까지 와서 그림을 사갔다는 게 환은 더 미덥지 않았다. 예술품을 사려고 그 시절에 조선 팔도 유람을 다니기라도 했단 건가.

이준재는 환이 찾아다니는 그림은 없지만 한때 화제가 되었던 그림이 따로 있었노라고 털어놓았다.

"저는 그게 항상 궁금했습니다. 일본 여인이 이름도 없는 화원의 그림을 왜 사갔을까? 그것도 원한 서린 그림을….."

"그렇게 말씀하시니 저도 궁금한데요."

"마환 씨가 그 이유를 한번 알아보는 건 어떻습니까?"

"제가요?"

환은 눈을 끔뻑거렸다. 이게 무슨 황당한 말인가 싶으면서도 이준재의 속내가 또 궁금했다. 소탈한 성격만은 아닌 듯했다. 그림을 사 간 이유를 왜 알고 싶다는 것인지 이해하기 어려웠다. 그것을 알기에는 세월이 흘러도 너무 많이 흘렀다.

"사연도 많고 말도 많았던 그림이라는데, 있다면 아마 일본 어딘가에 있을 겁니다. 하긴 그 당시 일본인들이 조선 민화를 좋아해 무조건 사들였다는 설도 있기는 하죠."

이준재는 다 식은 커피를 마저 마셨다. 그러고는 한잔 더 마셔야겠다며 커피머신에 캡슐을 끼워 넣었다.

환은 일어섰다.

"제가 시간을 많이 뺏었네요. 이제 그만 가봐야 할 것 같습니다."

"레스토랑 체인사업에 관한 얘기는 안하고 말입니까? 그것 때문에 오신 줄 아는데…."

"다음에 다시 와서 듣는 걸로 하겠습니다. 밖에 손님도 와 계신 것 같고."

"그러시죠, 그럼."

이준재는 흔쾌했다. 그러고는 고맙다며 환이 뒤돌아서자 콧노래를 흥얼거렸다.

이건 또 뭐람. 환은 이준재의 콧노래가 석연찮게 다가왔다. 환은 뒷골이 당기는 기분으로 사무실을 나왔다. 손님들이 가득한 레스토랑을 환은 가로질렀다. 그리고 짐작했다. 일본으로 팔려갔다는 그림이 노비의 평생도일지 모른다고.

"여기도 소문내지 않고 그림을 찾고 싶다는 건가? 사람을 잘못 봐도 한참 잘못 봤군."

노비의 평생도를 입에 올릴 때부터 이준재는 알고 있었다. 환이 자신을 왜 찾아왔는지를. 하지만 묻지도 확인하지도 않았다. 사업 얘기는 형식적이고 그림 얘기는 자연스러웠다.

환은 이준재의 눈빛에 깃든 긴장감과 호기심을 들여다봤다. 그 또한 노비의 평생도를 찾고 있는 것이라는 생각이 들었다. 그러고 나니 노비의 평생도에 얽힌 내막이 환 자신도 궁금해졌다. 어디에 있는지, 누가 갖고 있는지, 몇 폭이나 존재하는지도 모른다. 다만, 평생도가 병풍이라는 것을 감안하면 짝수 폭의 연작 그림일 것이다. 팔 폭이거나 열 폭 아니면 열두 폭? 거기에 민화에서는 보기 힘든 낙관이 찍혀있다는 것.

유근철은 낙관의 유무를 통해 그림이 바꿔치기 당했다는 것을 알아챘다. 신창성의 돌잡이 그림과도 닮은 구석이 느껴지는 그림이다. 장기간의 계획에 의해 그림을 훔쳐갔다면 그 또한 이 일이 세간에 알려지지 않고 조용히 묻히기를 바랐던 것은 아닐까.

번쩍하는 섬광이 그 순간, 환의 뇌리를 스쳐갔다. 유근철의 그림이 누구의 손에 들어갔는지 알면 일이 순조롭게 풀릴지도 모른다.

✿

할은 강아지처럼 환을 졸졸 따라다녔다. 부산에 다녀온 애기가 듣고 싶다는 거였지만 환은 생각의 굴만 파고 있었다. 은미가 끝낸 화장실 청소를 새로 하는가 하면 깨끗한 유리창을 다시 또 닦았다.

- 그렇게 닦아대면 오던 손님도 그냥 간다고. 복 달아난다고.

따라다니는 할은 끝없이 잔소리를 해댔다. 그러거나 말거나 환은 제 일만 했다. 그래봐야 은미가 다 해놓은 하나마나 한 일들이다. 재고물품을 확인한다며 환이 창고로 들어가자 할은 폭발했다.

- 죽은 목숨을 또 죽일 작정이냐고!

"어째 점점 더 어린애가 되가는 거야? 부담스럽게…."

창고에서라면 혼잣말이어도 괜찮았다. 보는 사람은 없었다.

- 혼자 보내는 게 아니었어.

"쉬울 거라는 생각은 안했는데, 이제 와서 못하겠다고 할 수도 없고, 나도 골머리가 아프니까 자꾸 거들지 말라고."

- 착수금으로 차 뽑아서?

할은 진지했다.

"그것도 그렇고…."

환은 쌓아둔 상자 위에 엉덩이를 걸쳤다. 자신들이 찾는 그림이 일본에 있을지도 모른다는 말은 하지 않았다. 일본을 입에 담자면 환과 마찬가지로 할 또한 마 교수를 먼저 떠올릴 게 뻔했다. 어떻게 떠나온 곳인데, 지금껏 떨쳐내기 위해 애썼던 과거가 해일처럼 밀려오는 듯했다.

"일본 여자가 영월까지 와서 그림을 사갔대."

환은 별 감정 없이 담담하게 굴었다.

- 일본 여자 누구?

"말하면 알아?"

할은 대꾸하지 않았다. 대신 알지도 모른다는 눈빛으로 바라봤다. 영월에 있던 일본 여인이라면 아는 사람이 한 명 있다. 자신에게 커피를 단숨에 들이키게 만든 여인. 몰랐으면 더 좋을 것들을 그때 알게 한 여인. 자신의 삶을 송두리째 흔들어놓은 여인. 자신이 사랑했던 여인.

할은 후우, 길고 큰 한숨을 내쉬었다. 첫사랑의 여인을 생각하니 할은 가슴이 답답했다. 좁은 창고는 도움이 안됐다. 할은 홀로 나왔다.

단골 박효준은 환의 머리가 진공상태에 빠져 있을 때에 나타났다. 시계가 열한 시를 막 넘어가고 있었다. 노트북 가방과 다른 한 손엔 둘둘 만 잡지를 들고서였다. 일본에서 유학생활을 길게 했다는 박효준은 주말이면 거의 같은 시간에 나타났다. 책만 읽다가 가기도 하고 어떤 날은 원고작업을 하다가 갔다. 노트북 가방을 들고 온 것을 보니 글을 쓰려나보다.

"브런치 세트요. 음료는 코난으로."

은미가 박효준의 주문을 받았다.

그때까지도 멍하게 있던 환은 정신이 번쩍하는 것을 느꼈
다. 환의 눈이 고양이처럼 동그래졌다. 박효준이 들고 있던
잡지의 제목을 확인하고서였다. 월간 민화. 환은 자리에 가
서 기다리면 자신이 곧 가져다주겠다고 나섰다.

환은 샌드위치에 양상추와 오이피클을 잔뜩 넣고 햄으로
덮었다. 올리브를 살짝 얹고 박효준이 좋아하는 겨자소스를
양껏 발랐다. 환은 커피 코난을 곁들인 브런치 세트를 들고
그의 테이블로 갔다. 환의 예상대로 박효준은 원고 작업 중
에 있었다.

"오늘은 서비스가 과한데요. 내게 뭐 부탁할 일도 없을
텐데."

박효준은 샌드위치 접시와 커피를 자신 앞으로 옮기며 말
했다.

"저것 좀 봐도 됩니까?"

환은 의자에 놓인 민화 잡지를 손짓하며 물었다.

"아, 이거요. 보셔도 됩니다. 바리스타님께서 민화에 관
심 있는 줄은 또 몰랐습니다."

의외라는 표정을 지으면서도 박효준은 흔쾌히 잡지를 내줬
다.

육십 쪽 정도의 얇은 잡지다. 민화를 소재로 한 잡지가 발행되고 있다는 것만으로도 환은 놀라웠다. 정기적으로 다룰 만한 화젯거리가 있을까 싶었다. 책장을 넘기자 우려에 불과할 뿐임을 알았다. 월간 민화는 그림을 언어로 사용하던 그 시대부터 오늘날까지 민화의 범주를 확대하여 지평을 넓힌 잡지다. 현대 민화 작가들의 작품은 물론 세계적으로 각국의 민화라고 할 수 있는 그림들까지 다양하게 다뤘다.

"민화가 전공이신가요?"

잡지를 대충 훑어본 환은 물었다.

"대중 문화예술 분야라고나 할까요. 그렇다보니 민화 잡지에서 가끔 청탁을 하기도 합니다. 민화야말로 대중에 의해, 대중을 위한, 대중의 그림이었죠."

"그럼 민화와 관련된?"

박효준은 질문의 끝을 듣기도 전에 아니라고 고개를 저었다.

"그러면 쉽죠. 평생도에 관한 칼럼을 써달라고 해서 고민 중이죠."

"아니, 왜요?"

평생도가 민화로 분류되지 말라는 법도 없으니 환은 귀가 솔깃했다.

"돌잔치에서 회갑례까지 적게는 여덟 폭에서 많게는 열두 폭으로 이뤄지는 게 보통이죠. 서너 폭 짜리 평생도가 어딨습니까? 있다면 가림막 정도의 용도로 봐야겠죠."

평생도는 양반의 문화라 박효준의 관심사인 대중예술과도 거리가 멀었다. 업적을 기리는 평생도는 기록화에 다름 아니다. 청탁은 그림예술을 다루는 일본의 잡지사로부터 왔다. 조선의 민화에 대한 특집이라면서 평생도에 관한 칼럼을 부탁했다.

박효준이 유학해 있는 동안 인연을 맺었던 곳이라 거절은 어려웠다. 조선 민화에 관한 필자를 일본의 편집자가 따로 찾는 것도 쉬운 일이 아니기에 박효준은 순순히 받아들였다. 글이야 뭐든 써주면 되겠지 했다. 그림을 확인하고는 뒤집어졌지만.

"그렇긴 하네요. 평생도라는 게 주인공의 생애에 들어앉은 중차대한 장면들을 담아내는 건데, 서너 폭이면⋯."

환은 가림막이라는 것에 공감했다. 한편으로 인생의 사계절을 비유한 평생도는 아닐까 싶은 생각도 들었다. 환이 양반이 아닌 평민의 평생도라면 있을 수 있지 않겠냐는 말을 하자 박효준은 말이 되는 것도 같다며 깔깔거렸다.

"평민이라면 물자가 부족해 네 폭으로 완성했을 수도 있겠네요. 파격적이고 혁명적인 민화가 만연하던 시대였으니까. 평민이나 노비가 주인공인 반쪽짜리 평생도가 있다고 칩

시다. 막상 그림을 보면 그런 생각도 못하게 될 걸요."

"아니 왜요?"

환은 어리숙한 얼굴로 물었다. 상대방의 말을 더 듣고자 한다면 말이 더 나오게 어리숙함을 보이는 것은 상대의 마음을 여는 일과도 같았다.

"아무리 봐도 평범한 사람의 평생도는 아니란 거죠. 분명, 권문귀족의 평생도 같은데…, 세 폭짜리인 데다가 노비의 평생도라 하니 미치고 팔짝 뛸 노릇인 거죠."

박효준은 허탈하게도 웃어댔지만 환은 자신의 눈동자가 뒤로 넘어가는 것을 느꼈다.

"그 그림, 저도 볼 수 있어요? 한번 보여주세요, 네?"

환은 아이처럼 졸라댔다. 잡지사에서 보내온 그림 사진이 다행스럽게도 박효준의 휴대폰에 저장되어 있었다. 박효준이 전에도 본 적 있는 그림이었다. 한일수교 40주년을 기념하여 조선민화 특별전이 도쿄 국립박물관에서 개최되었던 때로 기억했다.

붉은 태양과 흰 달의 결혼식. 그것은 우주의 혼례처럼 강렬했다. 한국식의 전통 복장을 한 태양과 달의 혼례는 한눈에 봐도 인상적이어서 한번 보면 쉽게 잊힐 그런 그림은 아니었다. 그리고 그때 그와 비슷한 그림이 하나 더 있었다.

두 개가 쌍을 이뤘으니 동일한 인물일 것이고 태평성대를 이룬 모습이니 태양과 달의 회혼례로 보면 얼추 맞을 듯했다.

"진짜 홀수 폭이네요."

혼례복 차림의 신랑신부가 있는 두 폭과 호랑이가 그려진 한 폭이 더 있었다. 환은 나무를 타는 집채만 한 호랑이를 유심히 들여다보았다. 사람의 얼굴을 한 호랑이가 환 자신을 쳐다보는 듯했다. 환은 검지와 엄지로 그림을 밀어서 확대했다. 구석에 있는 낙관은 확대에 뭉개졌지만 있다는 것을 확인한 것으로 충분했다.

호박이 넝쿨째 굴러들어왔다는 말은 이런 때에 쓰는 말이지 않을까. 환은 자신이 찾는 평생도의 연작이라 확신할 순 없지만 확인해볼 필요는 있었다.

"이 그림, 제가 저장 좀 해도 될까요?"

환은 슬며시 물었다.

"그럼요. 어차피 아는 사람은 다 아는 그림인 걸요."

"박효준 님은 오늘 제 골든벨입니다. 뭐든 마음껏 드세요."

"공짜라니까, 먹을 걸 앞에 두고도 메뉴판을 보게 되네요."

멋쩍은 박효준의 손이 머리로 올라갔다.

"다음에 오셔서 드셔도 됩니다."

196

환은 평생도를 저장한 스마트폰을 뒷주머니에 꽂으며 말했다.

"근데 이 기분은 뭐죠? 그림 한 장 줬을 뿐인데, 너무 좋아하시니 괜히 제가 뭔가 손해 본 느낌이 듭니다."

"그런 거 없습니다."

환은 자리를 털고 일어섰다.

– 어째 일이 너무 술술 잘 풀리는 것이 불길해.

노비의 평생도가 가까이 있음에 할은 긴장했다. 환 또한 마찬가지였다. 행운은 불행의 손을 잡고 온다.

업보

말복의 분노는 시도 때도 없이 치밀었다. 혼자 있을 때거나 주변 가까이 사람이 있거나 가릴 것도 없었다. 악담은 저절로 터져 나왔다.

"우라질 놈. 산 입에 하루 세끼 고기 들어가면 배부른 줄 알아야지. 백정 자식이 뭐어, 공부? 멱딴 돼지 웃는 소리 하고 자빠졌네."

열기는 가슴에서 뻗혔다. 말복은 말귀를 알아듣지 못하는 아들 때문에 분통이 터졌다. 분기가 충천하던 그때는 나중에 후회라는 걸 하게 될 줄 몰랐다.

아들이 가족을 버리고 고향을 등졌다.

"제깟 놈이 도망가 봤자, 거기서 거기 것 지. 별 수 있을 라고. 우라질 놈."

가봤자 이웃 마을이겠거니 했다. 말복은 집나간 아들이 어디에 있는지 알지 못했다. 화는 영문도 없이 치솟고 그러다 누가 제 아들놈 욕에 맞장구를 치면 더욱 화를 냈다. 눈에 쌍심지를 켜고 금방이라도 불을 싸지를 듯했다.

"내 아들놈이 뭐 어쩌고 어쨌다고? 네놈 자식이나 잘 건사해. 자식이면 다 같은 자식인 줄 알어?"

"백정 아들이 백정이지 별수 있남?"

"네놈 종자는 분명 아니지. 씨가 다르다고, 내 아들은. 이 무식한 놈아. 말해봤자 알 턱이 있나. 한번만 더 내 자식 흉보면 자네 그 먹을 돼지 멱따듯 내가 따버릴 것인 게 함부로 입 놀리지들 말라고."

세상이 아무리 개벽했다고 한들 천한 팔자까지 개벽이 되겠는가 말이다. 백정 자식이 잘나가봤자 손에 짐승 피를 좀 덜 묻히는 것뿐이다. 말복은 그렇게 생각했다.

"말복이 자네도 그놈이 천주님 자식이라고 착각하고 있구먼. 제 아비가 싫다고 식구도 버리고, 고향도 버리고 떠난 놈이여. 곁에 있지도 않은 자식 놈 역성들지 말고 자네도 그만 정신을 차리더라고."

"아나, 똥이다!"

뒤돌아서는 말복은 어금니를 꽉 물었다.

집을 나간 아들은 해가 바뀌고 여러 해가 지나도록 소식이

없었다. 죽었는지 살았는지 생사조차 알기도 어려웠다. 누군
가는 말복의 아들이 학당의 학생이 됐다고 했다. 사랑하는
여인과 야반도주를 했다는 말도 나돌았다. 또 누군가는 부산
에서 배를 타고 일본으로 건너갔다고도 했다.

"배 타고 마을을 벗어난 것으로는 성에 안 찬 모양이네.
상놈의 자식, 개똥밭에 굴러도 목숨 붙어있으면 그만인 거
지."

말복은 풍문으로 들려오는 아들의 소식에 안도했다. 또 못
내 서운했다. 아들이 죽었다는 것은 헛소문이다. 말복의 칼
밑에 목을 들이밀던 녀석이다. 그렇게 쉽게 죽을 리가 없다.
아들이 죽었다는 말을 말복은 믿지 않았다. 발바닥 밑으로
빠져나가는 기운은 어쩔 수 없었다. 허깨비처럼 땅바닥에 풀
썩 주저앉았다. 말복은 자신보다 아들이 먼저 갈 거란 생각
을 해본 적이 없었다.

인생의 굴레 따위로 다투는 것은 아무런 도움이 되지 못했
다. 갈등조차 되지 못했다. 혹시나 돌아올까 품은 기대는 해
마다 꺾여갔다. 몇 년씩이나 돌아오지 않는 아들을 원망하는
일에도 말복은 맥이 빠졌다. 하늘 아래 어디에도 존재하지
않는 아들. 말복은 화도, 분노도 그 어떤 마음도 일지 않았
다. 그저 머릿속이 하얗게 되었다가 까맣게 되었다가를 반복
했다.

"가만히만 있었으면 목숨은 부지하고 살았을 것을…. 백정이면 뭐가 어때서? 잘됐다 이놈아. 그토록 잘나서 아비 말은 귓등으로도 안 듣더니만 자알 죽었다. 시신 하나 거둬줄 사람도 없이, 쌤통이다."

말복의 말은 곱게 나가지 않았다. 사람취급도 못 받는 천한 상것의 목숨이 길바닥에 버려진다한들 누가 거들떠나 볼 것인가. 원대로, 뜻대로 살아보지도 못하고 일찌감치 세상을 등진 자식을 생각하니 말복은 애통하고 가슴이 미어질 듯했다.

자신의 아들로 태어난 것이 죄라고 타박했다. 아직 하지 못한 말이 있다고 울먹였다. 장하다. 기특하다. 칭찬의 말이라도 한번 해줬어야 했다고 한탄했다. 할 수 있는 것은 아무 것도 없었다. 말복은 자신의 가슴에 못을 박듯 주먹질을 해댔다.

머리가 있어도 생각하지 못했다. 귀가 있어도 듣지 못했다. 눈이 있어도 보지 못했다. 오래 전에 집 나간 자식인데, 오래 전에 연을 끊었다고 여겼는데 그 자식으로 인해 말복은 삶의 의미를 잃었다.

백정인 말복의 고뇌를 고스란히 물려받은 아들이었다. 가슴에 맺힌 자식이 될 줄은 몰랐다. 살아있는 시체가 따로 없었다. 말복은 좀비처럼 있다가 아들의 환영을 따라 홀연히 집을 나왔다. 호랑이에게 잡아먹힌다고 해도 상관없었다. 한나절 반을 터덜터덜 걸어 당도한 곳은 한양에서 도화서의 화원을 지냈다는 어른의 대문 앞이었다. 무턱대고 걸어온 발걸음이 왜 그곳에 닿았는지 말복은 알지 못했다.

"화원나리 댁에 무슨 볼일이라도 있는 거요?"

행인이 화원 댁 대문 앞을 맴도는 말복에게 말을 걸었다.

화원? 여기가 화원나리 댁이라고? 까맣기만 했던 말복의 뇌로 빛이 들어서는 듯했다. 앞세운 아들을 위해 뭐든 해주고 싶었다. 해야 했다. 실낱같은 소망이 화원이란 말에 봄날의 새싹처럼 돋아났다. 말복은 아들이 살아 돌아오기라도 한 것처럼 화색이 돌았다.

"이놈의 목숨을 가져다 쓸 데도 없겠지만 그래도 제 목숨을 걸고 간청 드립니다요. 이 못난 놈의 자식, 제대로 살아보지도 못하고 가버린 이 못난 놈의 아들 그림 하나만 갖게 해주신다면 뭐든지 다 하겠습니다요. 당장 죽으라면 돼지 멱을 따던 솜씨로 이놈의 목에 칼도 꽂을 수 있습니다요."

진심이었다. 말복은 엎드려 고개를 조아렸지만 헛웃음만 들려왔다.

"네놈의 시신을 가져다 주인나리가 무엇에 쓰겠느냐? 산 목숨이라면 쓸모가 또 있을지도 모르겠지만."

"미천한 놈이지만 힘 하나는 장사입죠."

"기다려 보거라. 내 나리께 고해볼 터이니."

하인은 웃으며 돌아섰다.

후회로 물든 지난날들이 주마등처럼 말복의 뇌리를 스쳐갔다. 아들을 다시 볼 수 있다면 뭐든 할 수 있다고 여겼다. 평생 그림만 그리던 화원이 아닌가. 초상화 한 장쯤은 일도 아닐 것이다. 목숨까지 걸었는데 농일 수는 없었다. 말복은 하인의 말을 믿고 몇 날 며칠을 대문 앞에서 기다렸다.

말복은 끝내 화원 댁의 노비가 되었다. 화원의 시중을 드는 일은 가축의 먹을 따는 일과는 비교도 안 되게 까다롭고 섬세한 일이었다. 산으로 들로 안료의 재료들을 채취하러 다니는 일을 말복은 기꺼이 했다. 화원이 그림을 그리자면 꼼짝없이 시중을 들었다. 곧 손에 쥐게 될 아들의 그림을 떠올렸다. 실없는 웃음이 배시시하니 절로 나왔다.

그림으로라도 아들을 되살려놓을 수만 있다면 화원의 개로 살아도 좋았다. 종이라고 다 같은 종이 아니다. 다른 하인들이 말복을 조롱삼고 괴롭혀도 견뎌냈다. 실성한 놈처럼 웃어 넘겼다.

"그래, 죽은 아들 녀석이 어떻게 생겼더냐?"

화원의 노비를 자처한 지 삼 년 만이었다.

"달처럼 서늘하고 태양처럼 뜨거운 녀석입죠."

태양의 열기만큼이나 말복의 가슴도 뜨겁게 달아올랐다.

그뿐이었다. 해가 또 바뀌어도 말복은 아들의 그림을 손에 넣지 못했다. 화원은 말복을 온갖 일에 부리며 그렇게 세월만 낚았다.

말복의 몸이 조금씩 축나기 시작했다. 얼마 남지 않은 짧은 생이 뭉텅이로 잘려나가고 있었다. 아들을 화폭에 살려두겠다는 소망이 헛되게만 느껴졌다. 무던히도 공허한 소망이었다.

❀

홍경래의 난5)이 있던 그때였다. 선천의 부사였던 조부가 반란군 세력에 투항함에 김삿갓6)은 이를 비난했다. 조부를 비난한 시로 장원급제를 하게 되자 김삿갓은 이를 또 자신의 수치로 여겼다. 얼굴을 들고 다닐 수 없어 평생 삿갓으로 가리고 다녔다.

김삿갓은 스무 살 무렵, 가족과의 인연을 끊고 방랑의 삶을 살았다. 아들의 간청에도 자신의 아버지와 자신 스스로가 수치스러워 고향으로 돌아가지 못했다. 퇴폐해 가는 세상을 개탄하며 풍자와 해학을 발길 닿는 곳마다 뿌리고 다니는 것을 자신의 소임으로 알았다.

---

5) 19세기 초, 평안도에서 일어난 농민항쟁
6) 김병연(1807~1863). 조선 후기의 방랑시인

재령도 김삿갓처럼 그렇게 살아야 하지 않았을까.

김삿갓이 유명을 달리한 1863년 그 해, 말복은 자신의 아비가 건네는 백정의 칼을 손에 쥐었다. 말복의 아버지도 조부로부터 칼을 물려받았고 조부 또한 증조부로부터 이어받았다. 말복이 기억하는 한 자신은 태어날 때부터 정해진 인생이었다. 경작할 논밭이나 개간할 땅도 없었다. 닭을 잡고 개를 잡고 소를 잡고 멧돼지를 잡고 가끔은 호랑이도 잡았다.

그것이 하늘이 자신에게 준 일이라 여겼다. 말복의 옷은 가축과 들짐승의 피로 물들었다. 동물의 피비린내가 거머리처럼 몸에 달라붙어 있었다. 자신의 아비처럼 피를 다루는 손을 가졌으니 그러려니 했다. 피를 보고 잠들고 피를 보고 자 눈을 떴다.

마을 사람들은 말복과 눈 마주치기를 꺼려했다. 어쩌다 잠깐, 아주 잠깐 눈길이라도 마주치면 말복은 지은 죄도 없이 먼저 머리를 조아렸다. 상대가 누구든 가리지 않았다. 사람들은 말복에게 곁눈을 보이고 시뻘건 고기를 받아갔다. 피비린내에 사람들이 코를 틀어쥐고 자신에게 등을 보여도 당연하다 여겼다. 거기에 의문을 품어본 적은 없었다.

말복이 태어날 때부터 보아온 익숙한 세상인 것이다. 다른 세상이 있다는 것을 말복은 몰랐다. 어찌 상상이나 할 수 있을 것인가 말이다. 말복은 신분의 바닥, 그 중에서도 가장 밑바닥에 있었다. 피 냄새가 역겨워진 것은 그 무렵이었다. 가축의 목덜미로 붉은 피가 콸콸 쏟아질 때면 전에 없던 어지럼증이 일었다. 말복의 칼자루는 번번이 손에서 미끄러져 나갔다. 멱따는 일은 이제 죽기보다 싫은 일이 되었다.

풀 냄새를 맡으며 살고 싶었다. 농부가 되고 싶다고. 봄이면 씨를 뿌리고 가을이면 추수하는 그 일을 말복 자신이 하고 싶다고. 논이 없으면 소작을 하면 된다고. 다들 그러니까 할 수 있을 줄 알았다.

말복이 농사를 짓고 싶다고 속내를 털어놓았을 때, 말복의 아비는 코웃음을 쳤다. 왜 안 된다고만 하는지 속 시원히 말이나 해달라고 졸랐다. 말복의 아비는 아들을 달래지도 이해시키지도 못했다. 태어날 때부터 그렇게 운명 지어진 것을 설명할 재간이 그에겐 당최 없었다. 그런 자신의 아비를 보며 말복은 답답해서 심장이 터질 지경이었다.

말복은 자신의 앞날을 스스로 개척하겠노라 작정했다. 농부를 찾아가 쌀농사를 짓고 싶다하니 양반을 찾아가라 하고 양반을 찾아가니 말복에게 줄 소작논은 없다며 말을 잘랐다.

꿈조차 가질 수 없는 인생이란 것을 말복은 그때에 알았다. 피 냄새를 맡는 대신 낟알이 익어가는 것을 보며 살고 싶다는 그 생각이 얼마나 무모하고 배부른 투정인지를 깨달았다. 말복이 농부가 되는 일은 천지개벽과도 같은 일임을 절실히 깨달았다.

말복은 칼을 다시 손에 쥐었다. 토악질이 절로 나왔지만 다른 선택지는 없었다. 욕망이 꿈틀거릴 때마다, 이해할 수 없는 일들이 머릿속에서 끓어 넘칠 때마다 말복은 닭의 모가지를 치고 돼지 멱을 땄다. 욕망의 숨통을 단칼에 베어냈다.

욕망은 죽지 않고 샘물처럼 솟구쳤다.

여자와 살을 섞고 여자가 먹는 고기를 샘물 삼았다. 말복은 자신이 건네는 고기를 맛있게 먹는 여자가 보기 좋았다.

"세상에서 난 고기 먹는 일이 제일 좋아요."

여자의 말에 말복은 웃음이 나왔다.

농부가 되겠다는 꿈은 조금씩 마모되어갔다. 피를 봐도 담담했다. 말복이 땅에 뿌린 핏속에서 아들이 태어났다. 고사리 같은 아들의 손에 살생의 칼을 쥐어준다는 생각은 하지 못했다. 서당을 기웃거리는 아들을 목격한 말복은 온몸이 굳어갔다. 농부가 되고 싶다는 자신을 바라보던 제 아비의 마음을 말복은 그제야 알았다.

지옥. 다른 말로는 표현할 재간도 없었다. 백정이 살생의 굴레를 벗어난다는 것은 다음 생에 임금으로 태어나는 일보다 어려운 것이 아닐까. 말복의 깨달음은 그랬다. 말복은 자신의 아버지가 그랬던 것처럼 아들의 뒷덜미를 틀어쥐었고 땅바닥에 무릎을 꿇렸다. 아들의 손에 그렇게 칼을 쥐어주게 될 줄은 몰랐다.

"목을 쳐라!"

말복은 갑작스런 상황에 어쩔 줄을 모르는 아들에게 닭 멱을 따게 했다. 아들은 겁먹었다. 눈에 고인 눈물을 손으로 짜냈다. 말복이 무서운 아들은 닭 날개를 눈물로 잡았다. 나무 밑동에 닭을 올려놓고 칼로 목을 내리쳤다. 빗나갔다. 닭은 덜렁거리는 목을 하고 푸드덕거렸다. 아들은 닭을 놓쳤고 칼은 땅에 꽂혔다.

아들 재령이 바지에 오줌을 지렸다.

목이 덜렁거리는 닭 때문이 아니다. 무섭게 돌변한 말복의 검은 얼굴 때문이었다. 말복은 땅에 떨어진 칼을 주워 아들의 손에 다시 쥐어줬다. 재령은 뒷걸음질을 쳤다. 뒤돌아선 순간 더는 돌아보지 않고 도망쳤다. 숲에 숨어 며칠 동안 나오지 않았다. 호랑이에게 잡아먹힐 지도 모르지만 칼을 쥐어주는 말복이 재령은 더 두렵고 무서웠다.

말복은 산에 숨어 있다가 호랑이에게 잡혀 먹어도 재령의 팔자소관이라고 악담을 퍼부었다. 굶어죽지 않으려면 손에 칼을 쥐어야 한다는 걸 스스로 깨우칠 것이다. 자신이 그랬던 것처럼 아들 재령도 그럴 것이라고 말복은 우직스럽게도 믿었다.

"사람도 아닌 것이 서당이 웬 말이고 출세가 다 뭐여. 빌어먹을."

말복은 땅이 꺼지는 한숨을 내쉬었다. 말복이 제 아비에게 농사꾼이 되겠다고 맞서던 그때와 달라진 것이 없었다. 농부가 되고 싶었던 그 시절의 소망은 신기루가 되어 사라졌다. 농부가 되지 못했다고 온몸이 갈기갈기 찢기지도 않았다. 죽을 것 같던 순간이 지나가자 언제 그런 일이 있었냐는 듯 또 살아졌다. 웃기는 일이다.

말복은 자신의 아들도 결국엔 그렇게 웃기는 생을 살게 될 것이라 확신했다. 고뇌를 떠안고 한동안 죽을 만큼 고통스럽겠으나 이겨낼 것이다. 말복의 아들임에야 더 말할 것도 없었다. 말복이 아는 세상은 가축과 들짐승의 멱을 따고 발골하는 일이다. 뭣도 모르고 농부가 되기를 소망했던 그때와는 또 다른 세상이 서서히 다가오고 있었지만 말복은 모르고 있었다.

세상은 바뀌는 것이 아니라고 여겼다. 여자와 살을 섞고 꼬물거리는 아들의 재롱을 들여다보는 재미로 살았다. 머리가 굵어진 아들은 더는 말복의 행복이 되지 못했다. 갈등은 첨예해서 다리몽둥이를 분질러놓겠다고 위협도 했다. 흙바닥을 종이삼아 글자를 끼적이는 아들을 보며 말복은 아들이 숨겨둔 서책을 찾아 불을 싸질렀다.

말복의 아들에게 서책은 필요치 않았다. 알아버린 세상만큼 뒤통수를 맞을 것이 뻔했다. 지옥의 불구덩이를 맨발로 걷게 될 것이다. 말복이 그악스럽게 굴면 굴수록 아들 재령은 자신의 소신을 굽히지 않았다.

"글을 배울 겁니다. 나라를 위해 이 한 몸 바칠 수 있는 사람이 되고 싶다고요. 천지가 개벽해가고 있는데 달라져 가는 세상을 아버진 못 보시는 겁니까? 알고 싶지 않은 겁니까? 청맹과니도 이런 청맹과니가 없으니 어쩌면 좋아요?"

재령의 격앙된 목소리에 말복은 눈이 뒤집혔다. 먹을 따던 칼을 높이 치켜들었다.

"마음대로 하세요. 내 뜻대로 살 수 없다면 차라리 아버지의 그 칼에 개돼지처럼 죽겠어요."

"그 편이 낫겠다. 살아서 살지 못하니 내 너를 죽여주마."

말복은 치를 떨며 달려들었다.

"제가 맞선 세상의 첫 장벽이 아버지라는 사실에 참담한 심정을 금할 길이 없어요. 새 희망으로 설렜던 제 앞날이 암흑이 되었어요. 제 앞날이 아버지를 딛고 넘어서야만 갈 수 있는 길이라면, 그래야만 된다면 어서 제 목숨을 가져가세요."

재령은 말복 앞에 무릎을 꿇고 목을 길게 뺐다.

"…!"

말복은 아들의 체념이 당혹스러웠다. 몹시도 혼란스러웠다. 아들의 심정을 능히 이해할 것 같다가도 용납되지 않음에 말복은 뒤죽박죽이 되었다. 자신이 마주했던 굴레의 장벽이 아들 재령이 되어 앞에 있는 것만 같았다.

"나, 나도 알아. 네가 지금 어떤 심정일지…. 나도 당해본 일이지. 내가 막무가내로 군다고, 앞뒤가 꽉 막혔다고 생각하겠지."

회한에 찬 말복은 더듬는 말을 했다.

첩첩산중 외지인이 드문 오지라도 바깥 얘기를 전하는 입이 있다. 말복은 개 풀 뜯는 소리로 들었다. 문호가 개방되고 사람은 천주님 아래 모두가 똑같은 자식이라 떠들어대도 다 개소리다. 변했다는 그 세상을 말복은 보지 못했다. 느끼지도 못했다. 그렇게 쉽게 바뀔 세상이었다면 말복은 오래전에 농부가 되었어야 옳았다.

이들 재령의 말은 우습게도 구구절절 그럴듯했다. 말복은 자신의 아버지가 그랬던 것처럼 자신이 알고 있는 세상에 아들을 굴복시켜야 했다. 세상은 변하지 않는다. 모난 돌은 정을 맞을 뿐이다. 말복 자신이 농부가 될 수 없었던 것처럼 자신의 아들 또한 관직을 얻을 수 없다. 재령이 자신이 겪은 고통 속에 빠지는 것을 말복은 원치 않았다.

"생각할 머리를 차라리 주지 말지 그랬어요? 그랬더라면 고뇌도 갈등도 모르고 개돼지처럼 하루하루 먹는 일에만 만족하고 살았을 텐데…."

말복은 아들의 절망을 보았다. 절규를 들었다.

똑같은 목숨 줄을 달고 세상에 나왔다. 누구는 뱃속에서부터 존귀하고 누구는 뱃속에서부터 보잘 것 없었다. 그 운명에 말복은 승복했다. 눈앞에 있는 아들 재령은 뜻대로 살 수 없다면 기꺼이 죽기를 각오했다. 아들 때문에 말복은 살았는데, 참극도 이런 참극이 없다.

"죽는 게 낫겠다."

그러나 말복의 칼은 재령의 목을 아슬아슬 비켜갔다. 맥없이 땅바닥으로 칼이 떨어졌다. 재령은 서럽게 통곡했다.

"너만은 그래, 제발, 나처럼 살지 않기를 바라마."

칼을 손에 쥐어야 배곯지 않고 마음 편히 살 수 있다는 것은 거짓말이다. 말복은 두려웠다. 끝을 알 수 없는 절망감에서 허우적거리는 아들을 지켜봐야 할 것임에. 자신이 할 수 있는 일이 그것밖에 없을 것임에 그 또한 절망했다.

아들 재령이 알아버린 세상, 딱 그만큼 아니, 어쩌면 그 이상으로 불행할 것이다. 그 불길함이 말복을 짓눌렀다. 달라졌다는, 달라지고 있다는 그 세상을 말복은 처음으로 믿고 싶어졌다. 천지개벽의 세상이 와서 아들 재령만이라도 찬란한 생을 펼쳐나갈 수 있게 되기를 소원했다.

"제가 본 세상을, 내 손으로 이룬 세상을 아버지께 보여 드릴게요. 꼬옥!"

재령은 어금니를 물고 다짐했다.

부디, 자신의 생각이 틀렸다는 것을 보여 달라고 말해야 했다. 아들을 격려해야 했다. 말복은 그렇게 하지 않았다. 쇠는 쇠로 단련시키듯 천하에 불효막심한 놈이라고 꾸짖었다. 그렇게 만만하고 호락호락한 세상이 아니라고 겁줬다.

재령은 아버지 말복의 욕설과 냉대를 등에 지고 그렇게 집을 떠났다. 말복이 믿지 않았던, 가보지 못한 찬란한 세상을 찾아서 아주 멀리 떠났다.

끝내 돌아오지 못할 그 길을.

탐욕의 꽃, 살인

집에는 신창성의 아내와 어린 아들이 함께 있었다. 아내가 차린 저녁상을 물린 신창성은 응접실로 환을 안내했다. 아내에게 차를 달라는 부탁을 하고서였다. 아들 서빈이 신창성을 따라 응접실로 들어왔다.

"손님이 오셨으니 엄마랑 놀고 있으렴. 이따가 아빠가 말 태워주마."

신창성은 놀아달라고 응석을 부리는 아들을 달래 내보냈다. 그러고는 환의 스마트폰에 저장된 그림을 한참이나 묵묵히 들여다봤다. 짐작하건대 노비의 평생도가 분명했다. 실물을 곧 보게 될지도 모른다는 기대에 부풀었다. 행방을 알았으니 손에 넣는 일도 가능할 듯싶었다. 욕망은 한순간에 불타올랐다.

"소장자를 만나서 확인은 한번 해봐야겠죠?"

환은 그림에서 눈을 떼지 못하는 신창성을 향해 물었다.

"당신을 선택하길 내 참 잘한 것 같소."

들뜬 마음에도 신창성은 자신의 욕망을 들킬까 조심스러웠다.

"칭찬인가요? 뭘 더 부탁하시려고요?"

칭찬받는 일에는 익숙하지 않았다. 칭찬의 그 이면에는 다른 것을 바라는 마음이 숨어있다는 것을 환은 익히 알았다. 칭찬에 인색한 마 교수의 칭찬이 있자면 그 다음은 더한 것을 요구했다.

'오늘은 말썽을 피우지 않았다지? 잘했구나. 앞으로도 네 일은 네가 알아서 했으면 좋겠구나.' 마 교수의 칭찬은 매사 그런 식이었다. 칭찬으로만 끝나지 않아서 환은 긴장했다. 나중엔 압박감에 시달려야 했다. 환에게 칭찬을 받는다는 것은 결코 좋은 것이 아니다.

"탐정이 합법화되었다던데, 이번 일만 잘 해결되면 탐정 사무소를 차리는 건 어떻소? 카페를 접고 하겠다고만 하면 투자할 수도 있는데…."

환은 건성으로 넘겼으나 신창성은 생각해보라며 사뭇 진지했다. 그리고 환이 짐작했던 것처럼 신창성은 그림의 행방을 아는 것에서 그치지 않았다. 소장자와 만나게 된다면 그림을 팔 의향이 있는지 알아봐 달라고 했다.

평생도를 찾아 나설 때부터 신창성의 목적은 그것이었다. 가능하다면 노비의 평생도 연작을 모두 자신의 손에 넣는 것. 알고는 있었지만 환은 가격 흥정만큼은 고개를 내저었다.

"그 많은 돈을 들여 평생도를 찾고자 할 땐 사들일 생각도 있었겠죠. 하지만 협상은 제 소관이라서 아니라서 말이죠."

환이 신창성이 보던 자신의 스마트폰을 돌려받은 후였다.

"도쿄에 가는 건 내일이라도 당장 서둘러주시오."

"그러죠."

신창성의 재촉이 아니더라도 환은 노비의 평생도를 하루라도 빨리 확인하고 싶었다. 그와의 대화를 마치고 응접실을 나서는데 어린 서빈이 현관 앞까지 따라왔다.

"삼촌, 안녕히 가세요."

귀여운 아이다. 고령인 신창성의 눈에 밟히고도 남을 그런 아이. 환은 "다음에 또 보자"라며 서빈의 머리를 한참 쓰다듬었다.

●

환은 마음이 편치 않았다. 의뢰인의 일 때문이긴 했지만 도쿄는 달갑지 않았다. 마 교수에 반항하듯 떠나온 곳이다. 아버지로부터 분리된 그때에 아버지에 대한 환의 마음은 미숙한 채로 멈춰버렸다.

도쿄는 성인이 되어서도 아버지에 대한 마음만은 자라지 못한 어린 환이 살고 있는 곳이기도 했다.

- 같이 가줄까?

할은 캐리어를 끌고 집을 나서는 환을 걱정스럽게 바라보았다.

"나 없어도 알지? 괜히 은미 씨나 손님들한테 심술부리지 말고."

환은 되레 할이 걱정이다. 무던하게 잘 견디고 있는 듯 했지만 카페에 홀로 있을 할이 어떤 모습으로 있을지는 안 봐도 본 듯했다. 비행기 놓치겠다며 할은 어서 가라고 환의 등을 떠밀었다.

공항 리무진은 정확한 시간에 정류장에 도착했다. 뜻밖의 일은 환이 리무진 버스를 타고 공항으로 가던 중에 벌어졌다. 스마트폰에 저장된 신창성의 번호가 벨소리와 함께 떴다. 들려온 목소리는 다른 사람의 것이다.

"…누구시죠?"

울먹이는 상대의 말소리는 또렷하지 않았지만 신창성이 간밤에 사망했다는 것만은 알아들었다. 간밤에 신창성을 만났는데 사망이라니, 환은 믿기지 않았다. 다음 정류장에 리무진이 정차하기 무섭게 환은 허둥지둥 여행 가방과 함께 내렸다.

"부암동으로 가주세요."

환은 출국을 미루고 서둘러 부암동에 있는 신창성의 집으로 향했다. 그의 집은 폴리스 라인과 함께 경찰들이 진을 치고 있었다. 환은 안으로 들어가 확인을 해보려고 했으나 경찰이 막아섰다.

"어떻게 된 겁니까? 설마, 살해된 겁니까?"

"지금은 아무도 들어갈 수 없습니다."

경찰은 환을 밀어냈다.

"살해당했냐고요?"

경찰은 묵묵부답으로 일관했지만 환은 살인사건임을 직감했다. 신창성의 휴대폰에 전화를 걸었지만 계속해서 받을 수 없다는 안내음성으로 넘어갔다.

환은 여행 가방과 함께 경찰과 대치 상태로 있다가 끝내 카페로 돌아왔다. 할이 휘둥그레진 눈으로 환을 맴돌았다.

– 어디 다친 데도 없고…. 지금쯤이면 도쿄에 있어야 되는 거 아나?

"뭐가 어떻게 된 건지, 나도 모르겠어."

환은 할의 테이블로 가 앉았다.

- 역시, 도쿄를 혼자 보내는 게 아니었어.

"신창성이, 우리의 의뢰인이 살해당했대. 오늘 새벽에."

- 뭐라고? 어젯밤만 해도 멀쩡하게 살아있었잖아. 그럼, 도쿄는?

"의뢰인이 죽었는데, 도쿄가 무슨 소용…. 그림의 행방이 아니라 이젠 살인범이 누군지 밝혀야 할 판이야."

환은 아무런 의욕도 없이 그저 덤덤했다.

- 지금껏 날 이토록 부대끼게 만든 일도 없었는데, 그림 찾는 일을 여기서 말면 어쩐다지?

신창성이 살해당했다는 것은 놀랄만한 일이기는 했다. 그러나 유령 할에게 산 사람의 죽음은 그리 실감나지 않았다.

"그림이 그렇게 궁금하면 신창성의 영혼을 찾아서 물어보든가."

- 그런 농담이 지금 나와?

유령이라고는 하지만 할의 눈에 죽은 자의 혼령은 보이지 않았다. 볼 수 없다는 것이 더 맞을 것이다. 그걸 아는 환의 말에 할은 야속하게 눈을 흘겼다.

"그니까 나 좀 가만 놔두라고."

돌아앉은 환은 골똘히 생각에 잠겼다. 그러다 불쑥 스마트폰을 꺼내든 환은 신창성의 휴대폰에 전화를 걸었다. 여전히 불통이다. 만나고 싶다는 메시지를 남겼다.

환 자신이 그 집을 나온 불과 몇 시간 후의 일이다. 신창성의 휴대폰으로 죽음을 알려왔다면 그의 휴대폰은 신창성의 아내가 아직 갖고 있을 것이다. 경찰의 손에 들어가기 전에 신창성의 아내가 메시지를 확인해야 했다.

신창성의 아내 김월전의 전화는 카페 영업이 끝날 무렵에 왔다. 환의 카페에서 만나자며 카페 오픈 시간을 확인했다. 처음 전화를 걸어왔을 때와는 달리 울먹이지도 않았고 꽤나 침착한 목소리다.

내일이면 모든 것을 알게 될 것이다. 환은 긴장했다. 밤은 지루했다. 노비의 평생도가 신창성의 죽음과 관계가 있을까. 환은 거미줄처럼 얽혀드는 생각에 선잠도 이루지 못했다. 아침이 되자 환의 눈 밑에 다크서클이 나무늘보처럼 짙게 내려와 있었다.

●

환은 일찌감치 카페를 오픈했다. 커피 손님을 위해서라기보단 김월전을 기다리기 위해서였다. 김월전은 오픈 시간이 지나도 나타나지 않았다. 단골이 각자의 노트북과 책을 들고 나타나 자리를 차지했다.

김월전은 환이 몇 명의 단골과 아침인사를 나눈 후에야 나타났다. 검은 원피스 차림의 김월전은 자택에서 봤을 때와는 또 달랐다. 칠십 줄에 들어선 신창성의 큰딸이라고 해도 믿을 만큼 젊어보였다.

환은 고수레커피가 놓여 있는 할의 지정석 테이블로 김월전을 안내했다. 외진 자리고 대화를 나누기에도 좋은 자리다.

"뭐 마실 거라도⋯."

환은 캐릭터 커피들이 적힌 메뉴판을 가리켰다. 메뉴판이 낯설어서인지 김월전은 따뜻한 물을 한 잔 주면 좋겠다고 했다.

- 카페에 와서 무슨 따뜻한 물을 주문해. 매너가 없군. 고수레커피를 줘.

할이 대신 주문했지만 환은 자몽차를 김월전 앞에 놓았다. 따뜻하고 달달한 차가 그녀의 마음을 차분하게 가라앉혀 줄 것이기에.

"남편이 살해되던 그 시각에 전 아들과 함께 친정에 있었어요."

자몽차를 한 모금 마신 김월전이 말문을 열었다.

"신고는 누가?"

"제가 했어요. 그날 밤에 실은 마환 씨가 다녀가고 남편과 사소한 말다툼을 좀 했어요. 자기 생각이 워낙 확고한 분이라 제가 뭐란다고 한번 정한 일에 대해 번복은 하지 않는 분이죠. 남편 성격을 알면서도 그날은 제 기분이 별로였어요. 아들을 데리고 친정으로 갔죠."

"그런 일이 종종 있으신가요? 밤에 친정 가시는 것 말입니다."

무슨 일로 다퉜는지 환은 묻지 않았다. 그들 부부의 가정사에까지 간여하고 싶은 생각은 없었다. 그랬음에도 김월전은 모든 것을 다 털어놨다.

"처음 있는 일이었어요. 그날은 왜 그렇게 화가 났는지 저도 잘 모르겠어요. 그냥 답답했던 것 같아요. 워낙 강직한 분이라 때때로 소통이 잘 안될 때가 있어요. 그래도 남한테 원한 살만한 행동은 안하시는 분이죠. 자신의 업보가 아들 서빈이에게 간다고 입버릇처럼 말했거든요. 사업을 하다보면 의도치 않게 원한을 사게 되는 일도 생기니까요. 아무튼 서빈이에 관한 일이라면 남편은 막무가내에요. 그때마다 그 무모함이 서빈이의 미래를 망치게 될 거라고 충고했지만 소용없는 짓이죠."

"제가 가고 난 후면 이미 늦은 시간이었을 텐데, 그때 가셔서 왜 새벽에 갑자기 돌아오신 겁니까?"

환은 그 이유가 못내 궁금했다.

"남편이 전화를 했더라고요. 안 받을 생각이었는데, 안 주무시고 왜 전화냐고 퉁명스럽게 굴었죠. 그랬는데, 아무 말도 없이 뚝 끊는 거예요. 자는 사람을 깨웠으니 사과를 하려나 보다 했는데…. 잠이 달아난 상태라 내가 다시 걸었죠. 부부싸움을 하고 나면 항상 먼저 사과하는 분인데 내가 다시 걸었는데도 가만히 듣기만 하다가 또 뚝 끊지 뭐예요. 이상하단 느낌이 들긴 했지만 그런가 보다 했어요. 뒤척이다가 잠이 들었는데 남편 얼굴이 꿈에 보이지 뭐예요. 잠이 싹 달아나더군요."

김월전은 잠든 아들을 친정에 둔 채 황급히 차를 몰았다. 쪽잠에 나타난 남편의 얼굴이 차 앞 유리에 자꾸 내비쳤다. 무슨 정신으로 집에까지 차를 몰고 왔는지도 알 수 없었다.

집에 도착한 김월전은 덜덜거리는 손으로 현관문 손잡이를 잡았다. 매일 여닫던 문인데, 그때만큼은 남의 현관문 앞에 있는 것처럼 낯설었다. 그리고 응접실에 들어선 김월전은 자신의 불길함을 목격했다. 비명이 나오려는 자신의 입을 틀어막으면서.

"마환 씨와 마주 앉아 대화를 나누던 그 응접실 바닥에 쓰러져 계셨어요. 남편이 아끼던 장식용 수석에 머리를 얻어맞고서요. 검붉은 피가 얼굴 주변에 웅덩이처럼 고여 있었죠."

- 범인이 의뢰인의 뒤에서 가격한 거로군.

할이 살인현장을 본 듯이 중얼거렸다.

"왜 그랬는지 모르겠어요. 다른 날은 다퉈도 잘만 참아 넘겼는데…. 내가 집에만 있었어도 이런 일은 없었을 텐데…."

담담하게 굴던 김월전은 끝내 손수건으로 눈물을 훔쳤다.

"사장님 휴대폰은 어디에 있던가요?"

"서재 테이블 위에 있었어요."

"이상한 흔적이나 없어진 물건은 없던가요?"

"돈이 될 만한 물건이나 금고에 손을 댄 흔적은 없었어요. 어떻게 의문이 좀 풀리셨나요?"

"네. 그런데 돌잡이 그림, 그것도 그대로 있던가요?"

환은 처음부터 그것이 알고 싶었다. 김월전은 돌잡이 그림에 대해서는 미처 생각하지 못한 듯했다. 늦은 밤, 신창성의 집에 찾아든 범인이 살인까지 저질러가며 노린 것이 있다면 뭐였을까. 원한에 의한 살인이 아니라면 범인의 탐욕, 그것밖에는 없었다. 부귀영화를 누리게 한다는 노비의 평생도를 노린 자의 범행이 틀림없다.

경찰이 없어진 것은 없는지 확인해보라고 했지만 김월전은 경황이 없었다. 귀중품이 그대로 있으니 없는 것 같다고 인정했다. 돌잡이 그림은 환의 말을 듣고서야 생각났다. 남편의 서재에 있을 것이다. 남편의 휴대폰과 마찬가지로. 돌잡이 그림을 감상하던 신창성은 노비의 평생도가 아들 서빈의 미래를 열어줄 것이라고 했지만 김월전은 세상 천지에 그런 그림이 어디에 있냐고 핀잔했다.

김월전은 분연히 일어섰다. 확인이 필요했다. 돌잡이 그림이 집에 그대로 있는지 알아보겠다며 카페를 나섰다.

- 다 된 밥에 코를 빠뜨렸군.

할은 홀로 입맛을 다셨다. 환도 허탈하기는 마찬가지였다. 신창성이 살해된 마당에 노비의 평생도를 찾는 일은 탄력을 잃었다.

- 진짜, 이대로 끝나는 건가?

미련은 남았다. 할도 그리고 환도.

그 무렵, 집으로 돌아온 김월전은 남편의 서재에 그림이 없다는 것을 확인했다. 다른 곳에 옮겨뒀나 싶었으나 있을만한 곳 어디에도 돌잡이는 없었다. 그림이 사라졌다.

김월전은 환에게 전화를 걸었다.

'돌잡이 때문이었어요. 없어요. 고작 그림 때문에 사람을 저 지경으로….'

환은 자신의 예감이 현실이 되자 할 말을 잃었다. 울분에 찬 김월전의 감정이 누그러지기를 조용히 기다렸다. 노비의 평생도를 찾아다니다가는 목숨이 위험할지도 모른다고 했던

가. 환은 황 노인의 말이 새삼 귀에 꽂혀왔다.

'아들을 위해 남편이 찾던 그림이니, 유언이나 다름없는 것이 되어버린 거예요. 남편이 그토록 원하던 그림을 보고 싶어요.'

김월전의 말은 놀라웠다. 이렇게 된 바엔 자신이 노비의 평생도를 찾아 나서야겠다는 것이다. 김월전은 남편이 원하던 일을 환이 계속 해주길 원했다.

"그게….."

위험한 일이 될 수 있다는 말을 하고 싶었지만 환은 말을 잇지 못했다.

'그래준다면 고맙겠어요. 은혜는 잊지 않을게요.'

김월전은 간곡히 부탁했다.

하지만 그 말은 환이 하고 싶은 말이었다. 진실로 고맙다는 그 말. 신창성의 사망에도 불구하고 노비의 평생도를 찾는 일을 멈출 수는 없을 것이다. 환은 그런 생각에 사로잡혀 있었다. 어떤 일들은 아니 모든 일이 다 마찬가지일 것이다. 마음에 담아뒀던 그 시간만큼 또 앞으로 나아간다. 가속이 붙은 마음을 털어내는 일이 환은 쉽지 않았다.

표식

비행기를 탄 지 두 시간여 만에 환은 할과 함께 하네다 국제공항에 도착했다. 사월임에도 공항은 여름 날씨처럼 후덥지근했다. 도쿄로 가는 모노레일에 올라탄 환은 유리창 밖에 시선을 둔 채 조용했다.

오래된 건물들이 어느 순간 사라지고 나면 그 자리에 새 건물이 들어섰다. 도쿄는 유기체처럼 살아서 움직이는 도시다.

- 익숙한 것 같으면서도 낯설단 말이야. 공기도 예전과 달라. 내가 도쿄를 다시 오게 될 줄은 정말 몰랐단 말이지….
여길 떠나던 그때 기억나? 레이저광선을 장착한 눈으로 마교수가 꼬맹이 환을 노려봤지. 내가 곁에 있는 줄도 모르고 혼자서 어디 한번 잘 지내보렴, 악담을 했던 것도 같고.

할은 이참에 한번 마 교수를 만나보고 가는 건 어떻겠냐는 말을 능청스럽게 덧붙였다.

"…."

환은 고요한 채로 있었다.

- 도윤이랑 수아도 꽤 많이 컸을 텐데…, 보고 싶지 않아? 그래도 동생들인데?

"누가 동생이란 거야?"

환은 자신도 모르게 짜증이 확 올라왔다.

십오 분이면 도쿄 시내에 닿는다. 이토록 가까운 곳에 마 교수가 살고 있다는 사실이 환은 혼란스러웠다. 감정은 복잡하게 얽혀들었다. 모르는 사람들처럼 연락 한번 제대로 주고받지 않은 채로 지내온 무늬만 가족이다. 그마저도 환은 거부했다. 마 교수로부터 자신을 철저하게 분리시켰다. 그럴수록 감정의 골은 더욱 깊게 패여만 갔다.

환은 뱃속 깊은 곳까지 숨을 채워 넣었다가 도로 토했다.

박효준은 일본의 출판사 편집자에게 세 폭 평생도의 소장자에 관해 알아봐 주겠다고 했지만 이렇다 할 정보를 얻지 못했다. 유학 당시 조선 민화 특별전 관람할 때 산 홍보 책자를 운운했지만 그것조차 귀국하면서 사라진 듯했다. 출판사 편집자는 민화 특별전에 전시된 박효준이 기억하는 노비의 평생도는 두 폭이었으나 한 폭이 추가된 사진을 보내왔다.

환은 도쿄 국립박물관 측의 전시 담당자를 찾았다. 조선 민화 특별전이 있던 때의 실무자는 아니어서 뭔가를 알아내는 일은 순조롭지 않았다. 노비의 평생도를 보기 위해 환이 도쿄에 간다하니 박효준은 공부를 함께 했다는 고바야시 준이치를 소개해줬다.

일이 풀리려니 엉뚱한 데서 술술 풀려나갔다. 소장자의 신상에 대해 알게 된 것은 순전히 고바야시 준이치 덕분이다. 노비의 평생도를 소장하고 있다는 사람은 미나토에 살았다. 도쿄 동남쪽에 있는 곳이다. 준이치는 자신의 근무지인 도쿄 박물관으로 오면 자신의 차로 동행해주겠다고 호의를 베풀었다.

환이 탄 모노레일이 도쿄 시내로 들어섰다. 처음 와보는 곳처럼 환은 생소하기만 했다. 그럼에도 불구하고 유년의 기억들이 하나둘씩 곳곳에서 튀어나왔다. 학교에 간다고 집을 나와서는 교문 앞에서 뒤돌아섰다. 학교는 거대한 괴물이이서 환을 꿀꺽 집어삼킬 듯했다. 학교를 피해 도망쳤다. 갈 곳 없는 아이처럼 모노레일을 타고 도쿄 시내를 맴돌았다.

시간이 지나 세월이 되면 그것이 무엇이든 무뎌져야 옳다. 환에게는 시간이 지날수록 또렷해지는 것들이다. 오랜 시간이 흐른 후에 도쿄에서 다시 마주하게 된 유년의 기억들이 환에게는 그랬다. 좋은 기억이라고는 없는 도쿄에서의 생활.

할이 없었다면 병원을 오가며 약물에 의지하는 신세가 되었을지도 모를 일이다. 다른 사람들은 볼 수 없는 할 때문에 환이 약물치료를 받아야한다고 여겼지만 말이다.

"곧 한국으로 돌아가게 될 거야. 그때까지만 잘 견뎌보렴."

마 교수는 그렇게 환을 타일렀다. 한국으로 돌아가게 될 그 '곧' 이라는 날은 오지 않았다. 도쿄대학교의 교환교수로 재직하면서 선명은 한일문화 비교연구를 구실로 눌러앉았다.

한국으로 돌아가겠다는 결심은 환이 했다. 한국행을 고집하게 되면서 삐걱거리던 부자지간의 관계는 완전히 틀어졌다. 그래도 혹시나 기대했다. 아빠가 이번에는 한국으로 돌아오지 않을까. 아들 환의 곁으로 아빠 선명은 돌아오지 않았다.

- 겉으론 아닌 척 해도 본심은 드러나기 마련이지. 여기까지 왔는데 마 교수를 보긴 해야지. 아무렴.

할은 다 이해한다는 듯이 고개를 주억거렸다. 도쿄대 혼고 캠퍼스로 가는 지하철로 갈아타려는 환을 보고서였다.

자신도 깨닫지 못한 발길이었다. 자신의 무의식에 아버지란 존재가 옴팡지게 들어앉은 것만 같아서 기분이 엿 같았다.

"환장하겠군!"

환은 발작처럼 외마디를 뱉어냈다.

준이치와 약속한 시간에 닿으려면 촉박하다는 것을 알면서도 환은 자신의 몸과 마음이 따로 움직이는 듯했다.

환은 할을 향해 자신의 어깨를 툭툭 쳤다. 할은 환의 어깨에 올라탔다. 도로에 차들이 많으니 신속하게 움직이자면 그편이 나았다. 공항에 도착했다는 연락을 받은 그때부터 기다렸다는 준이치가 먼저 환을 알아보고 반색했다.

몇 차례 통화를 주고받은 터라 어색함은 없었다. 정장 차림의 준이치는 환을 자신의 차에 태우고 시동을 걸었다. 도로는 차가 많아 거북이 주행을 피할 수는 없었다.

"노비의 평생도를 볼 수 있을까요, 아오키 씨를 만나면?"

환은 도로에 서 있는 차들에 시선을 두고 물었다.

"글쎄요. 저도 장담은 못합니다."

준이치는 진중했다.

"차가 많이 막히네요."

환은 객쩍은듯하여 말을 돌렸다.

"마환 씨에 대해 말을 했거든요. 노비의 평생도를 찾고 계시다고, 그런데 말입니다."

준이치는 말을 하다말고 고개를 갸웃거렸다. 서울에서 온 환의 방문을 수락한다는 것은 노비의 평생도를 보여줄 수 있다는 뜻이기도 했다. 그렇지 않고서야 환의 방문을 받아들일 이유는 없었다.

"뭐 다른 문제라도 있습니까?"

환은 조심스러웠다. 여기까지 와서 실물을 못 보고 돌아간다면 그야말로 낭패다.

– 뭐야? 말을 하려면 끝까지 해야지, 왜 하다 말아.

뒷좌석을 차지한 할은 준이치가 골똘히 생각에 잠기자 구시렁거렸다.

"가보면 곧 알게 되겠죠."

준이치는 하려던 말을 끝내 하지 않았다. 환을 만나겠다는 것부터가 의외의 일이라서 준이치는 조금 혼란스러웠다.

그들은 도쿄의 남서쪽에 있는 미나토로 향했다. 예로부터 미나토는 도쿄의 돈 많은 이들이 모여 사는 부촌으로 통했다.

아오키의 조상은 미나토의 명문 가문이자 그곳의 유지였다. 손은 귀해서 대대로 딸들이 그 부를 물려받았다. 부가 부를 일구는 양상이지만 아오키 가문은 돈을 추구하지는 않았다. 그들은 자신들을 위해 일하는 이들을 아꼈고 사람 사이의 약속과 그 이행을 중요시 했다.

준이치의 차가 아오키의 저택에 도착했을 때 환은 어리둥절했다. 현대적인 고층의 건축물들이 들어선 그 사이에 넓은 연못을 둔 일본식 고택이 있다는 사실이 놀라웠다. 아오키의 저택은 안채 뜨락을 가운데에 두고 사방이 건물로 이어진 ㅁ 자형의 구조를 이루고 있었다.

"아오키 씨가 이런 저택의 주인이라니 놀라운데요."

환의 얼굴로 부러움과 놀라움이 섞여들었다.

"돈이 돈을 부리는 사람들이야말로 진짜 부자죠. 돈이 마르지 않으니 우리 같은 사람들이 사는 방식과는 차원이 다르죠. 자신들이 죽는 존재라는 건, 아마 상상 못할 수도 있죠."

준이치는 별 감흥 없이 말했다. 그러면서도 저택의 주인과 직접 만날 수 있게 됐다는 사실에는 기대감을 감추지 못했다. 환은 일본식의 저택 입구에 곁가지처럼 붙어있는 서양식 건축물의 용도가 궁금했지만 우선은 뒤로했다.

그들을 안내하는 노년의 집사를 따라 본채의 응접실로 향했다. 쥐색의 양복이 잘 어울리는 집사는 지적인 외모에 연륜이 더해져 믿음직스러워 보였다. 집사는 다다미가 깔린 응접실로 손님을 안내했다.

곧 오실 거라던 집사의 말과 달리 집주인 아오키는 금방 등장하지 않았다. 손님을 너무 오래 기다리게 한다는 생각이 들 무렵, 응접실 밖에서 집사의 목소리가 들려왔다. 발소리와 함께 미닫이문이 열렸다. 집사가 문 옆으로 비켜서자 검붉은 양귀비가 팔랑이는 원피스 차림의 젊은 여인이 등장했다.

아오키다. 저택의 주인이자 노비의 평생도를 소장하고 있는 사람. 검붉은 양귀비가 아오키의 흰 살결을 더욱 희게 만들었다. 유명 여배우처럼 후광이 내비쳤다. 아오키의 등장은 가히 압도적이어서 준이치와 환은 동시에 벌떡 일어섰다.

미모에 휘둘리는 환은 아니지만 이 순간만큼은 첫사랑 인아도 잊어버릴 만큼이었다. 준이치는 식은땀을 닦듯 이마로 손을 가져갔다.

저택의 주인이 이토록 아름답고 젊은 여인이라니 환은 입이 절로 벌어졌다. 아오키가 응접실에 나타나기 전까지 환은 중년은 되었을 집주인을 상상했다. 눈앞에 있는 아오키는 환의 상상을 뒤엎었다.

"서울에서 오셨다고들 하던데…."

그림 같은 아오키의 붉은 입술이 움직였다.

"아, 도쿄 국립박물관의 고바야시 준이치입니다. 그리고 이쪽은 서울에서 오신 마환 씨."

뒤늦게 정신을 차린 준이치가 자신과 환을 소개했다.

"아오키라고 합니다. 앉으시죠."

아오키는 자신이 먼저 차대 앞에 무릎을 꿇고 앉았다.

스물여섯? 서른? 서른 셋? 환은 종잡을 수 없었다. 어서 자리에 앉으라는 아오키의 눈빛을 마주하고서야 환과 준이치는 그녀와 마주했다.

"소장하고 계시다는 노비의 평생도를 찾아 여기까지 오게 됐습니다. 실례가 되지 않는다면 한번 봤으면 싶습니다만."

환은 단도직입적으로 말했다. 정신 좀 차리라고 할의 잔소리를 들은 다음이었다.

"먼저 확인되어야 할 것이 있습니다."

아오키의 미소는 적잖이 서늘했다.

"무슨 확인이죠?"

환은 의아했다. 전시도 이뤄진 바 있고 노비의 평생도에 관한 글도 잡지에 게재하지 않았던가. 알 만한 사람은 다 아는 그림인데 확인할 것이라니 알쏭달쏭할 수밖에.

"그림을 공개한 건 진짜 주인을 찾기 위해서였어요."

"진짜 주인이라뇨? 남의 그림을 맡아두기라도 했단 겁니까, 그럼?"

"맞아요. 혼례와 회혼례가 노비의 평생도 연작임을 알아보는 누군가가 있을 거라고 생각했죠. 소문은 금방 퍼지기 마련이고 그러면 진짜 주인이 나타날 거라 여겼죠."

"그래서 나타났나요?"

"아뇨. 탐욕에 물든 자들만 꾸역꾸역 모여들더군요. 그림이 내게 있다는 것은 비밀에 부친 일인데도 말이죠. 그래서 아예 다 공개하고 찾는 게 낫겠다 싶었죠."

아오키는 순간 실소를 지었다.

노비의 평생도를 사겠다는 이들이 줄을 이었다. 거래하는 물건이 아니라고 단호하게 거절했음에도 사람들의 관심은 지대했다. 그냥 그림이나 한번 보려고 허튼수작을 부리는 이들도 많았다. 그들과 대면하는 일은 성가셨다.

"저도 그런 부류의 한 사람일지도 모르는데, 왜?"

왜 보자고 했는지 환은 묻지 않을 수 없었다.

"노비의 평생도는 부르는 게 값이죠. 하지만 앞서도 말했듯이 저는 한낱 관리인일 뿐이죠."

주인이 따로 있다는 아오키의 말을 어떻게 받아들여야 할지 환이 고민하는 동안이었다. 준이치가 평생도의 진짜 주인은 누구냐고 대신 물어줬다.

"저도 모릅니다. 혹시나 하는 마음에 마환 당신을 이곳까지 오게 한 겁니다. 외고조 할머니께서도 그림은 맡아둔 거라고 하셨고, 언젠가 그 주인이 찾으러 오면 대가없이 내주라는 유언을 남기셨죠."

"그런 해괴한 유언을 왜…."

- 내 말이…. 백년을 훌쩍 넘긴 약속이잖아. 주인이 있었다고 해도 백골이 진토 되었겠지.

할이 환의 옆에서 구시렁거렸다.

"그렇겠지요. 저로서는 집안 대대로 전해온 외고조모의 뜻을 받드는 것일 뿐입니다. 평생도의 주인 또한 그렇게 대물림되지 않았을까요? 그림을 그린 사람도 그림 속의 주인공도 옛 사람일 테니까."

아오키는 앙다문 붉은 입술을 하고 환을 건너다보았다. 적어도 환이 주인은 아닐 거라는 확신에 찬 눈빛으로. 환은 아오키가 건네는 찻잔을 받지 않는 것으로 자신의 기분을 드러냈다.

"노비의 평생도를 보기만 하는 것도 안 된다는 거로군요."

"미안하지만 그래요."

"그래도 봐야만 하겠다면요?"

환은 눈에 힘을 주고 바라봤다.

"노비의 평생도에 얽힌 후손이라는 것을 입증할 그 무엇을 가져오세요."

"입증이요?"

"그림을 완성한 분의 후손이라면 그 어떤 조건도 없이 그림을 내줄 겁니다. 제가 드릴 수 있는 말은 그것뿐입니다. 제가 할 수 있는 말도 그것뿐입니다. 그럼 저는."

아오키는 자리에서 일어섰다.

환은 뒤통수를 둔기로 얻어맞은 기분이었다. 그 어떤 조건
도 없이? 화원의 후손이라던 이준재가 스쳐갔다. 그러면 평
생도를 손쉽게 가져갈 수 있지 않을까? 생각이 거기에 미치
자 환은 마음이 급해졌다.

"잠시만요. 그 후손의 심부름으로 제가 온 거라면요?"

아오키는 전혀 동요하지 않았다.

외고조 할머니인 나츠메는 조선 유랑을 즐겼다. 대한제국
이 들어서기 전부터 조선을 드나들었고 조선이 사라진 그 무
렵에 노비의 평생도 세 폭을 겨우 손에 쥐었다. 약속한 바대
로라면 평생도 전 폭이어야 했지만 이미 뿔뿔이 흩어진 그림
을 나츠메가 찾는다는 것은 어려운 일이었다. 애통하고 원통
했지만 어쩔 수 없었다. 세 폭을 일본으로 들여온 외고조모
는 노비의 평생도를 단 한 번도 당신의 물건이라 여기지 않
았다.

한일수교 40주년을 기념한 조선 민화 특별전에 아오키는
노비의 평생도를 선보였다. 진짜 주인을 찾기 위해서였지만
좋은 생각이 아니었다는 판단은 그 후였다. 액수와 상관없이
그림을 넘기라는 요구가 암암리에 빗발쳤다. 노비의 평생도
진짜 주인을 찾는다는 소문이 돌면서 사기꾼들도 심심찮게
나타났다. 그들은 아오키를 만나기 위해 온갖 술수와 방법을
동원했다.

238

노비 아비의 염원이 평생도에 깃들어서 부귀영화와 무병장수를 누리게 해준다는 소문이 붙었다는 것은 나중에야 알게 된 사실이었다. 노비의 평생도는 아오키의 외가를 통해 대대로 전해진 집안의 가보나 다름없었다.

언제가 됐든 주인이 나타나면 돌려주라는 나츠메의 유지를 받드는 일은 쉽지 않았다. 후손임을 입증할만한 표식을 갖고 온 이는 아직까지 단 한 사람도 없었다. 아오키는 후손의 심부름으로 왔다는 환에게 호락호락 넘어가지 않았다.

"다음에 오실 땐 그분과 함께 와주시길 진심으로 부탁드립니다."

아오키는 할 말을 다 전한 듯 지체 없이 일어나 응접실을 나갔다. 손님들을 배웅해 드리라는 말을 집사에게 하고서였다.

노비의 평생도가 이 저택 어딘가에 있다. 엉덩이가 다다미에 달라붙은 듯, 다리가 부러신 듯 환은 일어설 줄을 몰랐다. 배웅해줄 터이니 어서 나오라는 집사의 눈초리를 받으면서도 동작은 굼떴다.

"그만 가죠, 우리도."

준이치가 서둘렀다.

- 여기까지 와서 평생도도 못보고 가게 생겼잖아.

할은 낙담을 금치 못했다.

환은 집사를 따라 본채 건물 밖으로 나왔다. 이대로 나가면 저택으로 다시 들어오는 일은 불가능이다.

"저 서양식 건축물은 뭡니까?"

들어올 때부터 묻고 싶었던 건축물이다.

"예전에 응접실로 쓰던 곳이죠. 지금은 리모델링해서 전시실로 쓰고 있답니다."

"과거 해외 문물을 일찌감치 받아들여 수용한 흔적이죠. 피아노 연주회를 하기도 하고 그림을 두기도 하고 커피를 마시며 담소를 나누기도 하고…, 일부 저택에서는 지하 공간을 만들어 와인창고로 쓰기도 했죠."

집사의 말에 준이치가 설명을 보탰다.

"앗, 잠깐만요. 휴대폰을 응접실에 두고 온 모양입니다."

환이 자신의 주머니를 뒤지며 말했다.

집사가 대신 가져다주겠다고 했지만 환은 사양했다. 그러고는 집사와 준이치의 눈을 피해 서양식 건물의 출입문으로 향했다. 구입을 알선해달라는 김월전의 부탁은 뒤로 하더라도 아오키가 맡아두고 있다는 노비의 평생도를 보지도 못한 채로 갈 순 없었다.

- 꼭 이렇게까지 해야겠어?

"보기만 하는 것도 안 된다는데, 어떡해, 그럼? 이런 기회가 언제 또 오겠냐고?"

- 그건 그렇지. 도둑질을 하려는 것도 아닌데 별 일이야 있을라고.

할은 환을 따라 전시실 안으로 들어갔다.

- 저기 저거, 조선 민화잖아!

할은 휘둥그레진 눈을 하고 그림 앞으로 바짝 다가갔다.

아닌 게 아니라 그곳엔 조선에서 건너왔을 법한 민화가 벽에 걸려 있었다. 물고기가 용으로 변한다는 어변성룡도(魚變成龍圖), 바위를 그린 괴석도(怪石圖), 호랑이 가죽을 묘사해 벽사용으로 쓰였다는 호피도(虎皮圖), 인두로 그린 낙화(烙畵) 등등이 보관되어 있는 것을 보면, 아오키의 외고조모는 조선의 민화에 관심이 많았던 분이 아닐까 싶었다.

- 진짜 많이도 수집해 놨군.

"재벌들이 고가의 미술품으로 탈세를 한다던데, 그런 용도인가?"

- 아오키가 뭣하러? 노비의 평생도 주인이 나타나면 그냥 내줄 판이라는데….

"어쨌든 우리가 찾는 건 없는 것 같군. 노리는 자들이 많으니 이런 곳에 둘리가 없지. 본채에 됐나?"

그러면서도 환은 전시실 구석구석을 기웃거렸다. 나중에는 바닥의 융단을 들추는 것도 마다하지 않았다. 보통의 전시실에 이런 것을 깔아두는 경우는 없으니 말이다. 지하로 향하는 계단은 융단을 들추자 나타났다.

- 와우, 이런 게 다 있었네.

출입구를 융단으로 덮어둔 것을 보면 비밀스런 공간이 틀림없다. 환은 지하로 향하는 문을 열어젖혔다. 시간이 없다. 할이 앞장서자 환이 뒤따랐다. 캄캄한 어둠에도 적당한 온도와 습도가 유지되고 있다는 것을 환은 느낄 수 있었다.

환이 계단 깊숙이 내려가자 센서등이 실내를 밝혔다. 지상의 전시실보다 더 넓은 공간이 지하에 있었다. 고흐의 해바라기와 렘브란트의 초상화 외에도 다양한 서양 미술 작품들이 유리 상자에 한 점씩 각각 보관되어 있었다.

환이 작가와 작품을 알아보기는 힘든 작품들이 태반이다. 이토록 비밀스런 장소에 꽁꽁 숨겨둔 것을 보면 모두 진품일 터였다. 다른 그림은 몰라도 환은 단원의 낙관이 찍힌 책가도를 한눈에 알아봤다. 그저 놀라울 따름이었다.

- 이봐, 환! 이리 와서 이것 좀 보라고!

할은 등 뒤에 서있는 환을 불러 젖혔다.

박효준이 휴대폰 앨범에서 꺼내 보여준 세 폭의 노비의 평생도가 그곳에 있었다. 환은 자신이 찾던 평생도의 실체 앞에 할 말을 잃었다. 환의 눈앞에 펼쳐진 그림은 그야말로 장관이었다. 사람을 닮은 호랑이는 귀여우면서도 기세등등함이

242

느껴졌다. 평생도의 한 폭이라면 호랑이는 태몽이 아닐까. 호랑이의 태몽을 갖고 태어난 아이는 해와 달의 얼굴로 초례 청의 신랑신부가 되었다. 그들의 밑으로 하객이 된 산과 들 과 바다가 덩실덩실 춤을 춘다. 시간은 흘러 자손들이 생겨 나고 얼굴에 주름이 들어섰지만 해와 달의 기운만은 그대로 다. 대대손손 잘 살았다는 말은 이런 때에 필요한 말일 듯싶 었다.

– 당장 죽어도 여한이 없을 것 같군.

할은 감탄해마지 않았다. 삿된 감정들이 물러가고 그 자리 에 감동이 채워졌다. 노비의 평생도를 눈앞에 두고 본다는 것은 크나큰 행운이었다.

환은 감탄했다. 또 감동했다. 이것이 진정 노비가 그린 그 림이라면 화원이 시기하고 질투할만했다. 시기어린 화원의 노여움이 노비를 향했으리라. 얕은 재주라 하며 멸시와 모욕 을 던졌으리라. 노비의 재주는, 자식에 대한 무궁한 사랑은, 온전히 그대로 화원의 것이 되어야만 했다.

환은 세 폭의 그림 모두에서 돌잡이의 것과 동일한 낙관이 찍힌 것을 확인했다.

짧은 인생일망정, 안타까운 죽음일망정 평생도의 주인공이 라면 그 생을 충분히 위로받고도 남을 듯했다. 아버지의 지 극하고 무극한 사랑에 어찌 목 놓아 감격하지 않을 수 있을 것인가 말이다.

"하야쿠 츠카마에로."

어서 잡으라는 아오키의 목소리가 들려오자마자 환은 제복의 경비요원 두 명에게 붙잡혔다. 환의 팔다리가 들렸다. 남의 그림을 훔쳐본 뒤끝은 그리 감동적이지 않았다.

"내 발로 나갈 테니까, 놔요. 놓으라고요."

환은 호소했지만 경비요원은 들은 척도 하지 않았다. 지상으로 붙들려 나온 환은 무릎을 꿇어야했다. 경비요원 둘이 아오키 앞에 환을 대령하고 환의 어깨를 양쪽에서 짓눌렀다.

"여기서 뭘 한 겁니까?"

경비요원에게 잡혀있던 준이치는 난색을 표했다.

"케에시초오니 츠우호오시로."

아오키는 살아있는 인형처럼 표정을 지우고 명했다.

"손님을 경찰에 신고하다니요? 궁금해서, 그래서 그냥 한 번 들어가 본 것뿐이라고요. 그림을 훔치자고 그런 것도 아닌데…."

환은 통사정했지만 소용은 없었다.

경찰차가 곧바로 아오키의 저택에 나타났다.

"준이치만이라도 그냥 보내주세요."

환은 자신 때문에 준이치까지 경찰에 체포되게 생겼으니 입이 열 개라도 할 말이 없었다.

경찰은 준이치가 도쿄 국립박물관의 직원이라는 것을 확인하고는 아오키의 양해를 얻어 귀가조치를 했다. 돌아가도 좋다고 했지만 준이치는 환의 곁에서 발걸음을 떼지 못했다.

"소장품을 봤기로서니 멀리서 온 손님을…."

"저는 괜찮습니다. 저 때문에 괜한 일을 겪게 해서 죄송할 뿐입니다."

환이 웃으며 말하자, 준이치는 다소 안심했다.

불법 침입으로 유치장 신세가 되었지만 환은 후회하지 않았다. 여기까지 와서 노비의 평생도를 못 봤다면 더 억울했을 뻔했다. 아오키의 선처를 다시 구해보겠다는 준이치는 하루가 지나도 연락이 오지 않았다.

할은 언제쯤 여길 나갈 수 있냐고, 나갈 수는 있는 거냐고 투덜거렸다.

●

인아는 경찰서 유치장에 갇혀 있는 환을 찾았다.

"어떻게 온 거야? 왜 왔어?"

환은 내심 반가우면서도 아닌 척했다.

"바보야, 이런 일이 생겼으면 연락을 해야지. 내가 네 가족이나 다름없는데…."

인아는 눈시울을 붉혔다. 경찰을 향해 빨리 꺼내달라고 사정했다.

환이 유치장에 있다는 비보에 가슴이 철렁했다. 가족 중 누군가는 와야 한다는 연락을 받자마자 인아는 허둥지둥 도쿄로 날아왔다. 아오키가 누군지는 알 필요도 없었다. 환의 가족을 찾고 있다면 자신이 가야했다. 로마 비행 일정을 조율하고 무작정 도쿄행 비행기에 탑승했다.

아오키는 좀처럼 말문을 열지 않았다. 인아를 관찰하듯 예의주시했다. 환이 연관된 일임에 죄송하다고, 용서해달라고 인아는 무작정 몸을 낮췄다. 환이 무슨 잘못을 저질렀는지도 모른 채였다. 십수 년을 같은 건물 위아래 층에서 살았으니 가족이나 다름없는 사이다. 환에게 자신 말고 다른 가족은 없다. 왕래 없이 사는 가족은 있어도 가족이라 말하기 힘들지 않겠냐. 인아는 자신이 할 수 있는 말들을 누나처럼 줄줄이 늘어놓았다.

환을 위한 일이면 뭐든 해야 했다. 환의 가족에 대해 아는 것은 없지만 자신과 환의 관계에 대한 것이라면 지나온 세월만큼 알았다. 아오키는 진짜 가족도 아니면서 전화 한 통에 날아온 인아를 나무라지 않았다.

"실은 나, 아오키란 분을 만났어."

환과 함께 경찰서를 나선 인아가 안도감에 털어놓았다.

"네가 왜?"

"왜라니? 한번만 용서해주면 다시는 이런 일 없게 하겠다고 손이 발이 되도록 싹싹 빌었지."

인아는 환을 노려보며 말했다.

"네가 왜 빌어?"

"안 빌면? 네가 이런 곳에 갇혀 있는데…, 뭐라도 해야지, 그럼."

인아는 누나처럼 굴었다. 준이치가 아오키의 요구를 박효준에게 전했고 그것은 또 인아에게 전달되었다는 것을 환은 까맣게 모르고 있었다.

아오키 앞에서 한 시간 넘게 혼자 수다를 떨었다. 환이 가족과 떨어져 나와 자신의 집 옥탑방에 살게 된 그때부터 현재까지의 크고 작은 일들에 대해. 엄마 몰래 찜닭을 환에게 가져다준 일이며 음침한 아이와 사귄다고 소문난 일이며 학교에 적응하지 못한 바람에 환이 학교를 관뒀다는 얘기까지.

아오키는 꼿꼿한 자세로 인형처럼 앉아서 듣기만 했다. 인아가 환의 얘기에 몰입할 때면 아오키는 엷은 미소를 지었다. 웃음이 번질 때마다 아오키가 찻잔을 입으로 가져갔다는 것을 인아는 알아챘다. 그래서였다. 환과 자신 사이에 있었던 일들에 대해 묻지 않음에도 앞서 늘어놓은 것은. 환이 나쁘거나 악의가 있는 사람이 아니라는 것을 어떻게든 알리고 싶었다. 그래야 환을 유치장에서 빼내올 수 있을 테니까.

'그 분을 사랑하시는군요.'

인아의 이야기가 한창이던 그때, 아오키는 그 한마디를 했을 뿐이다. 사랑한다고? 환을, 내가? 처음 깨달은 사실처럼 인아는 적잖이 당황했다. 측은해서 가족처럼 돌봐주는 것이라고만 여겼다. 환은 엄마 친구의 아들이고 엄마를 잃은 가여운 꼬마였으니까.

환에 대한 인아의 이야기는 거기서 어색하게도 멈췄다. 인아의 사랑스런 수다가 더는 이어지지 않았다. 아오키는 이미 마음이 풀린 상태였다. 환을 사랑하는 인아의 마음을 봐서라도 환의 무례를 이번만은 용서해주겠노라고 했다.

- 유치장에서도 나왔겠다, 이제 뭘 할까? 인아랑 같이 요코하마에 가는 건 어때?

환의 등에 업힌 할이 속삭였다.

교문 앞에서 수시로 돌아서던 그때였다. 학교를 등지고 해가 질 때까지 지하철을 타고 도쿄 시내를 맴돌았다. 벽에서 나온 할과 함께 지내게 되면서 없던 용기가 조금씩 샘솟았다. 좀 더 멀리 가보고 싶었다. 요코하마에 있는 항구가 보이는 언덕의 공원은 할과 자주 갔던 곳이다. 도쿄만의 항구가 보였고 선착장의 배들도 그곳에선 아주 잘 보였다. 모토마치 추카가이역에 내리면 금방인 곳이다.

도쿄만. 아이가 학교 대신 선택하기엔 먼 곳이기도 했다. 종일 배회하자면 그리 먼 곳이 아니기도 했다. 순찰차라도 만나면 환은 제 발 저린 도둑처럼 슬그머니 건물과 좁은 골목으로 몸을 숨겼다. 상황이 여의치 않으면 지나가는 어른 곁에 붙어서 말을 걸었다. 아빠와 아들 혹은 엄마와 아들이라 여길 것이다.

그러고 보면 도쿄에서 환의 하루하루는 지은 죄도 없이 경찰의 눈을 피해 다녔다. 한국에서야 경찰들과의 친분을 자랑했지만 일본에서의 환은 주눅 든 아이에 불과했다. 과거는 그림자처럼 불쑥불쑥 나타났다. 왜 그랬냐고 따뜻한 말 한마디를 건네주는 이가 그때는 없었다.

환은 씁쓸했다. 아이에게 필요한 그 무엇이, 적절한 때에 있어주기가 얼마나 어려운 일인가. 실소는 자신도 모르게 터져 나왔다. 가까워지려는 노력은 둘 다 하지 않았다. 마 교수는 마 교수대로 환은 환대로 각자의 현실에서 어떻게든 서로를 지우기 위해 애썼다. 그럴수록 아버지의 사랑에 대한 결핍은 채워지지 않았다. 그리움은 더욱 커져만 갔다. 팽팽한 줄다리기처럼 서로가 서로에게 끌려오기만을 기다리고 있는지도 모를 일이다.

미움이 되고 원망이 되고 증오가 되고 끝내는 서로에게 없는 사람이 되어야 했다. 아버지에 대한 환의 애증은 무뎌지지 않았다. 시간이 흐를수록 송곳처럼 날카롭게 곤두섰다.

●

환은 히노데 선착장에서 오다이바 수상 버스를 탔다. 언덕에서만 보던 도쿄만을 가로지르자니 환의 기분은 간만에 상쾌했다. 인아가 곁에 있으니 도쿄에서의 안 좋은 기억들이 하나씩 떨어져 나가는 듯했다. 미래 도시의 풍경이 과거의 풍경을 밀어내는 듯했다.

한바탕 난리를 피울 만도 한데, 웬일로 할이 잠잠하다. 인아와 있어서 그런가 싶기도 하지만 할이 너무 조용하면 환은 또 겁이 난다.

"어릴 때 내가 가보고 싶었던 곳이 있었는데, 우리 거기 갈까?"

환은 인아를 향해 말했지만 할이 들었으면 했다. 할이 유독 가보고 싶어 했던 그곳, 술집. 할의 마음을 사로잡은 그곳에선 사케와 직접 담근 과실주 등을 팔았다. 어린아이를 동행한 유령 할이 들어갈 수 있는 곳이 아니었다. 술집 앞을 지나자면 할의 한탄은 처량하게도 터져 나왔다. 몸에 좋지 않다고 하면서도 어른들은 술을 마셨다. 환은 할의 그런 속내를 모른 척했다.

그때는 어려서 그랬지만 지금이라면 기꺼이 동행을 해줄 수 있다. 아직 남아있을까 싶으면서도 할과 함께 수시로 지나다니던 그 술집이 있는 시장 골목으로 들어섰다. 간판은 기억나지 않지만 아직 있다면 찾을 수 있을 듯했다.

이따금씩 술집 밖으로 나와 손님을 배웅하던 주인장의 모습만큼은 쉽게 잊히지 않았다. 왜인지는 모르지만 술집 앞에서 있는 환을 주인장은 귀여운 아이를 보듯 바라봤다. 할이 술집 안을 기웃거리고 있어서라는 것은 비밀이었다. 학교에 있어야 할 아이가 술집을 기웃거리는 일은 흔치 않은 일이다. 주인장은 학교에 왜 안가냐고, 아이는 이런 곳에 오는 게 아니라고 야단치는 말은 지나는 말로도 하지 않았다.

다시 찾은 쓰키지 시장 안의 술집은 예전 그대로였다. 참치 경매가 끝난 시장은 한산하면서도 다양한 사람들이 오갔다. 어린 환이 홀로 다녀도 신경 쓰는 사람이 없어 자유롭게 다니기도 했던 그곳이다. 쓰키지 시장의 끝은 또 도쿄만과 연결되어 있어서 자연스럽게 오갔다.

환은 어린 시절 그랬던 것처럼 술집 앞에서 얼쩡거리고 또 머뭇거렸다.

"안 들어가고 뭐해?"

인아가 환의 팔을 끌어당겼다.

"그, 그게 말이지."

환은 쭈뼛쭈뼛 이끌려 술집 안으로 들어갔다. 주방장이 보이는 테이블에 환과 인아는 나란히 앉았다. 할이 앉으려는 의자에 인아가 앉는 바람에 작은 소동이 벌어지긴 했지만 환은 이내 자리를 수습했다.

– 하나도 안 변했네. 옛날 그대로야. 오길 정말 잘했어.

할은 적잖이 흥분했다. 벽면에 수십 종의 사케가 진열되어 있는 풍경도, 주방에서 손님을 맞이하는 주방장의 모습도 그대로. 검은 머리의 주방장이 아니라 흰머리 주방장이 되었지만 할은 그때와 크게 달라진 것을 느끼지 못했다.

"전에는 저 분 혼자 계셨던 것 같은데, 젊은 분이 곁에 계시네요."

환이 홀에 있는 젊은 남자에게 말을 걸었다.

"아버지 단골손님인가 봅니다."

젊은 남자의 말에 주방장이 환을 돌아봤다. 그러고는 한참을 뚫어져라 바라봤다. 훌륭한 청년이 되었다며 흐뭇한 미소를 지었다.

"저를 기억하십니까?"

"어린 학생이 책가방을 메고 선착장에 그것도 거의 매일 오는 건 드문 일이죠."

야채를 썰던 흰머리 주방장은 칼을 다시 손에 쥐었다.

– 학생이 학교엔 안 가고 술집을 기웃거리니 기억하는 거

252

겠지. 그때 젖살이 아직도 얼굴에 그대로라 몰라보면 그게 더 이상하지.

"도쿄에 있을 때부터 불량소년이었네."

인아는 새삼 알게 된 환의 과거에 놀리듯 농담했다.

"다른 곳은 다 변한 것 같은데, 여기는 그대로라 좋네요."

"아버지가 계신 한은 앞으로도 지금과 같겠죠. 변한다면 그땐 제 아버지가 이곳에 더는 안계시다는 뜻이겠죠."

젊은 남자는 지긋한 눈길로 주방장을 바라보았다.

"여기 한국 여행자들 많이 오죠?"

술집의 벽에 붙어있는 다녀갔다는 한글 메모를 보고서였다. 인아는 화제를 돌렸다. 한편으로 아버지라는 말만 꺼내도 정색하는 환을 위해서였다.

"불과 일이 년 전만 해도 한국 관광객들이 곧잘 왔었는데, 지금은 영…."

젊은 남자는 씁쓸하게도 입맛을 다셨다.

그들이 대화를 나누는 동안 환은 홀로 사색에 빠져들었다. 처음이다. 선착장 뒷골목에서 누군가와 얼굴을 마주하고 대화를 나눈 것은. 그 시절, 홀로 다니자면 환은 늘 겁이 났다. 술집을 기웃거리는 것도, 술에 취한 어른의 곁을 지나는 것도 두려웠다. 등에 진 가방끈을 양손으로 바투 쥐었다. 눈은 길바닥에 두고 종종걸음으로 내달렸다. 할이 옆에 있어 든든하다면서도 거리를 배회하는 환은 늘 가슴을 졸였다. 그 래도 교실에 있는 것보다는 나았다. 친구 아닌 친구들의 날 선 눈초리를 받지 않아도 되었다. 무심한 거리의 시선들에 환은 안심했다.

할은 환이 채운 술잔에 코를 대고 술 냄새를 마시느라 조용했다. 냄새를 마시는 것만으로도 취했는지 환이 알아듣지 도 못하는 말들을 홀로 중얼거렸다.

환은 잘 마시지도 않는 사케를 한 입에 쭈욱 들이켰다. 전철을 타기만 하면 몇 분 안에 마 교수를 만날 수 있지 않을까. 어떤 아버지는 아들이 애틋하기만 한데, 이미 죽은 아들을 위해 부귀영화의 삶을 선사하고자 여생을 바쳤다는데 말이다. 환은 마 교수에 대한 애증이 취기와 함께 올라왔다.

아버지라고 다 같은 아버지는 아니었다. 아들을 위해 여생을 바치고 모두가 꿈꾸는 아들의 평생도를 남긴 아버지가 세상천지에 또 있을까. 아버지의 그늘을 환은 느껴보지 못했다. 아버지란 존재를 떠올릴 때마다 환은 아홉 살 아이로 되돌아갔다.

아버지란 존재 앞에 환은 한없이 복잡한 심정이 됐다. 화를 내다가도 서러웠고 서럽다가도 끝없는 허기가 밀려들었다. 술기운에도 한기가 온몸에 퍼졌다. 어떻게 된 게 그 시절이나 지금이나 변한 것이 하나도 없다.

환은 단숨에 들이킨 빈 술잔을 소리 나게 내려놓았다.

"그새 취했어?"

인아는 환의 등을 쓸어내렸다. 술에 취한 환을 본 적도 없지만 취했다고 해서 잔소리를 늘어놓는 것도 하지 않았다. 인아는 비틀거리는 환을 부축하고 가까운 호텔을 찾았다.

"더럽게 무겁네. 바짝 마른 것 같은데…."

인아는 끙끙 거리며 걸음을 뗐다.

몸무게 없는 유령이라지만 환의 등에 업힌 할 때문은 아닐까. 도로엔 차들이 넘실거리고 공포를 참아내는 할은 환의 등에 얼굴을 묻고 두 눈을 꼭 감았다.

택시를 잡을 때에도, 호텔 침대에 환을 눕힐 때에도 인아는 힘이 쭉쭉 빠져나갔다. 환은 새근새근 아이처럼 곤하게도 잠들었다.

●

환과 인아는 오전 나절에 인천공항에 도착했다. 항공사 라운지로 향하는 인아는 뒷걸음질로 환과 멀어졌다. 뒤에서 오는 캐리어와 부딪히고 나서야 괜찮다는 듯이 웃으며 돌아섰다.

곤경에 처한 자신을 구하기 위해 만사를 제치고 달려와 준 사람. 환은 인아가 시야에서 사라질 때까지 홀로 손을 흔들었다. 인아의 뒷모습이 자취를 감추고 환은 발길을 돌렸다. 환이 공항에 도착했다는 것을 어떻게 알았는지 윤모열이 전화를 걸어왔다. 도쿄에 갔다더니 잘 다녀왔냐는 안부를 챙겼다. 정작 묻고 싶은 것은 따로 있을 것임에도 윤모열은 노비의 평생도에 대해서는 입에 담지 않았다.

"실없이 엉뚱한 말만 하다 끊는군. 원래 이런 사람이었나?"

환은 고개를 갸웃거렸지만 당장 걱정해야할 것은 윤모열이 아니었다. 살해당한 남편 신창성을 위해서라도 김월전은 평생도를 찾아야겠다고 했다. 돈으로 살 수 없는 물건임에야 가능한 일이 아니다. 환은 김월전에게 뭐라고 전해야 할지 난감했다. 아오키가 소장한 것 말고도 연작의 다른 그림이 어딘가에 또 있을 것이다.

노비의 평생도가 완전체가 되려면 몇 개의 그림이 더 있어야 되는지 환은 알 수 없었다. 평생도 전 폭을 찾는 그런 날이 과연 올 수나 있을 것인가. 나츠메의 유언이 있는 한 아오키의 집에 있는 평생도가 밖으로 나올 가능성도 없었다. 그림의 존재를 자꾸 흘리는 것을 보면 아오키는 그림의 주인을 진실로 기다리고 있는 것인지도 모를 일이다.

- 때가 된 모양이지.

환의 생각을 읽기라도 한 듯이 할이 말했다.

"때라니? 무슨 때?"

- 그림의 주인이 나타날 때지. 거사가 이뤄지려면 밑에서부터 작업이 이뤄지지. 가짜든 진짜든 그림이 수면 위로 떠올라야 그 주인을 영접할 수 있는 것 아니겠냐고?

할의 말은 제법 그럴 듯해서 환이 고개를 주억거리게 만들었다.

❂

"신창성을 살해한 범인 윤곽은 어떻게 좀 잡혔어요?"

환은 달짝지근한 마플 커피를 임계원 형사에게 건네며 물었다.

"그 일로 머리가 자꾸 빠져서 죽을 지경이야."

한숨을 내쉬는 임 형사다.

"아직 미궁인 모양이네요."

"그렇지 뭐…."

머쓱한 임 형사는 맨손으로 자신의 머리를 빗어 넘겼다. 그는 환과 인아의 엄마들과 초등학교 동기동창생이다. 같은 동네에서 나고 자란 것은 물론이거니와 지금도 서로 가까이

257

에 살았다. 환이 오래전 자살한 김귀현의 아들이라는 것을 안 뒤로 임 형사는 환을 아들처럼 대했다.

"제게 확인할 게 있어서 오신 거죠?"

"눈치 하나는 빠르군. 신창성이 사망 전에 환을 만났다지?"

"살인 용의자군요, 제가."

"널 의심하진 않아. 그래도 내 입장에선 그냥 넘길 수 있는 일은 아니지. 신창성의 아내가 뒤늦게 신고를 했어. 좀도둑 같으면 돈이나 패물 등을 훔치다 들켜서 우발적인 살인을 저질렀다고 볼 수도 있겠으나 다른 거엔 손을 댄 흔적이 없어. 피해자가 아끼던 그림만 가져간 걸 보면 그냥 평범한 좀도둑은 아니란 거지. 처음부터 철저하게 계획된 범죄일 가능성이 높아."

돌잡이 그림이 사라졌다는 것은 환도 익히 아는 사실이었다. 그 때문에 김월전이 노비의 평생도를 찾겠다고 다짐을 했으니 말이다.

임 형사는 환이 찾고 있다는 노비의 평생도에 대해서도 알고 있었다. 김월전이 털어놓았을 것이다. 신창성과 환이 만난 그날 밤에 있었던 일들에 대해서도 말이다.

신창성의 돌잡이 그림을 노려 그것만 가져간 범인이라면 환은 자신이 생각하는 것보다 더 많은 폭의 평생도가 한 사람의 수중에 있을지도 모른다는 생각이 들었다.

"근데 어떻게 알았을까요?"

"뭘?"

"그날, 신창성이 집에 혼자 있다는 걸 말이죠. 제가 알기론 부인도 피해자와 다퉈서 예정에 없던 일이 벌어진 건데 말이죠."

"아들을 데리고 친정으로 간 거 말인가? 몰랐겠지. 다들 잘 시간이니 소등 후에 잠입했겠지."

임 형사의 생각이 맞을 수도 있었다.

더 확실한 것은 신창성의 죽음 하나로 끝나지 않을 것이라는 불길한 예감이다. 몇 폭이 존재하는지도 모르는 노비의 평생도 전 폭을 손에 넣기 위해 누군가 발 빠르게 움직이고 있다. 신창성의 죽음은 단순 강도 살인사건이 아니다.

부귀영화를 누리고자 하는 인간의 탐욕이 불러온 살인. 그리고 이제 시작일 뿐이다. 몇 폭의 그림이 존재하는지도 알 수 없는 상황에서 환의 불안은 클 수밖에 없었다. 앞으로 일어날 살인을 막아야 했다. 노비의 평생도가 어디에 있는지를 알면 가능할 것도 같았다. 하지만 어떻게?

임 형사 앞에서 환은 홀로 골똘한 생각에 잠겼다.

"이봐. 혼자 생각만 하지 말고 내게 말을 해보라고."

임 형사는 검지 등으로 보란 듯이 탁자를 톡톡 쳤다.

"신창성은 제 의뢰인이었어요. 노비의 평생도를 찾아달라고 했죠. 이미 다 알고 계시겠지만."

신창성은 자신의 의뢰가 은밀하게 이뤄지기를 원했다. 본인이 살인사건의 피해자가 되었으니 노비의 평생도는 곧 세상이 다 아는 그림이 될 것이다. 다만, 누구의 손에 있는지는 알 수 없는 그림이 되지 않을까.

"그래서 도쿄에 갔던 거로군. 난 또 인아랑 둘이서 밀월 여행이라도 간 줄 알았지."

"아저씨도 참."

"한창 연애할 나이에 쑥스러워하기는. 어쨌거나 범인이 가져갔다는 것이 노비의 평생도라는 거로군."

"네. 그보다 더 큰 문제는 범인이 노리는 그림이 한 폭이 아니라 여러 폭이란 거죠."

"다음 희생자가 나올 수도 있다?"

"…아마도요."

불길한 예감은 빗나가는 법이 없다. 입에 담는 일은 그래서 더욱 조심스러웠다.

"산 너머 산이군."

임 형사는 못 들을 말을 들은 사람처럼 새끼손가락으로 귀를 후볐다.

분노

황 노인은 자택으로 배달해 주겠다는 약속을 하고 나비장 대금을 현찰로 챙겼다. 생각보다 짭짤했다. 요즘 들어, 황의 가게를 찾는 손님이 부쩍 늘었다. 어떻게 알고들 연락을 해 오는지 좀처럼 가게를 비우기도 힘들었다. 전에는 미리 연락 하고 오는 사람들에 맞춰 가게 문을 열었다면 요새는 황이 가게만 열어놓으면 생각지도 않은 손님이 찾아들었다. 구경 만 하고 가는 이들은 아니어서 고서화든, 이조시대 생활 도 자기든, 경대든, 뭐든 사들여갔다.

참으로 요상한 일이다. 이대로 한 달만 가면 가게 물건을 다 빼고도 남겠다는 생각에 괜히 시원섭섭하다.

"팔십칠, 팔십팔, 팔십구….."

황 노인은 엄지에 침을 발라가며 지폐를 셌다. 오늘 수입도 어제만큼이나 괜찮았다. 은행계좌로 보내주면 편하고 좋을 것인데도 굳이 현찰로 주고 가는 손님에게 의구심이 들기는 하지만 무슨 상관이랴 싶다.

풍물시장과 인근의 상점주들은 저녁 예닐곱 시만 되면 가게 문을 닫았다. 일찌감치 들어가 초저녁잠에 들었다. 황 노인은 검은 비닐로 싼 돈을 싸구려 장식용 도자기 안에 깊숙이 넣었다. 입구가 작아 육안으로는 안의 물건을 확인하기도 어려웠다. 이만하면 됐다. 황 노인은 인근 상점들 중 제일 늦게 가게 문을 닫았다.

"오늘 같은 날에 안 마시고 잘 수야 있나."

소주 한 병을 마시고 누우면 숙면을 취할 수 있을 것이다. 황 노인은 풍물시장 밖에 있는 편의점에서 소주 두 병과 술안주로 먹을 인스턴트 부대찌개 하나를 사들고 나왔다. 파장한 골목에 인적은 드물었다.

황 노인은 콧노래를 부르며 유유히 걸었다. 사람의 왕래가 끊긴 상점거리는 을씨년스러웠다. 황 노인은 자신의 닫힌 가게 문 앞을 스쳐 지나갔다. 몇 발자국 걷다가 멈춰 섰다. 어두워 잘못 봤나? 잠근 거 같은데…. 왜 문이 열려있지? 황 노인은 뒤돌아섰다. 자신의 손으로 분명 자물쇠를 채웠건만 아니었다.

황 노인은 가게 안으로 들어갔다. 일층 내부를 잰 눈으로 훑고 이층 계단에 발을 디뎠다. 발을 옮길 때마다 나무 계단이 삐거덕거리는 소리를 냈다.

손전등 불빛은 이층에서였다. 누군가 그곳에 있었다.

"뉘신데 남의 가게에 함부로⋯."

들어와 있냐고 황 노인은 침착하게도 말했다.

뭔가를 찾느라 혈안이 되어있던 남자의 움직임이 멈칫 했다. 남자는 황 노인을 향해 손전등을 비추며 돌아섰다. 황 노인은 불빛에 얼굴을 찡그렸다. 어둠 속에 있는 남자를 가는 눈으로 확인했다.

"자네로군. 낮에 사간 물건에 무슨 문제라도 있나? 아님 다른 걸 찾는 건가?"

"어디다 뒀습니까?"

남자는 손전등 불빛을 황 노인의 옆으로 비켜 세웠다.

"오늘은 영업 끝났네. 내일 날 밝거든 다시 오게나."

황 노인은 대수롭지 않은 척 굴었다. 마음은 덜덜거렸다. 아는 얼굴이라지만 자신의 가게에 몰래 들어온 침입자다. 황 노인은 밀폐된 어둠의 공간에 침입자와 둘만 있다고 여기니 숨이 막혀 왔다. 태연한 척 굴며 계단을 향해 등을 돌렸다.

폐점한 가게에 잠입해 승냥이처럼 뒤질 때에는 뭔가 노리는 것이 있을 것이다. 그것이 뭔지 선뜻 떠오르지 않았다. 알 것도 같다는 생각이 들 때는 가게 밖으로 도망치듯 나왔다.

골목에 사람은 없었다. 남자가 뒤따라 나왔다.

"그만 가보게."

황 노인의 목소리는 나직했다. 무심한 손짓으로 그만 가보라고 했다. 그리고 돌아서던 그때였다. 퍽! 등 뒤에서 날아온 몽둥이에 황 노인은 비틀거렸다.

"내일은 제가 아주 바빠서 말이죠. 지금 일을 끝냈으면합니다. 깔끔하게."

모자를 눌러쓴 남자는 벽에 기대어 반쯤 쓰러진 황 노인을 향해 다가갔다.

"이러지 말게…, 제발…."

남자의 안경알이 희미한 가로등 불빛에 번득였다. 남자가다시 몽둥이에 치켜들자 황 노인은 머리를 감싸고 등을 말았다. 몽둥이가 사정없이 날아왔다. 퍽! 퍽! 황 노인이 들고있던 비닐봉지 안의 소주병이 아작이 났다.

"천벌을 받을…."

황 노인의 말은 거기서 끊겼다.

"좋게 말할 때 넘겼으면 내가 이런 수고까진 안했지."

텅 빈 골목을 재게 휘두른 침입자는 황 노인의 허리춤에서열쇠 집을 빼 들었다.

●

황 노인의 시체는 사건 다음날 저녁에 발견됐다. 신고는 시체를 덮어둔 박스 종이를 수거하려던 수집상에 의해서였다. 황 노인이 살해당했다는 것을 환은 뒤늦게 인터넷 뉴스를 보고서야 알았다. 실명도 구체적인 나이도 밝히지 않았지만 풍물시장 인근이라는 것에서 환은 황 노인에 관한 것임을 단박에 알아챘다.

환은 카페 앞치마를 벗어던졌다.

- 어디 가려고?

할이 쪼르르 다가왔다.

"황학동 황의 가게에⋯."

- 거긴 왜 또?

"황이 살해됐어. 따라오지 마. 확인만 하고 올 거니까."

- 뭘 확인하겠다는 건데?

"노비의 평생도를 노린 범인의 소행일지 모르잖아."

- 그럼 때문이라면 조심해, 너도. 신장성에 이어 황 노인까지 심상치 않아.

"⋯."

환은 심각해진 얼굴로 카페를 나섰다. 카페 앞에 세워두기만 했던 차의 운전대를 잡았다. 황의 죽음이 평생도와 상관없는 것이길 바라면서.

황의 가게에 도착했을 때, 낯선 남자가 황의 물건을 황 노인의 트럭에 옮겨 싣고 있었다. 차에서 내린 환은 남자를 향해 다가갔다. 당황하는 기색도 없이 남자는 가게에 무슨 볼일이라도 있냐는 듯 환을 뚫어지게 쳐다봤다.

"죄송한데 황 노인과는 어떤 관계인지 물어봐도 되겠습니까?"

황 노인의 가게에서 마음대로 물건을 빼내가는 남자가 환은 수상쩍었다.

"뭔데 당신은?"

남자가 불쾌한 얼굴로 되물었다.

황의 가게를 여러 날 드나들었지만 황 노인은 항상 혼자였다. 며칠씩 가게를 비울 때에도 다른 사람은 없었다. 황 노인은 자신이 가게에 있을 때에만 문을 열었다. 오죽하면 환에게 자신의 가게에서 일해보지 않겠냐는 말을 했을까.

황 노인이 기거하는 옥탑방 어디에도 다른 가족의 흔적은 없었다.

"혹시, 아드님 되십니까?"

환은 떨떠름하게 웃는 남자를 바라보다가 물었다.

"알았으면 사람 귀찮게 하지 말고 가 봐요. 일전에 주문받은 물건이라 배달하는 것뿐이니까."

남자는 환을 밀쳐내고 자신이 하던 일을 마저 했다. 뒤주와 한약방에서 쓰는 서랍장을 트럭에 싣고는 천으로 덮어씌웠다.

아버지가 살해를 당했음에도 그 아들이 담담하게 물건 배달이나 하고 있다는 게 환은 믿기지 않았다. 신분증이라도 확인하고 싶었지만 관뒀다.

"황 노인이 아끼던 그림이 따로 있었을 겁니다. 한번 살펴봐주시면….”

"그런 거 없으니까, 비켜요.”

"제가 직접 확인 한번 해봐도 될까요?”

환은 정중히 부탁했다.

남자는 가게 문을 쾅 닫고 자물쇠를 채웠다. 그러고는 보란 듯이 트럭 운전석에 올라탔다. 남자의 트럭이 멀어지고 환은 옥탑으로 가는 외부 계단으로 향했다. 시체가 발견되고 여러 날이 지났지만 그날의 흔적이 아직 그대로 남아있는 듯했다.

"멀쩡한 인간이 어째 하나도 없는 것 같군. 이 판국에 배달이라니?”

살해당한 아버지의 죽음에 분노나 슬픔이 느껴지지 않음에 환은 씁쓸했다. 한편으로는 아버지의 죽음을 아직 실감하지 못해 저러는 것인가 싶기도 했다.

●

늦은 오후의 카페는 한적했다. 환은 황의 아들을 떠올리며 주문대 앞에 서 있었다. 카페 문을 밀어붙이고 들어서는 요란한 목소리가 한순간 실내를 뒤흔들었다.

 – 시끄러우니까 그냥 내보내.

팔짱을 낀 할은 인상을 잔뜩 찌푸렸다.

"너지? 아침부터 찾아와서 뭔 소리를 하나 했다, 내가⋯."

황의 아들은 성난 황소처럼 환에게 달려들었다.

"당신이야말로 뭐하시는 겁니까, 지금 이게?"

환은 앞치마 주머니에 손을 꽂은 채 어이없는 웃음만 흘렸다.

"네 수작에 아버지가 넘어간 거지. 이거 빼돌리다가 우리 아버지까지 죽인 거지? 내가 모를 줄 알고. 가게 앞에서 매일 죽치고 있던 거, 다 이것 때문이잖아."

독이 오른 황의 아들은 종이 뭉치를 환의 얼굴에 뿌렸다. 소장 골동품 사진과 정보가 담긴 종이가 펄럭이며 환의 발밑에 깔렸다. 황 노인이 갖고 있던 서류엔 판매 물건과 매입자 정보가 나와 있었다.

발밑을 내려다보던 환은 민화 한 점에 눈이 꽂혔다. 분노에 휩싸여 이글거리는 붉은 불덩어리. 태양의 강렬함이 노비의 평생도와 얼핏 닮은 구석이 있는 듯도 했다. 환은 한쪽 무릎을 꿇고 앉아 민화의 정보가 담긴 서류를 자세히 들여다보았다.

"무릎 꿇을 거 없다고! 내가 고작 사과나 받자고 여기까지 온 줄 알아."

황의 아들은 환이 사과라도 하는 줄로 오해했다.

"여긴 없는데…."

– 뭐가 없는데?

"낙관. 낙관이 없어. 이걸 왜 가져갔지?"

환은 손끝으로 턱을 고이고 생각에 잠겼다. 다른 그림들은 긍정의 기운을 흘렸음에도 환의 눈앞에 있는 그림은 달랐다. 뭔가 알 수 없는 분노 같은 것이 느껴지는 그림이다.

"뭐라고 혼자 씨부려? 좋은 말로 할 때 안 내놓으면 경찰에 신고할 거야. 그림 빼돌리다 들켜서 우리 아버지 죽인 놈이라고."

– 거참. 누가 누굴 신고해야 되는 건지 모르겠네. 남의 영업장에서 뭐하는 거냐고. 신고할 일이 있으면 조용히 경찰서로 가라고. 괜히 남 영업장에 와서 소란 피우지 말고.

할이 더 흥분했다. 황의 아들을 쫓아내기 위해 그 앞에서 사납게 굴었다. 황의 아들은 하루살이가 눈앞에서 날아다니는 듯 손을 휘둘렀다. 그뿐이었다. 황의 아들은 우악스럽고 할이 할 수 있는 것은 아무 것도 없었다. 그냥 기운만 빠졌다.

"가게에서 없어진 그림이 이겁니까?"

환은 신통치 않은 표정을 지었다.

"또 무슨 허튼수작을 부리려고? 안 통해! 어림없어!"

황의 아들은 앞뒤 없는 막말을 부려놓았다. 살인범으로 신고하겠다는 말도 안 되는 엄포를 놓고서야 분이 풀렸는지 좀 조용해졌다.

— 우와. 저런 극악무도한 인간을 봤나. 뭐어, 살인범?

혀를 내두르는 할은 그의 뒤통수를 마구 갈겼다. 그래봐야 별 소용없는 일이지만. 할은 씩씩거리며 카페를 나서는 황의 아들을 쫓아갔다. 그 앞을 지나가는 차에 화들짝 놀라 할은 카페로 다시 들어왔다.

환은 머리에 구멍이 뚫린 기분이었다. 황 노인의 사라진 그림은 노비의 평생도 연작과는 상관없다. 황 노인을 살해하면서까지 왜 그 그림을 가져갔을까. 낙관의 유무만 확인해도 노비의 평생도 연작이 아니라는 것쯤은 금방 알아채고도 남았을 것인데 말이다.

어린 아들의 미래를 생각한다면 남편의 유지도, 노비의 평생도에 관해서도 모두 잊는 편이 좋다고. 환은 김월전에게 그 말을 전해야겠다는 생각에 마음이 조급했다.

재령

　방안의 불을 훤히 켜둔 채였다. 환은 새우처럼 등을 말고 잤다. 엄지를 입에 물고 엄마의 뱃속에 있던 그때의 모습으로. 할은 잠든 환의 옆모습을 들여다보고 있었다. 그렇지 않아도 빈약한 몸인데 부쩍 야위고 핼쑥해졌다.

　개똥밭에 굴러도 이승이 좋다는 것은 유령이 되어서야 알았다. 고민하고 갈등하고 괴로워하고 고통스러워하는 그 모든 것이 살아있기에 가능한 것들이다.

　－ 아버지를 원망하는 마음도 네 삶에는 필요한 것일 테지. 나도 다 안다. 노비의 평생도에 네 마음만 꽂힌 게 아니거든. 나도 싱숭생숭하다.

　아버지라고 모두 같은 아버지가 아니라는 것도 할은 알았다. 죽은 아들도 다시 살려낼 그런 그림에 마가 끼었다는 게 할은 못내 안타까웠다. 할은 아버지의 사랑을 갈구하면서도 밀어내기만 하는 환의 등을 어루만졌다.

- 내가 아버지에 관한 얘기를 한 적 있던가? 암튼, 내가 말귀를 알아듣기 시작하면서 아버지는 어린 나를 무릎에 앉히고 얘기하는 걸 좋아하셨지. 내가 태어난 그날에 소담스런 함박눈이 펼펼 내렸다면서 바보처럼 싱글벙글 웃음이 끊이질 않았어. 앞산과 뒷산이 온통 눈으로 뒤덮인 그 겨울에 전설의 아이처럼 내가 태어났다나 뭐래나. 옹알이를 하고 스스로 발을 떼는 것이 놀랍고 곡기를 씹어 넘기는 당신 아들이 마냥 기특했던 거지….

혼잣말을 넋두리처럼 하던 할은 일순 말을 멈췄다.

그토록 당신의 아들을 사랑하던 아버지였는데 말이다. 그때는 왜 몰랐을까. 사람의 탈을 뒤집어쓰고는 있으나 사람은 아닌 아들의 불행을 막기 위해 선택한 것인지 모른다. 머리가 굵어지고 사람답게 살기를 원하면 원할수록 세상은 의문투성이가 되었다.

그때부터 아버지와의 갈등이 극으로 치달았던 것도 같다. 천지가 개벽해도 안 되는 일이 있다. 아버지는 책이 아닌 칼을 아들의 손에 쥐어주었다. 칼이 네 인생의 전부다. 글을 깨치면 깨칠수록 불행은 눈덩이처럼 다가올 것이다. 펄쩍 뛰는 아버지를 보며 아들의 소원은 미치도록 사람이 되는 거였다.

천지가 개벽해 세상이 달라졌다. 아버지의 칼을 물려받지 않아도 살 수 있는 세상이 왔다고 했지만 아버지 말복은 꿈쩍도 하지 않았다. 고향을 떠난 건 아버지 때문이 아니었다. 넘볼 수 없는 여인을 연모해서다. 당장에 목이 댕강 잘린다고 해도 건너간 마음은 돌이킬 수 없었다.

－사랑하는 마음 때문에 사람이 죽을 수도 있다는 걸 그때 알았지. 아버지는 기가 막히고 코가 막혀서 내 얘기를 제대로 들어주지 않았지만, 내가 본 것들은 지옥이라고 못 박았지만 그 여자만큼은 내 편이 돼줄 것 같았거든. 어디서 그런 믿음이 생겨났는지 요상도 하지. 그런 여자가 하루아침에 사라졌지 뭐야. 멀쩡한 정신으로 살기는 다 글렀지.

"그래서 어떻게 됐는데?"

환은 어느 참엔가 깨어있었다. 드러낸 적 없는 할의 속내를 얌전히 귀담아듣고 있었다.

－아버지는 아버지더라. 나에 대해 모르는 게 없더라고. 하루는 나를 잡아먹을 듯이 노려보시더라고.

"그래서?"

－우물 안 개구리로 사느니, 지옥의 소용돌이에서 사는 게 더 낫겠다고 바락바락 대들었어. 그러다 끝내 동굴에 갇히고 말았지. 동굴에서 조금씩 미쳐갔지. 나중엔 환각처럼 천지개벽의 세상이 보이더라고. 그곳에서 살고 싶은 생각이 간절해

졌지. 더는 귀머거리나 청맹과니로 살지 않아도 될 것 같은데, 아버지가 내 앞길을 가로막을 줄은 정말 몰랐어.

"그렇게 동굴에서 죽은 거야?"

벌떡 일어나 앉은 환은 할을 빤히 바라봤다.

– 아니. 어머니가 나를 탈출시켰지. 내가 사랑하는 여자를 찾아가든 뭘 하든 간에 살아만 있어달라면서 아버지한테서 도망치라고 하셨지. 그때는 그렇게 죽나보다 했는데, 보기보다 내 목숨 줄이 좀 질기더라고.

"그 여자 기억나? 할이 좋아했던 그 여자 말이야."

"당연히 기억나, 지."

여자의 이름이 뭐였는지 할은 생각나지 않았다. 자신의 짧은 인생에 회오리바람을 일으킨 여자건만 깜깜하다. 할은 눈만 끔뻑거렸다. 그러다가 슬그머니 벽으로 사라졌다.

날이 밝은 후에도 할은 벽에서 나오지 않았다. 고수레커피를 마시면 생각이 날지도 모른다고 달랬지만 할은 나타나지 않았다.

– 이봐, 환? 자?

할이 벽에서 나온 건 동이 트지도 않은 다음날 새벽 무렵이었다. 할의 부름에 "으응" 반응을 보였지만 이내 깊은 잠에 든 사람처럼 환은 조용했다.

– 내겐 꿈과도 같은 세상이었는데…. 까마귀 고기를 삶아

먹은 것 같아. 손 한번 제대로 잡아보지 못한 여자지만 내 평생의 은인이자 하나뿐인 사랑인데…. 언제가 될지는 모르겠지만 조선에도 소식을 전하는 일을 하는 이들이 생겨나게 될 거라고 했지. 도쿄에 와서 살아보는 건 어떻겠냐고도 했지. 심장이 터질 것처럼 부풀어 오르더라고.

"나츠메를 찾아 일본에 갔군."

모로 누운 환이 잠꼬대처럼 말을 받았다. 벽이 무너져라 할이 한숨을 내쉬고 있을 때였다.

– 나, 나츠메라고?

뇌리로 번쩍하는 섬광이 스쳐가는 기분이었다. 할은 그제야 또렷이 생각났다. 아오키가 외고조모를 언급할 때에도 귀에 익다 싶기는 했다. 무심히 흘려들었다. 환과 지내는 동안 그런 이름은 종종 접한 터였다. 환이 나츠메를 입에 담자 할은 둔기로 뇌를 얻어맞은 것처럼 멍했다.

나츠메. 나츠메다. 할은 몰랐던 사실을 깨우친 사람처럼 희열을 느꼈다.

"나한텐 기억상실증 환자처럼 굴더니만 어제오늘 보니깐 다 뻥이었어."

환은 이불을 발로 차고 일어나 앉았다.

– 다는 아니지. 내가 거기서 뭘 했는지, 왜 죽었는지 모르겠어. 기억이 정말 안나. 내가 왜 이런 몰골이 됐는지 생각

만 하면 두통이 몰려온다고…, 으으윽!

할은 자신의 머리를 양손으로 움켜쥐고 고통스러워했다.

죽음의 순간을 기억할 수 없어서 자신이 아직 살아있다고 느끼는 것은 아닐까. 귀신으로 떠도는 혼령들은 태반이 자신의 죽음이 억울해서다. 억울함을 풀어줄 사람을 찾느라 이승을 떠나지도 못한다. 할 자신은 왜 이승에 있는 걸까. 죽음을 기억하지 못하니 억울함도 없을 텐데 말이다.

환은 고통스러워하는 할을 멀뚱히 바라만 보았다.

사람도 못 되는 것이 어찌 자식의 도리를 알 것이며, 자식도 아닌 것이 아버지를 어찌 봉양하고 살 것인가. 타국으로 가는 배를 탈 것이다. 어머니에게 귀띔이라도 해줘야 했다. 떠나면 언제 다시 돌아올지 모르는 여정에 하직인사는 드려야 했다. 그러다 마주친 아버지는 맹렬했다. 아들의 머리채를 잡고 당장에라도 숨통을 끊어놓을 듯이 굴었다.

이제부터 아버지에게 없는 자식이라고 서슬 퍼렇게 대들었다. 다시는 아버지를 찾지 않을 것이다. 고향으로 돌아오지도 않을 것이다. 절치부심하여 금의환향하겠다는 쓸데없는 각오 따위는 하지도 않았다.

환은 머리를 감싸 쥐고 고통스러워하는 할의 어깨를 감싸 안았다. 만져지지도 잡을 수도 없는 혼령이지만 위로의 말을 전할 수는 있다.

"죽음을 받아들이는 건 누구라도 쉽지 않아. 자신의 죽음이라면 더 그렇겠지. 내게 할은 살아있는 사람이나 마찬가지야. 내겐 행운의 존재지. 고수레커피 한 잔 줄까?"

환은 해맑은 웃음으로 침대를 빠져나왔다.

날은 이미 밝아서 카페에 나갈 시간이었다. 생의 마지막 순간에 이르면 할은 미궁에 빠졌다. 암담함을 금치 못했다. 하지만 커피는 할이 사랑한 여인이자 행복감을 느끼게 하는 그 무엇이다. 커피 맛을 구분할 미각은 없지만 할에게 커피는 만병통치약이다. 아침마다 할을 위해 바치는 고수레커피에 할이 그날의 손님을 불러들인다는 것을 환은 익히 알았다.

"오늘은 특별히 내 애정을 듬뿍, 넉넉하게 넣었어. 마셔봐."

환은 의기양양했다. 환의 커피를 입에 문 할은 우웩, 맛없이 굴었다.

- 나츠메의 커피를 따라가려면 넌 아직 멀었어.

"바지춤이 다 먹어버린 커피 맛을 할이 어떻게 알아? 내 커피 맛이 어떤지는 할의 바지춤한테나 물어봐야지. 나츠메의 커피와 바리스타 환의 커피 중 어느 쪽이 더 기품 있는 맛인지 나한테 좀 알려줄래?"

삐진 환은 할의 바지춤에 대고 능청스럽게 물었다.

- 내 참, 어처구니가 없군. 바지춤이 다 먹은 커피라도 그 맛은 내 마음이 기억하거든.

"백년도 더 지난 맛을 기억한다고? 자신이 어떻게 죽었는지도 모르면서?"

환이 이죽거렸다.

- 한번만 더 그 소리하면 내가 너 그냥 죽여 버릴지도 몰라. 나츠메는 아오키에 비할 바 아니거든.

할은 놀리는 환을 내리뜬 눈으로 쳐다봤다. 돌이키자면 멈춘 심장도 다시 뛰게 만들어줄 것만 같은 나츠메임에야. 할은 유치하게 환과 끝까지 실랑이했다.

●

나츠메가 머무는 누마루의 풍경은 꿈결처럼 다가왔다. 재령의 새로운 삶은 나츠메로부터 비롯됐다. 자신의 존재를 인정받는다는 것. 그것이 어떤 것인지 재령은 알지 못했다. 가슴은 뜨겁게 달아올랐고 머리엔 의문들로 가득했다.

재령이 몰랐던, 몰랐으면 더 좋았을지도 모를 세상을 끝내 엿보고야 말았다. 존재를 인정받는다는 것은 사람이 되는 일이고 재령에겐 천지가 개벽해야만 되는 일이었다.

나츠메는 달처럼 훤하고 벚꽃처럼 화사했다. 비루한 신분의 재령은 섬섬옥수의 손으로 건네는 잔을 받아 쥐기도 아찔했다. 모란꽃 무늬가 있는 앙증맞은 잔에 담긴 검은 액체가 재령의 눈에 들어왔다.

그때까지 재령이 아는 검은 물은 한약 아니면 사약이다. 낯설고 향기로운 냄새는 검은 물에서 풍겼다. 재령은 생전 처음 맡아보는 그 냄새에 이끌렸다. 그리고 재령의 눈은 감히 올려다볼 수도 없는 나츠메를 향해 있었다. 마셔보라는 그녀의 방긋한 손짓에 홀린 재령은 한 입에 털어 넣었다. 빠져있던 얼이 비명과 함께 돌아왔다. 재령의 벌어진 입술 사이로 쏟아진 물이 바짓가랑이를 검게 물들이고 있었다.

입천장을 홀라당 데이고도 재령은 괜찮다고 모자란 사람처럼 실실거렸다. 재령을 걱정하는 나츠메의 마음이 시리도록 아름다웠다. 입천장의 쓰라림은 나츠메를 보는 순간 마비됐다. 뭐라고 말로도 몸으로도 표현할 수 없는 재령은 나츠메 앞에 오뉴월 엿가락처럼 녹아버렸다.

태어나서 처음으로 맛본 검정 물이 맛도 모른 채 그냥 좋았다. 그들이 그날의 검정 물을 가배라 불렀다는 것은 나중에 안 일이다. 나츠메가 주는 마음이니 설령 그것이 재령이 아는 바대로 사약이었더라도 기꺼이 마셨을 것이다. 자신이 죽어가는 걸 곁에서 봐주는 이가 나츠메라면 재령은 더 바랄 것도 없을 듯했다.

재령은 요동치는 심장을 주체하지 못했다. 아버지로 인해 싸늘하게 얼어붙었다가도 나츠메를 생각하면 열기가 돌았다. 입천장을 데이게 한 가배는 아무 것도 아니었다. 입안의 상처는 훈장이고 재령의 열병은 겨우 시작이었다.

그 열병을 몰랐던 아버지 말복은 어디서 났는지 낡아빠진 책을 들추는 재령을 눈엣가시처럼 여겼다. 학문과는 연이 없는 천한 신분. 심부름은 그래서였다. 분수를 좀 알라는 거였지만 말복은 혹을 떼려다 혹 하나를 더 붙이고 말았다.

말복의 음모로 가게 된 심부름이다. 생전 처음 보는 해괴한 옷차림을 한 남녀가 누마루에서 노니는 풍경은 선계의 것인가 싶었다. 그들 무리에 있는 나츠메는 멀리서도 후광이 비쳤다. 첩첩산중 그 중에서도 외지인의 발길이 잘 닿지 않는 오지에 재령은 살았다. 자신이 태어난 마을 밖을 나가본 적도 없었다.

나츠메를 만난 그날은 말로도 들어보지 못한 신세계를 경험한 날이다.

이를 알 리 없는 말복은 아들의 분수를 깨치기 위해 수시로 심부름을 보냈다. 심부름을 마치면 재령은 누구와도 마주치지 않고 뒷문으로 빠져나왔다. 어디선가 들려오는 화려한 웃음소리가 재령을 이끌었다. 뒷문과는 점점 더 멀어졌다. 호기심 많은 재령은 뒷문이 아니라 사랑채 앞마당을 향해 갔다.

눈이 번쩍한 광경에 첫날은 화들짝 놀라 몸을 감췄다. 그 다음엔 숨어서 훔쳐봤다. 사내들 틈에 따분하게 앉아있던 나츠메와 그만 눈이 마주쳤다. 도망쳐야 했지만 발이 떨어지지 않았다. 코가 땅에 닿도록 허리를 굽혔다.

나츠메가 기울인 얼굴로 손짓했다. 보지 말아야 할 것을 봤고 그 모습을 또 들켰으니 이제 죽은 목숨이라 여겼다. 재령은 나츠메의 우아한 손짓에 쭈뼛쭈뼛 이끌렸다. 누마루 아래에 선 재령은 차마 고개를 들지 못했다.

누마루에 있던 나츠메가 재령의 앞으로 다가왔다. 가까이에서 본 나츠메는 들에 핀 그 어떤 꽃보다 예뻤다. 그 어떤 꽃보다 향기로웠다. 재령이 아는 말로는 표현할 수도 없는 경지의 여인이었다.

나츠메는 장난감 같은 도자기 잔을 재령에게 내밀었다.

"마셔요…, 마셔보라니까 어서."

재령은 나츠메가 건네는 잔을 황송하게도 받아들었다. 나대는 심장에 어찌할 바를 몰랐다. 권유하는 나츠메의 눈빛을 본 재령은 단박에 들이켰다. 그것이 무엇인지는 알 필요도 없었다. 재령은 송두리째 마음을 빼앗겼다. 눈이 멀고 마음이 멀고 누가 봐도 덜떨어진 놈처럼 보였을 것이다.

짧은 두발에 괴상망측한 옷차림의 사내들은 재령을 광대 보듯 비웃었다. 그마저도 천상의 것처럼 느껴졌다. 천지가 개벽한 세상이 그곳 누마루에 있었다. 재령은 그저 그들의 장난감에 불과했지만.

벌컥 들이킨 검은 액체가 왈칵 입 밖으로 쏟아져 나왔다. 재령의 바짓가랑이를 흠씬 적셨다. 입천장의 허물이 홀딱 벗겨졌지만 중요치 않았다. 재령은 당황했고 어쩔 줄을 몰라했다. 나츠메가 준 잔을 받아든 것뿐인데, 검은 물을 받아 마신 것뿐인데 그들은 자지러지게도 웃어댔다. 조롱 섞인 웃음이 낭자한 그곳에서 나츠메는 웃지 않았다.

"죄, 죄송합니다. 죄송….."

재령은 자신에게 무슨 일이 벌어지고 있는지조차 알지 못했다.

"입을 한번 벌려 봐요."

"아, 안돼요."

재령은 쥐구멍에라도 숨어들고 싶은 심정이었다.

"새 모이만큼씩 입에 물고 음미해야 된다는 걸 말해줬어야 했는데…, 입 안에 상처가 심하게 났을 거야."

나츠메는 진심으로 걱정했다.

그 뒤로도 나츠메가 권하는 가배를 재령은 물처럼 들이켰다. 뜨겁다는 것을 몰라서가 아니다. 입천장을 또 데일 것이라는 것을 몰라서도 아니었다. 견딜 수 없게 초라한 부끄러움 때문이었다.

재령은 술잔을 비우듯 가배를 비웠다. 변화는 몸에서부터 왔다. 창피함에도 몸은 달아올랐다. 한편으로 설레고 또 당혹스러웠다. 그곳에서 도망쳐 나와야했지만 자신을 바라보는 나츠메의 화사한 미소에 재령은 다리가 풀렸다. 도망은 언감생심이고 심장은 금방이라도 터질 듯이 박동했다.

"나츠메는 역시 선녀요. 저런 놈한테까지 우리의 가배를 나눠주다니 말이오."

누마루의 한 사내가 재령을 시샘했다. 바지춤을 내려 보라는 말에 재령은 꽁무니가 빠져라 내달렸다. 사내들의 킬킬거리는 웃음소리가 재령의 등에 철썩 달라붙어 따라왔다.

나츠메를 향한 재령의 마음은 암담했다. 재령의 마음을 누군가 알아채기라도 한다면 당장에 멍석말이를 당할 터였다. 어떤 날은 뭉게구름 위를 거닐 듯 배시시한 웃음이 절로 나왔고, 어떤 날은 불판에 올라앉은 망아지처럼 날뛰었고 또 어떤 날은 새끼줄을 목에 감았다. 그럼에도 나츠메는 재령의 꿈이 되었다. 어떻게 해서라도 나츠메가 있는 곳으로 가고 싶었다.

심부름할 것이 없냐고 재령은 말복의 뒤를 졸졸 따라다녔다. 제 처지와 분수를 깨닫기는커녕 아들은 화색이 돌았다.

"부사어른 댁에 고기 갖다 줄 때 되지 않았어요?"

재령은 말복을 볶아쳤다.

"고기만 건네고 곧장 와야 된다. 샛길로 빠질 생각일랑은 말고."

말복은 불안한 눈초리를 했지만 재령은 알아차리지 못했다.

"걱정 마세요. 하루 이틀 하는 심부름도 아닌걸요."

재령은 고기를 등에 메고 날개라도 단 듯이 뛰어갔다. 자신의 것이 될 수 없는 달콤한 유혹을 병아리 물 마시듯 홀짝홀짝 맛봤다. 부사어른 댁에 가는 횟수가 늘수록 재령의 마음은 전에 없이 들끓었다. 말복 몰래 서책을 옆구리에 끼고 가기도 했다. 조금이라도 나츠메의 관심을 더 받기 위해서였다.

나츠메는 읽어보라며 새로운 서책을 재령에게 건넸다. 산골짜기 오지에서 재령은 외부의 문물에 조금씩 눈을 떴다. 이를 알아챈 말복과의 갈등은 돌이킬 수 없는 접전을 향해 치닫고 있었다. 나츠메가 준 서책을 찢어발기는 것도 모자라 불사르는 아버지 말복은 괴물이 되었다.

"아버지가 원하는 게 뭔지 모르겠어요. 제가 원하는 것을 해도 된다고 말해준 건 아버지잖아요. 그런데 왜? 왜요?"

재령은 말복을 이해할 수 없었다.

말복은 침묵했다. 자신이 원하는 건 아들 재령의 행복이라고 말하지 못했다. 절규하는 아들 앞에서 말복은 가슴이 미

어졌다. 확신은 물거품이 되고 아들에게 해줄 말이 없음에
또 절망했다.

연쇄살인

　밀려드는 손님에 환은 분주했다. 점심 무렵엔 은미 외에도 아르바이트생이 한 명 더 있었지만 카페는 정신없이 돌아갔다. 주문대 아래에 둔 스마트폰이 진동으로 울렸다. 점심시간에만 몰리는 손님인지라 그들을 보내고 숨을 돌릴 수 있게 되면 확인할 생각이었다.

　상대는 어지간히 급한 모양이다. 주문대 밑의 폰은 짧은 간격을 두고 웡웡거렸다.

　- 거 좀 받고 하지?

　할은 계속 울리는 환의 스마트폰에 신경이 곤두섰다.

　"손님이 이렇게 줄을 섰는데, 나중에…."

　- 할 수 없군. 손님들을 내가 다 내보내야지.

　할은 손님의 주위를 빙글빙글 맴돌았다. 줄 서 있던 손님은 시계를 보거나 잊힌 것이 떠올랐거나 누군가 불러내거나 하는 식으로 하나둘씩 카페를 빠져나갔다.

"손님을 다 보내면 어쩌자는 거야?"

- 우는 스마트폰 용건부터 해결하라고.

곁눈으로 할을 째려보던 환은 할 수 없이 폰을 집어 들었다. 부산에서 만난 이준재의 전화다. 뭐가 이렇게나 많아. 뜨악해하는 환은 한편으로 긴장했다. 겨우 한 번 본 사이일 뿐인데, 이토록 다급한 흔적이라니. 뭔가 좋지 않은 느낌이 스쳐갔다.

환은 서둘러 이준재의 번호를 터치했다. 전화를 받은 이준재는 인사를 건넬 짬도 주지 않았다. 상경 중이라는 그는 환을 만나고 싶어 했다. 만나야 한다고 못 박았다. 시내 호텔에서 환이 올 때까지 기다리겠다는 말을 하고는 통화를 종료했다.

"뭐야?"

환은 당황했다.

- 만나자는 전화지?

"응. 할이 어떻게 알아?"

- 뭔가 불길한 촉이 오는 거지. 뭔가에 막 쫓기는 느낌이랄까. 지금 당장 보자고 했을 텐데?

"그건 아닌데. 내가 올 때까지 기다리겠다는데."

이준재의 목소리는 어딘가 모르게 위축되어 있었다. 왜지? 원인은 하나다. 부심도에 관한 것이 아니라면 그가 환에게 연락할 일은 아무 것도 없었다. 이준재가 숨기고 싶어 하는 것이 있다면 부심도일 것이다. 그리고 환을 찾는다는 것은 부심도와 관련한 어떤 문제가 생겼다는 뜻이기도 했다.

환은 지체할 수 없었다. 당장 이준재를 만나러 가야 했다.

"나 없다고 손님들 그냥 보내지 말고. 하긴 내가 있어도 멋대로 손님을 쫓아내는데 말해 뭐해. 암튼 나 대신 인아가 봐준다고 했으니까 괜히 손님들 막 불러서 힘들게 하지도 말고."

– 매상 떨어지지 않게 손님을 부르란 건지, 인아 힘들지 않게 손님을 내보내란 건지 알 수가 없잖아.

할은 알면서도 짓궂게 굴었다.

도쿄에서 돌아온 뒤로 집에서 쉬고 있던 인아가 카페로 달려 나왔다. 환의 일이라면 친구 좋다는 게 뭐냐며 귀찮은 기색도 없다.

"내 도움이 필요하다 이거잖아. 카페는 걱정 말고 다녀와."

"너밖에 없다, 인아야."

환은 힐끔 할을 째려봤다.

"고맙다는 말은 사양이야. 할의 커피맛에 내 지분도 있다는 거 잊지 말라고. 꼬박꼬박 수익을 내주는데 내가 더 고맙지…. 여기서 가끔씩 일하는 것도 나쁘지 않아. 아주, 좋아!"

인아는 기꺼이 응수했다.

- 나까진 없어도 될 것 같군. 그렇다면 나도….

할은 환의 목에 부랴부랴 올라앉았다.

- 가자고 어서!

환을 재촉했다.

"안 돼! 떨어져!"

- 안 돼, 나도! 노비의 평생도를 나츠메가 왜, 어쩌다 갖게 되었는지 좀 알아야겠다고!

한숨이 절로 나오는 환은 할을 떼어놓지 못했다.

"솔직히 말해봐. 나츠메랑 어디까지 갔어? 잤어?"

- 그걸 내가 왜 말해야 되냐? 어디까지나 사생활! 흥!

할은 고개를 빳빳이 들고 환을 앞서 카페를 나갔다.

퇴근시간도 아니건만 도로는 차량들로 정체가 심했다. 이럴 줄 알았으면 버스나 지하철을 이용하는 건데 그랬다. 환은 거북이 차량 행보에 반쯤은 체념하는 마음으로 이준재가 있겠다는 호텔로 향했다.

신창성의 돌잡이가 부심도 연작의 한 폭이란 것을 인정한다고 해도 황 노인의 그림은 아니었다. 낙관이 있지도 않을 뿐더러 돌잡이 그림과는 분위기가 다른 이질적인 정서가 담겨 있었다. 아오키의 화랑에서 봤던 것과도 느낌이 달랐다.

부심도를 노린 범인이 뭔가 착각을 했거나 서로 다른 살인 사건이어서 두 명의 살인범이 있다는 뜻이기도 했다.

- 부심도의 행방을 좇는 누군가가 사주했을 수도 있잖아?

"교사범이 따로 있을 수 있다?"

- 빙고!

환은 심각했다. 할의 말대로 누군가의 교사가 있었다면 환도 안전하지 않았다. 부심도를 놓고 벌이는 저들의 암투가 금방 마무리되지도 않을 것이다. 꼬리에 꼬리를 무는 생각들로 환의 두뇌 역시 정체에 들어섰다. 주행도로에 차를 세워 둔 채로 환은 멍했다. 앞선 차들이 저만치 가고 뒤에 있던 차의 경적을 듣고서야 환은 그제야 현실로 돌아왔다.

- 저놈의 소리를 확 틀어막을 수도 없고!

할은 자신의 귀를 틀어막았다.

"부심도를 이준재도 갖고 있을까?"

- 화원의 직계 후손이라면 없는 게 더 이상하지. 모르긴 몰라도 부심도 행방을 찾기 위해 별짓을 다 하고 있을 걸.

"이준재가 그랬을까?"

- 사람을 죽였냐고 묻는 거라면, 그냥 카페로 돌아가자.

다른 사람이라면 몰라도 너 죽는 꼴을 내가 어떻게 보냐. 내 손으로 눈앞의 범인을 잡지도 못하는데…. 젠장! 왜 이렇게 막히는 거야.

할은 시소를 타듯 기분이 오락가락했다.

장시간에 걸쳐 호텔에 도착한 환은 차를 주차담당자에게 맡기고 안으로 들어갔다. 할은 환의 뒤에 바짝 붙어서 다녔다. 호텔 로비와 커피숍에 이준재의 모습은 보이지 않았다. 그의 휴대폰은 전화를 받을 수 없다는 안내 음성만 반복됐다.

"아직 도착을 안했나?"

상경 중이라고 했다. KTX를 탔다면 벌써 도착하고도 남았다. 뒤늦게 통화가 이뤄진 이준재는 호텔의 지하 바에 홀로 있었다. 환을 보자 손을 번쩍 들고 환호했다. 그는 이미 취했다. 안 취했다며 일어나 보여주겠다고 한쪽 다리를 들고는 양쪽 팔을 벌렸다.

"봐요, 나 안 취했지."

배시시 웃던 이준재가 중심을 잃고 비틀거렸다.

"갑자기 서울엔 웬일로 오신 겁니까?"

환은 이준재를 바 테이블 의자에 앉히고 물었다.

"…무서워서요."

"네에?"

술잔에 시선을 두고 있던 이준재는 고개를 들고 환을 응시했다. 환이 다녀가고 난 다음날부터였다. 이준재는 누군가 자신을 미행하는 듯한 기분에 사로잡혔다. 설마 아니겠지, 했다. 마누라를 두고 바람을 피우는 것도 아니고 범법을 행하고 다니는 것도 아니어서 자신이 착각한 거라고 여겼다.

"도쿄에도 다녀오신 걸로 아는데? 부심도 행방은 어떻게, 찾았습니까?"

"…."

환은 대답하지 않았다. 취한 듯 취하지 않은 이준재의 얼굴을 빤히 쳐다봤을 뿐이다.

"말 안 해도 알겠군요. 이렇게 된 거 솔직하게 털어놓죠. 당신이 다녀가고 당신에 대한 뒷조사를 좀 했습니다. 인터넷에 마환이란 두 글자를 입력했을 뿐인데, 당신 신상에 관한 정보들이 고구마 줄기처럼 줄줄이 따라오더란 말이죠. 바리스타 탐정! 누굽니까? 당신에게 부심도의 행방을 알아봐 달라고 요구한 자가?"

이준재의 눈초리에 두려움은 이미 없었다. 눈빛은 날카로웠다. 부심도의 행방을 묻고 다니는 이들이 한둘도 아니니 그러려니 했다. 호기심에 그냥 한번 묻는 것일 수 있다. 부심도의 가치를 안다고 아무나 찾으러 다닐 수 있는 것도 아니다.

"살해됐습니다."

환은 감출 것도 없다고 여겼다.

"…그런데도 부심도를 찾아다닌다는 겁니까?"

이준재는 술이 확 깼다. 두려움은 불쑥불쑥 찾아들었다. 농담처럼 무서워서 도망쳤다고 했지만 진실로 두려웠다. 누군가 자신의 일거수일투족을 감시하고 있다는 생각을 떨치지 못했다.

"범인이 노리는 건 부심도니까요. 당신도 혹시, 협박이나 뭐 이런?"

환은 직감했다. 그렇지 않고서야 이준재가 자신을 찾아올 이유는 없었다.

"그림도 없는데 협박은 무슨…."

얼버무린 이준재는 바텐더에게 히비키 한 잔을 더 주문해 마셨다.

그가 부심도 한 폭을 소장하고 있다는 사실은 유출된 적 없는 비밀이었다. 증기선을 훌쩍 뛰어넘는 황금빛 잉어는 금방이라도 용이 되어 하늘로 승천할 듯이 용솟음쳤다. 흡사 잉어의 출사표다.

5대 조부가 빼앗겼다는 부심도 연작의 일부라는 것을 이준재는 보자마자 알아챘다. 아버지의 아버지로부터 물려받은 그림이 자신의 것이 되기까지 우여곡절이 없다고는 할 수 없

었으나 그 모든 것은 어디까지나 이준재 혼자만 아는 비밀이
었다.

부심도가 뭐냐고 발뺌했지만 협박범은 이준재의 말에 콧방
귀만 꿰었다. 발신번호조차 남기지 않은 의문의 남자는 부심
도를 찾으러 곧 가겠다며 으름장을 놓았다.

"제게도 한번 보여주시죠. 어떤 그림인지."

환은 바 안을 훑는 눈길로 말했다.

"부심도가 내게 있을 리 없잖습니까. 내가 당신을 보자고
한 건 도쿄에 다녀왔다니, 또 다른 그림을 찾았나 싶어 그런
겁니다."

이준재는 어쭙잖은 변명을 늘어놓았다. 술을 마셔도 정신
은 더욱 말똥말똥했다. 환과 눈이 마주치자면 이준재는 슬며
시 고개를 외로 돌렸다. 협박범을 피해 도망치듯 서울에 온
것처럼. 이준재의 불안이 쉼 없이 그 안에 똬리를 틀었다.

환은 잔뜩 취한 이준재를 호텔 룸으로 옮겼다. 침대에 눕
히고 나오려는데, 이준재가 환의 팔을 붙잡았다.

"믿을 사람이 없어요. 그 누구에게도 주고 싶지 않은 작
품이죠. 그리고 아주 집요한 놈입니다. 내가 갖고 있는 잉어
의 출항을 노리는 그놈. 그러니까 오늘만큼은 가지 말고 나
랑 잡시다, 여기서."

이준재는 환의 팔을 끌어안고 혀 꼬부라진 말로 속내를 흘

렸다. 팔을 빼지 못한 환은 침대에 걸터앉았다. 할은 곯아떨어진 이준재의 머리를 아무렇게나 막 쥐어박았다.

－ 이제 어쩔 거야? 꼼짝없이 남자랑 둘이 자게 생겼네.

"언제는 남자랑 둘이 안 있었나, 뭐."

환은 이준재의 양복 상의를 벗기고 이불을 덮어주었다. 마음은 갈팡질팡했다. 이준재가 갖고 있다는 잉어의 출항이 무던히도 환을 자극했다. 그림이 어디에 있냐고 환은 코를 골며 자는 이준재에게 실없이 물었다.

❀

할의 커피맛 카페로 남자 하나가 들어섰다. 갓 전역한 헌병대 군인처럼 짧은 머리가 인상적인 남자. 단골은 아니다. 처음 오는 손님도 아닐 듯했다. 주방에 있는 환은 남자가 무슨 일로 자신을 찾아왔을 지를 생각했다. 주문대 앞으로 다가온 남자는 이준재의 일로 왔다며 말문을 열었다.

"아, 저는 남대문경찰서 서지일 형사입니다. 어젯밤 호텔 바에서 두 분이 술을 마셨다던데…, 취한 이준재를 룸까지 데려다 준 것도 당신이고 말이죠."

"그 사람, 죽었어요?"

환은 어두운 표정으로 물었다.

"왜 그렇게 생각합니까?"

"그랬거든요, 어제. 협박을 받고 있다고."

"그렇습니까? 목을 맸습니다. 호텔 욕실에서."

"자살을 했단 겁니까?"

살해당한 게 아니라니 환은 또 어리둥절했다.

"조사를 더 해봐야 알겠지만 현재로선 그렇습니다. 어쨌거나 당신과 헤어진 후에 자살한 거네요?"

이준재를 살해하고 자살로 위장을 한 것이 아니냐는 듯한 형사의 말투가 환의 신경을 건드렸다.

"저와 헤어진 후가 방점은 아니죠. 협박을 받고 있었다는 게 방점이죠."

환은 심히 불쾌했다.

이준재가 잠든 것을 확인하고 환은 호텔 룸을 나왔다. 열한 시가 좀 넘은 시각이었다. 그때까지 이준재는 살아있었다. 하루아침 사이에 안녕이라더니 환은 이게 무슨 일인가 싶기만 했다.

- 우리 환은 사람 죽이고 뭐 그런 애가 아니라고. 서지일, 이봐. 허튼소리 작작하고 내 카페에서 당장 나가주면 좋겠어.

할이 역성을 들고 나섰다. 그래봐야 도움 안 되는 역성이지만 환은 이럴 때만큼은 그냥 가슴이 뭉클했다.

"진정하시고요. 근데 뭣 때문에, 누구한테 협박을 받고 있다는 말도 하던가요?"

"그게⋯."

어떻게 설명해야 좋을지 몰라 환은 선뜻 말을 잇지 못했다. 간밤의 이준재는 겉으로 드러내진 않았지만 자신이 죽을지도 모른다는 두려움에 사로잡혀 있었다. 부심도를 쫓는 범인이라면, 이준재가 부심도를 갖고 있다는 것을 아는 범인이라면 어떻게든 손에 넣으려 들었을 것이다.

"이준재가 호텔에 도착하자마자 직원에게 별도로 맡긴 게 있었다던데 그게 뭔지 압니까?"

"모릅니다."

"직원 말로는 새벽 두 시 반쯤에 룸으로 가져다 달라고 해서 문 앞에 두고 왔다던데, 그게 없어졌다고. CCTV를 확인해 봤는데 문 앞에 뒀다는 물건이 아예 안 찍혔더라고요."

"저와 있을 때도 뭘 갖고 있진 않았어요."

환은 술 취한 이준재를 대신해 룸을 얻었고 잠든 그를 홀로 두고 나왔다. 이준재가 중간에 깨어 자신이 호텔 귀중품 함에 맡긴 물건을 가져다 달라고 했을 리 만무다.

몇 가지의 질문을 마친 서 형사가 카페를 나서자마자 환은 호텔로 전화를 걸었다. 이준재가 귀중품 함에 맡겼다는 물건이 어떻게 생긴 것인지를 확인했다. 설마, 그런 귀한 그림을 들고 왔을까 싶었지만 알아는 봐야 했다.

'왜 그거 있잖아요. 건축 설계 하시는 분들이 설계 도면을 넣어갖고 다니는 검은 통이요. 문 앞에 걸어놔 달라고 해서 틀림없이 그랬는데, 없더라고요.'

직원은 말을 아끼면서도 자신이 아는 그대로를 환에게 털어놓았다.

이준재가 도면 통에 부심도를 넣어 서울로 왔다. 왜? 그가 죽은 마당에 이유를 알 방법은 없다. 분명한 것은 이준재가 인터폰이 아닌 휴대폰으로 전화를 걸었다는 점이다.

"왜 그랬을까?"

- 뭘?

"…."

- 이봐, 나도 좀 알자고. 혼잣말이 특기인 줄을 알겠다만 매번 그러면 옆에 있는 유령 진짜 빈정 상한다고.

할의 핀잔에도 환은 혼자의 생각에만 골똘했다. 범인은 이준재가 호텔에 맡긴 물건에 대해 어쩌면 알고 있었을 것이다. 환이 이준재를 룸으로 데려가는 것도, 환이 밖으로 나온 것도 모두 지켜보지 않았을까.

"근데 왜?"

환은 또 혼잣말이다. 이준재를 흉내 내고 귀중품 함에 맡긴 물건을 룸 앞으로 배달시켰을 것이다. 이준재가 자고 있

는 동안 직원이 가져온 그림통을 문 앞에서 챙겨 가면 그만
일 테니까. 이준재의 자살은 도무지 이해되지 않았다. 자다
말고 일어나 맡긴 그림통을 찾았을 것 같지도 않았다.

"만약, 범인이 몰랐다면?"

- 뭘?

"이준재가 호텔 귀중품 함에 그림통을 맡긴 거 말이지.
부산에서부터 쫓아왔다면 그가 그림통을 갖고 가는 걸 목격
했을 것이고 어느 순간 그림통이 보이지 않았다면 어떻게든
알아내려고 했겠지?"

할이 한숨을 내쉬자 환은 왜 그러냐는 듯이 할을 바라봤
다.

- 살인범이 아오키의 집에까지 가는 건 무리겠지?

할은 아오키를 걱정하고 있었다.

"왜에? 나츠메의 후손이라니까 걱정돼?"

아닌 게 아니라 환도 걱정이 되기는 마찬가지다. 노비의
평생도를 쫓는 동안 환이 아는 세 명의 남자가 목숨을 잃었
다. 이준재의 자살은 풀리지 않는 의문이긴 했다. 하지만 누
군가는 또 알고 있을 터였다. 환이 노비의 평생도를 훔쳐봤
다가 유치장 신세까지 지다가 나왔다는 것을 말이다.

- 아오키에게 알려줘야 되지 않을까?

할은 어느 때보다 진지했다.

술에 취했다고 여겼다. 남자가 준비를 끝내기 전에 이준재는 술인지, 잠인지 모를 그것에서 정신을 차렸다. 자신의 목에 감긴 넥타이 구멍에 손을 집어넣었다. 저항은 다른 손이 했다. 남자의 얼굴과 팔을 마구 할퀴어댔다. 순조롭게 일이 마무리될 것이란 생각은 처음부터 하지 않았다. 노비의 평생도가 어디에 있는지 순순히 불기만 하면, 순순히 내어주기만 하면 목숨만은 살려줄 생각이었다.

이준재는 입을 열지 않았다. 같은 피를 물려받았으니 죽일 생각까지는 없었다. 그게 문제였다. 좋은 부모를 둔 이준재는 결핍이란 것을 몰랐다. 자신의 것을 빼앗기는 일 또한 없었다. 죽는 한이 있더라도 네 놈에게 부심도를 넘겨줄 수야 없지. 이준재의 눈빛은 교만으로 가득 차 있었다.

'목숨과 작품의 행방을 맞바꾸겠다는 건가? 그래봐야 그림의 행방을 불고 끝내 목숨까지 잃을 운명인데….'

이준재를 가장하고 그가 맡긴 물건을 손에 넣는 일은 너무나 간단했다. 이준재의 손톱자국이 썰어놓은 파채처럼 남자의 팔뚝에 세로로 파였지만 남자의 얼굴엔 희색이 만연했다. 남자는 흉터가 남을까 정성스럽게 연고를 발랐다. 거즈를 대고 테이프로 봉합했다.

남자는 중차대한 자리에 나가는 것처럼 예의를 갖춰 옷을 입었다. 다시없을 경이의 순간을 담은 그림임에 남자는 심호흡을 깊게 그리고 길게 했다. 산이 물결을 이뤄 바다가 된 그곳을 증기선이 가르고 황금빛 잉어가 수면 위로 힘차게 용솟음쳤다. 증기선에 탄 소인국 사람들은 용이 되려는 잉어를 향해 허리를 굽히고 머리를 조아렸다.

남자는 일곱 번째 부심도를 양손으로 받쳐 들고 밀실로 들어갔다. 어두웠다. 전원을 켰다. 밀실에 갇혀 있던 어둠이 순식간에 달아났다. 남자는 나란한 부심도 연작 옆에 일곱 번째 부심도를 놓았다. 다리가 떨리고 손이 떨리고 심장이 떨렸다.

"아아….."

남자는 자신의 탄성을 레드카펫처럼 부심도 앞에 깔았다. 민화에 깃든 염원은 생각보다 강렬했다. 부심도 아니 노비의 평생도는 으뜸 중의 으뜸이다. 일곱 개의 그림 중 낙관이 찍히지 않은 그림 앞에 남자는 서 있었다.

이글이글 끓어오르는 태양 앞에 무력하게도 서 있는 아버지. 붉은 색채감이 강렬한 그것은 분노하는 아들의 모습을 담아낸 것이다. 여기에 낙관을 찍어두지 않은 것은 실수다. '부심도'란 제목에 어울리지 않아 그랬겠지만 남자는 아들의 분노 그림이 썩 좋았다.

분노하지 않으면 그 어떤 것도 바꿀 수가 없다. 남자는 그 림 한 폭 한 폭과 눈을 맞췄다.

가짜 양반이 백성의 절반을 차지하던 그때에 조선의 문화 또한 풍요로운 황금기를 누렸다. 풍요가 혼란으로 범벅되던 시대. 예술은 더 이상 양반만의 것이 되지 못했다. 민화는 그야말로 대중에 의한, 대중에 의해, 대중을 위한 예술이다. 민화에 깃든 염원은 정신적 풍요의 상징에 다름 아니다.

거대한 개방의 물결에도 물러설 줄 몰랐던 미련한 아버지. 남자는 그 아버지의 손에서 재탄생한 그 아들의 일생을 더듬 었다. 벅차지 않은 장면이 없고 감동스럽지 않은 장면이 없 지 않은가 말이다. 불운은 달아나고 불행한 마음은 달콤함으 로 물들었다.

두려움 따위와는 거리가 멀었다. 남자는 멧돼지를 한 손에 때려잡은 소년을 보면 힘이 솟았다. 그 시절의 커피는 새로 운 세상으로 가는 문에 다름 아니다. 여인에게 가배를 권하 는 그림 속 청년은 세상을 앞서간 자다. 노비의 아들은 어디 에 있어도 단연 돋보였다. 역원근법에 명암법까지 적용된 까 닭이지만 남자는 그것이 특히나 마음에 들었다.

천상천하유아독존이다.

돌잡이. 독서. 힘자랑. 신세계. 전보사. 출사표. 그리고 분노. 하나같이 출중한 그림이다. 붓이라고는 잡아본 적 없

302

고 그림이라고는 모르는 한낱 노비가 아들을 위해 남긴 그림에 남자는 감탄하고 또 감탄했다.

애타게 찾아다닌 그림이다. 어둠 속을 헤매며 실로 긴 시간을 보냈다. 이제 얼마 남지 않았다. 노비의 평생도 전 폭을 보게 될 그날이 가까이 왔다. 생각만으로도 남자는 온몸에 전율이 일었다.

으흐흐흐, 으하하하.

남자의 웃음이 좀처럼 멎을 줄을 모른다.

❀

허락도 없이 화랑에 들어간 일로 아직 화가 풀리지 않은 모양이다. 아오키와 직접 통화할 수 있겠냐고 하자, 집사는 외출 중이라는 말로 단박에 잘랐다. 전할 말이 있다고, 중차대한 사안이라고 사정했지만 집사는 건성으로 듣는 듯했다.

잘못을 저지른 쪽은 자신이니 무시를 당해도 할 수 없다. 그렇다고 노비의 평생도 때문에 봉변을 당할 수 있으니 조심하라는 말을 집사에게 남기자니 우스웠다. 귓등으로도 듣지 않을 게 뻔했다.

"별일이야 있을라고."

체념했다. 그럼에도 환은 일이 손에 잡히지 않았다.

- 마지막으로 한 번만 더 해봐.

할은 아오키의 안위가 어지간히도 걱정되는 모양이다.

"그 노인네가 좀 깐깐하게 굴어야 말이지. 인아가 아오키 만나서 사과하고 다 끝난 일인데, 나를 아주 무슨 불한당 취급이라니까."

불쾌한 기분에도 환 또한 아오키가 걱정되기는 마찬가지였다.

카페 손님들을 상대하며 보내는 환의 하루는 분주하게 지나갔다. 아오키의 안위도, 노비의 평생도에 대한 생각도 잠시 미뤄둔 채로. 카페의 통유리 창으로 어둠이 들고 귀가하는 이들이 잠시 들러 유령의 커피를 주문하고 또 받아갔다.

자신을 정신없게 만드는 손님들이 있다는 게 얼마나 기분 좋은 일인가 말이다. 카페 문을 닫고 귀가하는 환은 피로감에도 뿌듯함이 온 몸을 감쌌다. 손님도, 은미도 없는 곳에 환은 할과 함께 있었다. 할은 안절부절 못했다. 환이 물끄러미 바라보자 아오키에게 전화를 넣어보라고 볶아친다.

밤늦은 시간이다. 할의 성화는 남달라서 환은 집에 들어서기 바쁘게 실례가 될지도 모를 전화를 아오키에게 했다. 집사가 받았다. 이럴 줄 알았으면 개인번호나 받아둘 걸, 하는 생각은 뒤늦은 터였다.

"별일 없는 거 맞죠? 수상한 전화가 오거나, 낯선 사람이 찾아온 적은요?"

환은 꼬치꼬치 물었다.

'대체 뭘 걱정하는 거죠? 아니면 내게 무슨 일이 생기길 바라는 건가요?'

저쪽의 목소리는 뜻밖에도 아오키의 것이다. 순간 당황했지만 환은 아오키와 통화할 수 있게 됨에 이내 안도했다.

"그건 오해십니다."

환은 노비의 평생도와 관련한 사건이 연달아 있었다는 것을 주지했다. 자신이 직접 노비의 평생도를 확인했으니 아오키의 안위가 걱정될 수밖에 없어 하는 말이다. 별일이 없다니 안심이다. 그럼 됐다고 환이 통화를 종료하려 들자 아오키가 잠깐만요, 했다.

'노비의 평생도는 이제 제게 없어요.'

"네에? 그게 무슨 말씀이죠? 그 사이 주인이 나타나기라도 했다는 겁니까?"

- 누구래? 누구?

환의 통화를 옆에서 듣고 있던 할이 성급하게도 물어댔다.

'실은 당신이 오기 일주일 전쯤일 겁니다. 노비의 평생도 주인이란 자가 날 찾아왔죠. 그때도 저는 당신에게 했듯이 똑같이 말했습니다. 표식을 가져오라고 말이죠.'

"표식을 가져왔나요, 그가?"

믿기지 않았다. 환은 따발총처럼 숨 가쁘게 되물었다.

'물론이죠. 노비의 평생도는 원래 주인에게 돌아갔고 제가 할 일을 이제 다 했습니다.'

"자, 잠깐만요."

전화를 끊으려는 아오키를 이번엔 환이 붙잡았다. 노비의 평생도를 누가 가져갔는지 궁금했다. 노비의 후손이란 것을 어떻게 검증했는지도 알고 싶었다. 묻고 싶은 것들이 환의 입안에서 맴돌았고 끝내 환은 확인했다.

마선명. 아오키가 그 이름을 거론한 때부터 환은 뇌가 빈 듯했다. 환은 통화를 하다 말고 침대에 털썩 주저앉았다.

'이봐요? 괜찮아요?'

아오키의 목소리는 멀리서 들렸다.

- 왜 그래?

할의 목소리는 가까이에서 들렸다.

"마 교수가 노비의 평생도를 가져갔대."

환은 붕어처럼 뻐끔뻐끔 말했다.

- 잘됐네. 아오키 걱정은 이제 안 해도 되겠어.

할은 가볍게 넘겼다. 환은 그럴 수 없었다. 마 교수가 말복의 후손이라는 것도 놀라운 일이지만 노비의 평생도를 마교수가 가져갔다는 사실에 환은 심사가 사나웠다. 생각들이 마구 뒤엉켰다.

환은 며칠째 두문불출이다. 카페는 은미에게 맡겨둔 채였고 할은 고수레커피를 며칠째 마시지 못했다. 카페에 손님도 떨어져 나갔다. 유럽 비행에서 돌아온 인아는 행장을 풀기도 전에 환을 찾았다. 평소라면 인아만 봐도 달떴겠지만 침대에 누운 환은 끙끙 앓는 소리만 했다.

"어머, 이 식은땀 흘리는 것 좀 봐."

인아는 얼른 욕실로 들어가 수건을 물에 적셔왔다.

"혼자 있고 싶어."

환은 얼굴의 땀을 닦아주는 인아의 손을 뿌리쳤다.

"엄마가 너 준다고 닭볶음탕을 만들고 있던데, 가져올까?"

"괜찮아. 힘들 텐데, 너도 그만 가서 쉬어."

"나 좀 보고 말해."

"지금은 아무 말도 하고 싶지 않아."

환은 잔뜩 구름 낀 표정으로 인아를 바라봤다. 인아는 한숨이 절로 나왔다. 중학교 때 한번인가. 지금과 같은 환의 표정을 본 적이 있다. 영문도 모르는 채 친구들에게 빙 둘러싸였을 때. 인아가 나타나 도와주지 않았다면 무슨 일이 벌어졌을지 알 수 없다. 지금은 그때처럼 도와줄 수 있는 일이 아닌 듯했다.

"알았어. 나중에 다시 올게. 그래도 우리 엄마 닭볶음탕
은 먹어야 돼."

인아는 환의 대답을 기다리지 않고 현관으로 향했다.

– 이런…. 쯧쯧.

할은 길게도 혀를 찼다. 침대에 앓아누운 환과 힘 빠진 어
깨로 현관을 나서는 인아를 번갈아 보면서.

– 걱정돼서 찾아온 사람을 매정하게 돌려보내다니, 그러는
거 아니다.

"잔소리나 할 거면 가버려!"

환은 없는 기운에 애써 베개를 던졌다. 괴성은 견딜 수 없
음에 터져 나왔다. 금방이라도 불이 피어오를 것처럼 환의
얼굴이 시뻘게졌다.

환의 시름이 뭔지 짐작은 하지만 섣불리 말을 꺼냈다가는
또 무슨 사달이 날지 몰라 할은 함구했다. 환이 몸을 추스를
때까지 기다리는 수밖에 없었다. 환의 눈치를 보던 할은 슬
금슬금 벽으로 숨어들었다.

마 교수가 평생도의 주인이라는 사실 때문은 아니다. 그림
을 갖고 있으면 목숨이 위험해질지도 모른다는 것 때문도 아
니었다. 끝난 인연이라고 애써 외면하며 지냈다. 천라지망의
천륜은 질기고 질겼다.

환은 노비의 평생도를 찾아 마 교수의 행적을 쫓았다. 도쿄에 있을 줄 알았던 마 교수는 이미 오래 전 한국에 돌아와 있었다. 환과 같은 하늘 아래에 살고 있었음에 환은 기가 막혔다. 그랬음에도 한 번도 자신을 찾지 않았다는 것에 환은 분노했다. 배신감에 치를 떨었다.

남은 평생 안 보고 살아도 된다고. 아니 안 보고 살고 싶다고. 아버지가 죽었다고 해도 장례식에 가지 않겠노라고 작정했다. 그랬던 마음인데…. 배신감 따위는 들지 않아야 했다. 자신도 모르게 한국에 돌아와 살고 있었다는 사실에 환은 자신도 모르게 그만 무너지고 말았다.

마 교수에 대한 그 어떤 기대도 품어본 적은 없었다. 원망은 못내 찾아왔다. 한국으로 돌아왔노라고 전화 한 통쯤은 얼마든지 할 수 있는 것 아닌가.

아버지로서 아들에게 따뜻한 말 한마디 건넬 줄 모르는 인간이다. 생활비와 학비를 통장에 입금해주는 것으로 아버지 노릇은 다 했다고 여겼다. 환이 학교를 관둔 뒤로는 그마저도 중단했다. 의지가지 하나 없이 환은 줄곧 혼자였다. 그런 아들을 한국에 와서도 찾지 않다니 환은 쓴웃음만 맥없이 나왔다.

환은 마 교수의 속을 당최 알 수 없었다.

"내 아버지가 아닌 걸. 도윤과 수아의 아버지고 문혜정의 남편이지, 아무렴. 내게 가족은 돌아가신 엄마뿐이야. 마 교수가 어떻게 되든 내 알 바 아니라고."

- 다음 피해자가 된다고 해도?

어느 샌가 할은 환의 곁에 있었다.

"나와는 무관한 일이야."

- 네 속이 어디 멀쩡한 속이겠냐마는 그래도 노비의 평생도를 노리는 범인이 마 교수까지 노리게 둘 순 없지. 안 그래? 이건 마 교수가 네 아버지란 것과도 별개라고⋯. 멀쩡한 목숨이 벌써 셋이나 사라졌다고. 마 교수가 네 번째 희생자가 될 수도 있는데, 무관하다니? 탐정의 입에서 나올 말은 아니지.

틀린 말은 아니다. 마 교수에 관한 할의 입바른 소리를 듣자면 환은 짜증이 배 밑바닥에서부터 올라왔다. 신경 쓰지 않겠다고, 자신은 고아라고 곱씹을수록 마 교수의 그림자는 더욱 크고 짙게 다가왔다. 환은 일곱 살 아이로 돌아갔고 마 교수의 그림자는 어느 순간 환을 집어삼켰다.

아들에 대한 말복의 사랑을 흉내 낼 수 없는 이들의 시기와 질투. 아버지 말복의 사랑을 느낄 수 없는 자들의 결핍. 노비의 평생도가 몰고 올 불행이란 이런 것들이 아닐까. 마 교수가 살인마의 표적이 된다면 그 또한 견딜 수 없을 것이다.

환은 자신을 아이로 만들어버리는 그 결핍이 못내 서럽고
두려웠다.

운명

　사람들은 거대한 무쇠 말이 나타났다고 입을 모았다. 오백
년 역사를 뒤로하는 조선은 그 어느 때보다 역동적으로 움직
이고 있었다. 한 손엔 무기를, 다른 한 손엔 미덥지 않은 만
병통치약을 들고 이리저리 살폈다. 조선은 서양 문명과의 접
촉을 원치 않았다. 물밀듯이 들어오는 신문명에 조선은 압박
감마저 느꼈다.

　말복이 눈 감고 귀 막고 산 그 세월이었다. 신분을 떠난
백성의 존재감이 어느 때보다 부각되고 있었음에도 말복은
여전히 천한 신분으로 있었다. 낯선 도깨비 같은 신문물을
말복은 피해 다녔다.

　나츠메는 격변의 혼란과 역동의 희망이 공존하는 조선을
사랑했다. 호기심과 모험심이 강한 나츠메는 여인의 몸으로

조선을 활보하고 다녔다. 돌아온 일본은 따분했다. 그 시절 영월의 산하는 문뜩문뜩 그리웠다. 눈을 감으면 동강의 풍경이 생생하게 떠올랐다. 누마루의 풍경도 떠올랐다. 수줍은 소년의 모습도 떠올랐다.

대한제국이라는 새 옷을 입게 될 조선에 다시 발을 들인 것은 그 때문이었다. 영월의 자연을 눈앞에 두니 그리움은 봄날의 눈처럼 녹았다. 실로 봄이다. 영월의 봄은 개나리와 진달래가 곳곳을 물들이고 절벽의 기암괴석에 닿기 위해 물이 철썩거렸다.

"이제 그만 돌아가시지요. 봄이라지만 영월은 산중이라 춥습니다요."

나츠메를 따라온 사내는 환절기 독감에 걸린 듯 콧물을 훔쳤다.

"나는 괜찮으니 신경 쓰지 말거라."

나츠메는 지긋한 눈길로 누군가를 응시했다.

살풀이를 하듯 강가에서 춤을 추는 노인. 말복이다. 나츠메는 말복과의 거리를 좁혀갔다. 산발한 머리가 등허리를 감싼 말복의 신들린, 아니 애틋한 춤사위에 나츠메는 눈길도 마음도 빼앗겼다.

춤을 추는 말복의 맨발은 봄에도 벌겋게 얼어있었다. 봄이 왔다지만 말복은 겨울의 한가운데에 있는 듯했다.

말복은 나츠메를 발견하고 춤사위를 멈췄다. 그러고는 나츠메를 향해 종종걸음으로 다가갔다. 말복을 막아선 것은 사내였다.

"썩 꺼지거라. 이놈아!"

사내는 훠이훠이 참새를 쫓듯 말복을 쫓았다.

"나는 괜찮으니 자네나 비켜보오."

나츠메의 위엄 어린 음성에 사내는 입을 닷 발 내밀며 비켜섰다.

말복의 맨발은 퉁퉁 불어있었다.

"어찌 맨발로 이리 다니신단 말이오."

나츠메는 자신의 마고자를 벗어 말복의 발밑에 깔았다. 그대로 뒀다가는 발을 못 쓰게 되는 불상사가 벌어질 것이다.

"실성한 노인네한테 뭐하시는 겁니까요? 신경 쓰지 마시고 그냥 어서 가시기나 하시죠."

입 내민 사내가 또 나섰다.

"이 분이 누군지 안다는 것이오?"

"저기 화원어른 댁 노비입죠…, 말복이라고…, 그림 수발드는."

"내가 아는 얼굴과 참 많이 닮았구나."

나츠메는 오래 전 소년의 얼굴을 떠올렸다. 수줍어서 눈빛조차 제대로 건네지 못하고 땅으로만 박혀들던 소년이다. 나무기둥 뒤에 숨어 고양이 눈으로 나츠메를 훔쳐보던 소년이다. 눈앞의 말복에게 젊음의 옷을 입힌다면 분명 그 얼굴일 것이다.

영월을 다시 찾은 여인. 자신의 눈이 해태가 아니라면 눈앞의 여인은 아들 재령의 마음을 훔쳐간 여인이 맞을 것이다. 고기를 손에 들고 사뿐사뿐 날아갈 듯 달려가던 아들. 여자를 알 나이가 되었다고, 사랑을 할 때가 되었다고 여겼다. 하지만 언감생심이다. 말복은 헛웃음만 나왔다.

"집 나간 말복의 아들을 아신단 말입니까?"

사내가 휘둥그레진 눈으로 쳐다봤다.

"아들?"

일순 나츠메의 눈에 힘이 들어갔다.

"동경서 비명횡사했다는 소문이 자자합니다. 알아봤자 골치만 아픕니다. 이제 그만 가십시다. 봄이라지만 바람도 차고 고뿔듭니다요."

기침을 하는 사내는 못내 사정조다.

나츠메는 선뜻 자리를 뜨지 못했다. 할 말이 있는 듯 종종걸음으로 다가왔던 말복이다. 그는 나츠메가 벗어놓은 마고자에 고개를 숙이고 몸을 외로 놓았다. 소나무껍질 같은 손이 사시나무처럼 바들거렸다.

이대로 시간을 더 끌었다가는 꽃샘추위에 말복의 발등이

더 부풀어 오를 듯했다. 나츠메는 말복의 발밑에 마고자를 놓아둔 채로 돌아섰다. 말복을 더 오래 세워두고 싶지 않아 서였다. 먼저 자리를 뜨는 수밖에 없었다.

"이 마고자는 어쩝니까요?"

"그건 이미 내 것이 아니오."

사내는 거친 눈길로 말복을 후리고는 나츠메를 뒤따랐다.

말복은 멍했다. 멀어져가는 나츠메를 생각 없이 바라보다 가 화들짝 움직였다. 발밑의 마고자를 주워들고 나츠메를 뒤 따라갔다.

사내가 허공에 주먹질을 해댔다. 따라오지 말라는 것이지 만 말복은 얻어맞지 않을 거리를 두고 쫓아갔다. 어느 집 대 문 앞에 이른 말복은 놓칠세라 그녀를 앞섰다. 사내가 눈을 부라렸지만 그딴 것은 무섭지도 않았다.

"따라오지 말라고 했지? 비키라고. 좋은 말로 할 때, 어 서!"

말복은 사내의 윽박지름에 마고자를 쥔 손만 꼼지락거렸 다. 이를 본 나츠메는 말복을 자신의 숙소로 들였다. 아랫목 이 더 따뜻하기는 하겠으나 빨갛게 부은 발에 열기는 좋지 않았다. 말복은 윗목에 앉아있는 것만으로도 몸 둘 바를 몰 랐다. 그야말로 황송해서 다과에는 손도 대지 못했다.

"내게 할 말이 뭔지 이제 말씀해 보세요."

"…."

"여기까지 저를 쫓아왔을 땐 그만한 이유가 있었을 것 아닙니까?"

"…소인은 화원어른 댁의 노비 말복이라 합니다."

말복은 말문을 열었다. 나츠메를 쫓아온 다리만큼 빠르진 않았지만 그래서 또 다행이었다. 말복은 가슴에 맺힌 못들을 하나씩 뽑아내듯 느리게 말을 이어갔다.

"청맹과니 이놈에게 귀하디귀한 아들놈이 하나 있었습죠. 살았는지 죽었는지 시신 건사도 못한 아들입죠. 소문엔 배를 타고 일본으로 갔다고도 하고 칼에 맞아 죽었다고도 하고 호랑이에게 물려갔다고도 합니다요."

말복은 멈추지 않았다. 변변찮은 아비를 만나 불행하게 살다간 아들에 대해. 뒤집힌 세상에서 사람처럼 살아보겠다던 아들에 대해. 아들보다 변하지 않는 세상을 더 믿었던 자신에 대해. 맺힌 응어리를 풀어내듯 줄줄이 나오는 말복의 고백은 허허로웠다.

아들을 잃고 나서야 말복은 아들의 마음이 되어주지 못한 자신을 한탄했다. 밤낮을 가리지 않고 온갖 굿고 험한 일을 함에도 불평 한마디를 하지 않았다. 마당을 쓸라면 마당을 쓸고 나무를 해오라면 나무를 해오고 멧돼지를 잡아오라면 잡아오고 그림에 쓸 안료를 구해오라면 절벽에 핀 꽃이라도 온몸으로 채집에 나섰다. 목숨을 담보한 위험천만한 일을 하고도 말복의 웃음은 해맑았다.

아들을 되살리는데 쓸 것이기에 기꺼이 자처한 일이다. 아들의 그림 대신 목숨을 달라하면 그것 또한 흔쾌히 응할 말복이다.

"그림 한 점을 얻으려고 그 댁에서 그러고 있단 말이오?"

나츠메는 짠한 마음을 금치 못했다. 끝내 얻지 못할 그림이라는 것을 나츠메는 짐작했다. 그렇다고 자신이 해줄 수 있는 것은 아무 것도 없었다.

"제 아들놈은 필시 배를 타고 바다를 건너갔을 겁니다요. 그래서 올리는 말씀입니다요. 소인놈의 청 하나만 들어주시면….."

"그게 뭐지요?"

아들의 마음을 애면글면하게 만든 여인이다. 천지개벽의 세상이 왔다고 아들을 꼬드긴 여인이다. 할 수만 있다면 나츠메의 목을 움켜쥐고 싶었다. 그러나 현실은 말복이 눈앞의 여인과 같은 공간 안에 있다는 것만도 불경스런 죄가 될 것이다.

상냥하고 다정한 여인 나츠메. 말복은 아들의 마음을 조금이나마 이해할 수도 있을 것 같았다.

"곧 나리께서 제 아들놈의 그림을 완성해줄 것입니다요."

말복은 넙죽 엎드려 고했다. 그리고 아들의 그림을 가져가 달라는 말을 하려던 참이었다. 나츠메가 말복의 말허리를 자르고 들어왔다.

"아드님의 그림을 언제 준다 하던가요?"

"…그, 그게."

말복은 말을 잇지 못했다. 머리를 조아린 그대로 가슴이 무너져 내렸다. 방바닥에 이마를 찧은 채 숨죽여 울지도 못했다. 세월이 철새처럼 날아가기를 숱하게 했지만 말복은 아들의 그림을 보지 못했다.

"어찌 그립지 않겠어요. 어찌 보고 싶은 마음이 없겠어요."

"죄송합니다요."

방바닥에 얼굴을 묻은 말복은 눈물과 콧물이 범벅되었다. 모든 것이 자신의 잘못인 것만 같았다. 하지만 그것은 누구의 잘못도 아니었다. 꽃다운 나이에 제대로 피워보지도 못하고 앞서간 생이 그저 안타까울 뿐인 것을.

"아드님의 모습을 직접 그려보는 것이 어떠실는지요?"

"칼이라면 몰라도 붓은 잡아본 적도 없는 천것입니다요."

"아들이 그립지 않습니까? 그 지극한 마음이 붓을 쥐게 하는 것이지요. 아드님에 관한 일이라면 화원나리보다 아비가 더 잘 아는 것이지요."

"...?"

말복은 고개를 들었다. 좀처럼 생각나지 않던 아들의 얼굴과 말들이 한순간에 스쳐 갔다. 맹인이 개안한 듯 보이지 않던 것들이 보이기 시작했다.

내 아들을 내 손으로 죽일 수도, 살릴 수도 있겠구나!

깨달음의 순간은 번개처럼 찾아들었다. 자신의 거친 손으로 아들의 모습을 종이에 담아낼 수 있을까? 의문이 들기도 했지만 말복의 가슴은 이미 불덩이처럼 뜨겁게 달아오르고 있었다.

❀

「깨어 있으라. 너의 주인이 어느 날에 찾아올지 모르는 까닭이다. 만약, 집주인이 어느 시각에 도둑이 드는 줄 안다면 자신의 집을 털지 못하게 할 것이다. 그러므로 준비하고 있으라. 생각지도 않은 때에 너의 주인이 올 것이다.」 7)

아내와 아이들이 모두 잠든 깊은 밤. 선명은 깨어있었다.

---

7) 『마태복음』 24장 42~44절

할 수만 있다면 오랫동안 잠들지 않고 싶었다. 성공한 삶을 살고 싶었다. 그만하면 되지 않았느냐고, 이만하면 만족할 만하지 않느냐고.

선명은 아니었다. 귀현의 죽음으로부터 벗어나기 위해 도망친 삶에 불과했다. 귀현은 웨딩드레스와 함께 한 마리의 학처럼 베란다 창문가를 날았다. 붉은 피가 하얀 드레스에 수놓아졌다. 귀현과의 신의를 저버린 대가는 끔찍했다. 붉게 물든 귀현의 웨딩드레스는 선명의 죄책감을 불러일으켰다.

그 죄책감을 덜기 위해 선명은 도쿄로 건너왔다. 대학에 자리를 얻었으니 운이 좋았다고 봐야 했다. 새로운 곳에서 새롭게 시작하자. 절망은 아직 이르다고 여겼다. 도쿄에서의 새로운 삶에 희망을 품었다. 아들 환을 보자면 희망은 곧 절망으로 물들었다. 지울 수 없는, 지워지지 않는 과거는 환을 통해 그림자처럼 따라다녔다.

선명은 아들과 마주하는 일이 몹시도 불편했다. 귀현의 죽음이 어린 아들의 눈동자에 박혀 있는 듯했다. 견딜 수 없었다. 환을 보지 않을 수 있다면 귀현의 죽음도 얼마든지 떨쳐낼 수 있지 않을까.

한국으로 돌아가고 싶다는 환이 내심 반갑기도 했다. 기회라고 생각했다. 귀현의 죽음을 통째로 떼어놓을 수 있는. 그리고 지금껏 각자 잘 살고 있다고 여겼다. 환이 눈앞에 없는 동안, 선명은 죄책감을 벗어던졌다.

일본 명문대학의 한국 캠퍼스를 맡아달라는 제안은 또 다른 기회였다. 수락엔 용기가 필요했지만 거절할 이유나 명분도 없었다. 선명의 한국행은 그렇게 조용히 이뤄졌다.

'…한국에 와 계셨네요, 마 교수님!'

한참을 뜸들이고서야 나온 음성은 아들 환의 것이었다. 생각은 했다. 언젠가는 다시 마주하게 될 그날이 올지도 모른다고. 준비는 하지 않았다. 모르기를 더 바라고 있었는지도 모를 일이다.

"어쩌다보니 그렇게 됐구나."

난처해하는 선명의 모습을 환은 목소리를 통해 봄직했다. 선명이 한국에 있다는 것을 어디서 어떻게 알았는지는 묻지 않았다. 알고자 하면 선명이 근무하는 학교쯤이야 환이 얼마든지 알아낼 수 있다는 것을 익히 알았다.

문제는 선명이 먼저 환을 찾지 않았다는 사실이다.

'시간을 내주세요!'

말은 내주세요였지만 선명에게는 시간을 내라는 명령처럼 들렸다. 그것은 마치 환이 자신의 권리를 행사하겠다는 것과도 같았다.

선명은 선뜻 대답하지 못했다. 자신의 곁을 내줄 수 없던 아들임에 측은함이 들기도 했지만 남다른 감정은 없었다. 말로는 다 풀 수 없는 지난날들이 선명의 뇌리를 스쳐 지나갔다.

"내게 무슨 할 말이라도 있는 거니?"

'마 교수님한테 손 벌리는 일은 없을 겁니다.'

이제 와서 해묵은 감정이나 원망을 털어놓자고 연락한 것은 아닐 것이다. 선명은 환을 어떻게 대해야 할지 난감한 구석이 없지 않았다. 선명은 어색하고 또 껄끄러웠다.

잘 지냈냐고, 연락 한번 제대로 하지 못해 미안하다는 말을 먼저 했어야 했다. 마음에 없는 말임에 선명은 하지 않았다. 잊기 위해 노력하고 살았던 만큼 환의 전화는 선명을 심란하게 만들었다.

혜정이 잠옷 차림으로 건너왔다. 벌써 일어난 거냐고 물었지만 선명은 내내 깨어있었다.

"오늘 애들과 함께 백화점 쇼핑을 다녀오는 건 어떨까 싶군."

"당신도 같이요?"

혜정이 의문어린 눈길로 쳐다봤다.

"집에 손님이 좀 오기로 했거든."

"누가 오기로 했는데요? 손님 대접이라도 하자면 내가 있어야죠?"

"…."

선명의 침묵에 혜정은 짐작했다. 때가 왔다. 더는 묻지 않았다. 다만, 밤늦게 들어올 거니까 식사도 알아서 챙겼으면 좋겠다며 활짝 웃는 얼굴로 돌아섰다.

❀

아버지의 집을 이렇듯 방문하게 되는 날이 올 줄은 몰랐다. 환은 선명과 단 둘이 있는 집이 서먹서먹했다. 다른 가족들이 있었다면 지금보다 덜 데면데면하지 않았을까. 환은 시선 둘 곳이 마땅치 않았다. 집안을 구경하듯 이리저리 시선을 옮겼다.

"이 집엔 너와 나 뿐이다."

편하게 있어도 된다는 말이지만 둘만 있는 것이 더 불편한 상황이라는 것을 선명은 모르는 듯했다. 파스타를 만들어주겠다며 주방에 있는 마 교수는 정말이지 어울리지 않았다.

"언제 귀국하신 겁니까?"

물음은 떨떠름했다.

"화내는 거니? 네게 알리지 않았다고?"

"그럴 리가요."

환은 자신의 손을 꼼지락거리며 말했다. 그동안 별일은 없었냐고, 카페는 잘 되냐고, 아픈 데는 없냐고 물어줄 것이란 기대는 하지 않았다. 서운한 마음이 전혀 없다고도 할 수 없었다.

불과 열흘 전이다. 도쿄에 간 환은 자신도 모르게 옛집을 향해 갔다. 할 덕분에 돌아서긴 했지만 갔더라도 선명을 만나진 못했을 것이다. 이미 그곳을 떠난 지 오래였다는 사실에 환의 실소는 씁쓸하기만 했다.

"파스타는 힘들겠다. 나가서 먹는 게 좋을 것 같구나. 내 사는 모양새는 다 확인했을 테고….."

선명은 면을 삶고 있던 냄비의 인덕션 전원을 껐다.

"교수님은 여전하시네요. 시간이 지나면 좀 달라지실 줄 알았는데….."

"말에 가시가 박혔구나. 비아냥거리려고 찾아온 거라면 그만 돌아가는 게 좋겠다. 아버지를 교수님이라고 부르는 아들은 없다."

"엄마를 잃은 일곱 살 아들이 어른처럼 굴기를 바라는 아버지도 없죠."

"…대화도 힘들겠구나."

선명은 환을 거실에 남겨둔 채 돌아섰다.

참았어야 했다. 환은 과거의 일들을 들춰 서로의 앙금을 휘저어놓을 생각은 없었다. 노비의 평생도만 아니었다면 선명을 힘들게 찾아대지도 않았을 것이다. 선명을 만나러 오기까지 환은 갈등했고 용기를 필요로 했다. 이대로 돌아갈 생각이면 처음부터 오지 않았을 것이다.

환은 노비의 평생도에 대한 말을 꺼냈다. 그것을 어떻게 아냐는 듯이 선명이 환을 뒤돌아봤다.

그림의 행방을 찾아달라는 의뢰인의 요구가 있었다고. 환은 노비의 평생도에 대해 자신이 아는 만큼 아니 최소한의 것만을 마 교수에게 들려줬다. 그림을 갖고 있던 이들이 살해됐다는 말은 차마 하지 못했다. 말복의 후손에게 가야할 노비의 평생도를 선명이 어떻게 가져올 수 있었는지를 알고 싶었다.

"아오키까지 만났다니 내가 들려줄 말은 따로 없을 것 같구나. 우리 집안의 물건을 내가 되찾아온 것뿐이야."

선명은 거침이 없었다.

"그게 답니까?"

"무슨 말이 그렇지?"

"설마, 그림에 깃든 염원을 모른다는 건 아니시겠죠? 자신의 아들을 이해해주지 못했던 아버지의 진심어린 사과이기도 하고…."

능력 없고 가진 것 없는 아버지라도 자식에게 만큼은 온전한 사랑을 베풀고 싶어 하는 것이 아비의 마음이다. 환이 아는 선명은 참으로 이기적인 아버지였다. 그런 사람이 부심도의 진가를 알기나 할까. 말로는 설명하기 힘든 것들이 자꾸 환의 감정을 몰아세웠다.

"내가 널 사랑하지 않았다고 원망이라도 하고 싶은 거니? 네 편을 들어주지 않았다고 사과라도 하란 거야? 나도 그땐 어쩔 수 없었어. 당장 처리해야 할 일들이 산더미였으니까."

선명은 목소리를 깔았다.

학자로 사는 일은 쉽지 않았다. 연구에 매달리는 것만도 시간은 부족했다. 선명은 학자로서의 일보다 행정적인 사무를 처리하는 일로 더 많은 시간을 보냈다. 윗사람들의 눈치를 봐야 했고 그들의 비위를 맞춰야 하는 일들이 관행이란 말로 포장됐다.

선명은 자신의 연구논문에 좋은 게 좋은 거라고 권력을 행사하며 죄의식도 없이 숟가락을 얹고 보는 이들이 마음에 들지 않았다. 그렇다고 반격과 저항을 하지도 못했다. 제재가 들어오거나 미래가 불투명할 거라는 협박이 먼저 들어왔다.

연구 노예. 선명의 능력은 온전히 그의 것이 되지 못했다. 감내의 시간은 모욕과 치욕으로 채워졌다. 법적인 신분제도가 사라졌다고는 하지만 현대판 신분제도는 법 없이도, 서류나 문서 없이도 가능했다. 탐관오리처럼 관행을 빌미삼거나 족벌과 학연, 지연 등으로 세를 과시했다. 양반 상놈으로 신분을 가르던 그때와 달라진 것이 없다.

학문을 탐구하는 학자로서 정도가 아니면 행하지 않겠다는 다짐은 무용지물이었다. 타협하지 않으면 당장의 밥줄이 위태롭고 생활이 곤궁해지는 것을 막을 수 없었다. 비굴하게 살거나 모든 것을 잃을 각오로 맞서거나. 그 사이에서 선명은 약삭빠른 선택이라도 해야 했다.

그 무렵에 지금의 아내 혜정을 만났다. 재단 이사장의 딸. 그녀의 관심을 선명이 전혀 이용하지 않았다면 거짓말이다. 귀현의 오해는 뿌리가 깊었다. 그렇다고 어린 아들을 두고 그런 끔찍한 일을 저지를 줄은 정말이지 몰랐다.

"솔직하게 말씀하시죠. 일신의 영달을 위해 노비의 평생도가 갖고 싶었다고."

"평생도가 무슨 행운의 부적이라도 된다는 말로 들리는구나."

"모르는 척 하시는 겁니까, 정말로 모르시는 겁니까?"

"…네가 나와 살았다면, 멀쩡한 청년은 안 됐을 거다."

선명은 환이 무슨 말을 하는지 알지 못했다.

"아버지로서 할 말은 아닌 것 같네요."

칭찬인지 욕인지 헷갈렸다. 어느 쪽이든 환은 상관없었다.

"어쨌거나 그건 우리 집안의 물건이다. 아오키로부터 내가 돌려받았잖니. 그걸로 증명은 이미 된 거다."

선명은 가는 눈을 더욱 가늘게 뜨고 말했다.

조선의 민화를 일본에 와서 보게 되리라고는 생각도 하지 못했다. 조선이 지배를 받던 그 시절, 일본은 조선의 문화재는 물론 민화도 닥치는 대로 빼앗아갔다. 조선 민화 특별전에 나온 초례청의 신랑·신부와 대가족을 이룬 노부부의 회혼례 그림에 선명은 무던히도 끌렸다. 노비의 평생도라고 붙은 제목 때문이기도 했다. 노비의 신분에 평생도는 가당치 않았다. 그럼에도 불구하고 양반의 전유물이란 통념을 단박에 깨버린 통쾌하고 유쾌한 작품이었다.

선명은 조선 민화 특별전 마지막 날에도 그림을 보기 위해 찾아갔다. 살 수 있는 작품이었다면 그랬을 것이다. 주인이 따로 있다는 말에 선명은 아쉬움을 금치 못했다. 그림은 다른 누군가에게 벌써 팔렸다고, 선명은 그런 줄로만 알았다. 그리고 까마득히 잊었다.

선명이 노비의 평생도에 관한 소식을 다시 듣게 된 것은 불과 한 달 전쯤이었다. 아오키란 여자가 자신이 소장하고 있는 평생도의 주인을 찾고 있다고 했다. 선명이 그림의 주인일지도 모른다는 말과 함께였다.

박물관 학예사라는 그의 말은 엉뚱했지만 그럴듯했다. 19세기 말에 마씨 성을 가진 솜씨 좋은 백정이 영월 하동 쪽에 살았다. 노비의 평생도를 남긴 이가 바로 그 백정이며 그림

속 주인공은 화원의 노비가 된 백정의 아들이다. 증조부 때까지 영월에 살았다면 그 후손일 가능성이 있지 않겠는가. 한번 잘 생각해봐라.

오래전에 봤던 평생도가 선명의 기억에서 다시 튀어나왔다. 그때나 지금이나 선명의 생각은 똑같았다. 가까이에 두고 매일 보고 싶다는 것. 스탕달 신드롬까지는 아니더라도 노비의 평생도는 선명의 마음을 사로잡기에 충분했다. 평생도의 주인이 자신일지 모른다는 말은 더할 나위 없는 유혹이었다.

"그림 때문에, 그 그림 때문에…."

환은 말을 끝맺지 못했다. 목숨을 잃게 될지도 모른다는 그 말을 해야 했다. 그림을 노려 살인을 자행하고 다니는 자가 있다고. 목구멍까지 올라온 말임에도 밖으로 나오지 못했다.

"그 그림 때문에 요즘 난 살맛이 난다."

"…."

환은 할 말이 더는 떠오르지 않았다. 선명이 죽임을 당할 수도 있다는 생각은 두려웠다. 오랜 세월 품었던 원망과 증오가 실없이 느껴졌다.

환은 일찌감치 눈을 떴다. 동이 트지 않은 새벽이다. 몸이 알아서 세수를 하고 외출복으로 갈아입고 집을 나섰다. 청소차가 다니는 시각, 새벽 공기는 좀 쌀쌀했다. 환은 청바지 주머니에 손을 찔러 넣고는 세상 한가로운 사람처럼 거닐었다.

　할은 때가 되면 알아서 나타났다. 벽에 봉인되었다가 나오는 것인지, 저승 문 앞을 배회하다 오는 것인지는 알 수 없었다. 환의 활동에 맞춰 나타나는 할은 환의 눈치를 봤다. 마 교수 얘기만 나와도 애처럼 성질을 부리기 일쑤다. 선명을 만나고 왔으니 분노 조절 장애가 있는 아이처럼 또 한참 격분하지 않을까. 할은 미리 피했지만 아니었다.

　환은 어느 때보다 깊이 침잠했다.

　- 어쩨 수상쩍네. 왜 갑자기 수도승이 된 것 같지? 마 교수, 못 만났어?

　환은 대꾸도 없이 조용하기만 했다.

　할은 어떻게 된 건지 아무 말이나 좀 해보라고 성화를 부렸다.

　"만났어."

　- 마 교수가 찾아왔다는 그림도 봤어?

"…아니."

- 왜에? 마 교수도 마 교수지만 노비의 평생도를 보려고 간 거잖아.

"내가 알던 마 교수님이 아니더라고. 겁나게 쌀쌀맞고 겁나게 무서운 양반이었는데 다시 보니까 종이호랑이 같지 뭐야."

- 그래서 관계 회복이 좀 됐나?

"아니. 말도 못했지. 평생도 때문에 살인사건이 벌어지고 있다는 거."

처음부터 회복될 수 있는 부자지간은 아니었다. 전에는 두려운 존재였다면 지금은 괴팍한 초로의 노인에 불과하다고나 할까. 환은 마 교수에 대한 앙금을 품고 지나온 시간이 한편으로 억울했다.

유령과 지내는 환에게 죽음은 두려운 것이 못 되었다. 노비의 평생도 때문에 선명이 안 좋은 일을 겪게 된다면 그것은 또 다른 문제일 듯했다.

- 두 명의 유령과 살게 될까봐 겁이라도 나는 거야? 사람이 죽는다고 다 나처럼 되는 건 아니지. 그건 아주 큰 오해지. 아무렴, 그렇고말고.

"분명히 놈이 나타날 거야."

환은 입술을 앙다물었다.

부심도의 주인이 선명이라고 알려준 사람. 그가 선명의 그림을 가져가기 위해 반드시 나타날 것이다. 그게 언제일지 알 수 없음에 환은 생각만 많아졌다.

　– 놈이 나타난다면 기다려줘야지. 고수레커피는 오늘도 안 줄 건가?

　할은 환을 곁눈질했다.

　"이번 일만 무사히 해결되면 그땐 종일 대령할게."

　환은 종일 카페를 비웠다. 그날만은 물론 아니었다.

　할은 카페의 통 유리창 앞에서 환을 기다렸다. 종종 인아와 함께였다. 도쿄에 있던 그때, 인아는 술에 취한 환을 처음으로 봤다. 마시지도 않는 술을 입에 댄 환의 곁에서 밤을 지새웠다. 사람이 변한다 싶으면 걱정이 앞선다. 좋은 방향이든 나쁜 방향이든.

●

　인연이 닿아있다면 언젠가는 운명이 되기도 한다. 다시 보게 될 줄은 몰랐다. 선명은 자신만의 공간에 든 노비의 평생도를 지긋한 시선으로 바라보았다. 명암은 도드라졌다. 초례청의 신랑신부는 푸른 꿈을 꾸는 듯했다. 빛이 작용하는 홀로그램처럼 시시각각 새로운 모습으로 다가왔다.

선명은 감탄을 연발했다. 혼자 보내는 시간은 정신적으로 풍요로웠다. 사학재단의 이사장으로 있는 장인은 온 가족이 모두 모이기를 원했다. 선명은 논문을 쓰자면 검토해야 될 자료들이 많다는 핑계로 혜정과 아이들만 보냈다.

아비의 극진한 마음이 아들을 영화로운 삶으로 인도하는 그림. 그 아비의 염원이 얼마나 강력한지 그림을 갖고 있는 이들에게까지 그 영향이 작용한다고 했다. 어떤 민화는 벽사의 역할을 담당하기도 한다. 그래도 노비의 평생도에 깃든 염원의 영험함은 과장이 없잖아 있었다.

어쩌면 선명 자신을 설득하기 위해 부풀린 말은 아니었을까. 상관없었다. 평생도의 영험함을 경험할 수 있다면 더할 나위 없을 듯했다. 경험하지 못한다고 해도 괜찮다. 선명은 그토록 원하던 그림이 자신의 눈앞에 있는 것으로 충분히 만족스러웠다. 앞으로 펼쳐질 자신의 미래가 벌써부터 기다려졌고 선명은 기대에 부풀었다.

영광의 날을 맞이하는데 나이는 중요치 않았다. 누군가는 살아서 모든 영광을 누리고 누군가는 또 죽어서 그 영광을 누린다. 할 수만 있다면 살아서 누릴 수 있는 인간의 그 모든 것을 누릴 것이다. 자신의 탐욕에 누군가는 눈살을 찌푸릴지 모른다. 그저 시기심일 뿐이다.

"나를 위하여! 나의 미래를 위하여!"

앞으로 만나게 될 영광의 날들을 위해 선명은 평생도를 향해 홀로 축배를 들었다. 초인종 소리가 따라붙은 것은 그때였다. 선명은 찡그린 얼굴로 손목시계를 들여다봤다. 약속한 손님이 도착할 때가 되긴 했다. 선명은 와인 잔을 손에 든 채로 서재를 나갔다.

"축하드리러 왔습니다!"

대문 앞에는 윤모열이 샴페인 한 병을 들고 서 있었다. 선명보다 더 들떠 있는 듯했다. 왜 안 그럴 것인가. 일면식도 없던 선명을 찾아와 부심도에 얽힌 민담을 들려준 장본인임에야.

윤모열은 노비의 평생도 앞에서 마른침을 꼴깍 삼켰다. 세 폭의 그림이 한자리에 있기는 또 처음이다.

"앉아서 천천히 감상하시죠."

선명은 의자를 권했다.

"그토록 찾아 헤맸는데, 이렇게 보게 될 줄이야. 이게 다 교수님 덕분이죠."

윤모열은 그림 가까이에 바짝 붙어서 떨어질 줄을 몰랐다.

"저야말로 고맙단 인사를 드려야죠. 함께 축배를 드는 건 어떻겠습니까?"

"물론이죠."

"그림에 혜안이 없는 저 같은 사람도 한번 보고 빠졌으니 특별한 작품인 것만은 분명합니다."

샴페인 잔을 가지러 서재를 나서며 선명이 말했다. 선명이 하는 말을 듣는지 마는지 윤모열은 반응하지 않았다. 감탄한 표정으로 그림을 이쪽에서 보고 저쪽에서도 보느라 분주했다.

샴페인 잔과 안주가 될 만한 것들을 챙겨 선명은 윤모열이 있는 서재로 돌아왔다. 누가 봐도 아들을 끔찍이 여기는 아버지의 마음이 절절하게 느껴지지 않느냐는 혼잣말을 하면서. 막상 서재 안으로 들어선 선명은 말문이 막혔다. 온몸이 굳었다.

"뭐, 뭐하는 겁니까, 지금?"

윤모열이 자신의 가방에서 꺼낸 커터 칼로 그림과 그림틀을 분리하고 있었다. 어차피 어울리지 않는 그림틀이다. 이제 곧 평생도 전 폭이 하나의 완전체를 이룰 것이다.

"제 물건을 가져가는 것뿐이죠. 교수님이 할 일은 다 끝났습니다."

"뭐라구요?"

선명은 사색이 됐다.

"아오키 그것이 내 그림을 내줄 수 없다지 뭡니까? 말복의 후손이 와야만 된다나 뭐래나. 그러니 어쩝니까? 교수님이 말복의 후손이란 것을 알아낸 것도 나고 말복의 노비문서를 갖고 있는 것도 난데…. 노비문서라도 있었으니 망정이지 없었으면 언감생심 교수님이 이걸 가져올 수나 있었겠습니까?"

윤모열의 웃음은 예리한 칼날만큼이나 섬뜩했다.

언제가 됐든 요긴하게 쓰일 줄 알았다. 부심도와 관련된 것이라면 노비문서일망정 필요한 것이 되어줄 것이라 여겼다. 윤모열의 판단은 엇나가지 않았다. 여기까지 오는데 오랜 시간이 걸리기는 했지만 그만큼 보람도 있었다.

"이러려고 처음부터 날 이용한 거로군."

"외조부의 아버지 집 문서보관소에서 말복의 노비문서를 내가 찾아냈죠. 그 문서의 주인이 바로 평생도의 주인이기도 한 겁니다. 노비의 물건은 모두 상전의 것이니까."

"차별을 증오하는 요즘 같은 시대에 그게 무슨 해괴한 소리요."

선명은 분개했다.

윤모열은 그 사이 혼례 그림을 틀에서 떼어냈다. 그러고는 희번덕거리는 눈초리를 회혼례로 가져갔다. 그림 가장자리에 자신의 커터 칼을 쑤욱 꽂았다.

선명이 양팔을 벌리고 몸으로 막아섰다.

"내 그림만 갖고 나가면 조용히 끝날 일이니까, 일을 크게 만들지 마시오."

윤모열은 그림틀에 꽂았던 칼을 뽑아 선명을 겨눴다. 칼을 피해 뒷걸음질을 치던 선명은 책상 의자에 걸려 걸터앉았다. 윤모열은 이런 사태를 짐작이라도 한 듯 주머니에서 케이블 타이를 꺼내 선명의 양 손목을 의자손잡이에 묶었다.

윤모열은 자신의 목을 커터 칼로 긋는 시늉을 했다. 얌전히 굴지 않으면 목숨을 잃을 수도 있다는 경고였다. 선명은 분을 삭이지 못했다. 회혼례를 그림틀에서 분리하는 윤모열을 무력감으로 바라봤다. 비명이라도 질러 소란을 피워야 했다. 어떻게 돌변할지 모르는 윤모열의 모습에 선명은 어금니만 악물었다.

집 안으로 바람 같은 발소리가 들려왔다. 선명은 그 소리에 귀를 기울였다. 그림을 분리하는 일에 혈안인 윤모열은 소리를 듣지 못한 듯했다.

"윤 실장님, 당신이었군요"

발소리의 주인은 다름 아닌 환이다.

"네가 여긴 어떻게?"

윤모열이 놀란 듯 돌아봤다. 태몽인 호랑이 그림을 마저 떼어내려던 그 순간이었다.

"대문 닫는 것도 잊고 그냥 들어가시더라고요. 하기는 평생도에 정신이 팔렸으니 다른 건 안중에도 없었겠죠."

"나를 미행이라도 했단 건가?"

"그럴 리가요. 노비의 평생도를 주시하고 있었던 거라고 해두죠. 그래도 설마설마했어요. 윤 실장님이 마 교수님 집에 나타날 줄은 몰랐거든요."

환은 기다리고 있었다. 노비의 평생도가 선명의 손에 있다는 것을 아는 누군가가 나타날 것이다. 한 폭도 아니고 세폭이나 되는 그림을 그냥 둘리 없다. 윤모열이 선명의 집 앞에 나타난 것은 의외였다. 샴페인을 들고 나타난 손님은 평범하지 않았다. 대문이 열리자마자 그대로 뛰어 들어갔다.

"이러는 이유가 뭐죠? 그림이 지니고 있다는 영험함 때문인가요?"

"고작 그런 풍문 따위에 사람을 죽였을 거라고 생각하는 건가?"

윤모열은 네까짓 게 뭘 알겠냐는 듯이 비웃었다.

"소유하고 싶어서 탐욕을 부린 건가요, 그럼? 그런다고 당신 같은 사람이 하루아침에 귀한 사람으로 대접받을 수 있는 것도 아니죠."

"아니겠지. 하지만 부심도가 내 것이 되는 감동까지 막을 순 없지. 남이 날 대접해주진 않겠지만 내 존재가 귀하게 여겨지는 기분은 나만이 누릴 수 있는 것 아니겠어."

윤모열의 웃음은 그야말로 기괴했다.

"신창성과 황 노인을 살해하면서까지 말이죠?"

"네 말처럼 탐욕을 부렸어."

"이준재는요? 집안 대대로 물려받은 부심도였을 텐데…."

그것이야말로 풀리지 않은 환의 의문이었다.

"우리 엄마가 어떻게 살았는데…, 어떻게 죽었는데…. 부심도는 그 자식한테 주기 아까운 물건이지."

윤모열은 잠시나마 눈시울을 붉혔다.

남매에 대한 외조부의 차별은 심했다. 이준재의 아버지가 금지옥엽으로 자라는 동안 윤모열의 모친은 집안의 일꾼일 뿐이었다. 그의 모친은 외조부에 의해 부잣집에 팔려가다시피 결혼이란 걸 해야만 했다. 한량이나 다름없던 그의 부친은 가정과 가산을 일구는 일에는 관심이 없었다. 도박에 손을 대기 시작하자 가세는 급격히 기울었다. 집에 있는 것은 모조리 도박판에 갖다 바친 것도 모자라 부친은 자신의 아내까지 팔아넘겼다. 종국에는 우물에 빠져 생을 마감한 어이없는 삶이었다.

외조부는 부잣집에 딸을 보내면서 전보사 그림을 내줬다. 그 그림이면 평생을 사는데 의지가 되어줄 것이다. 어떤 일이 있어도 잘 간직해야 한다는 당부와 함께였다. 남편이 팔아치웠다는 것도 모른 채 윤모열의 모친은 정서불안에 시달렸다.

윤모열의 불행은 그때 이미 시작되었다. 양친을 모두 잃고 조부의 슬하에서 고아나 다름없이 자랐다. 외로운 그의 인생에 전보사는 집착이 되었다. 자신의 모든 불행이 모친의 그림을 팔아버린 부친 때문이라 여겼다.

　"이준재는 노력하는 것도 없이 하는 일마다 승승장구를 했지. 그림만 물려받은 게 아니라 외조부의 부를 그대로 물려받았으니까…. 학비를 좀 빌려달라고 했을 때, 외조부가 뭐랬는지 알아? 출가외인의 자식이라 안 된다더군."

　윤모열은 어이없는 표정에도 미친 듯이 웃어젖혔다. 이준재나 자신이나 똑같은 손자다. 그러나 외조부는 그렇게 생각하지 않았다. 조선 시대도 아닌데 아들은 적자요, 딸은 서자처럼 여겼다. 외조부의 친손자 사랑이 극진할수록 이준재에 대한 윤모열의 마음은 삐뚤어졌다.

　"그렇다고 사람을 죽이진 않죠. 이유야 어떻든 살인은 용납될 수 없는 범죄행위니까. 노비의 평생도는 사람답게 살아보고자 했던 아들의 안타까운 죽음에 무력했던 아비가 아들에게 바친 상화잖아요. 그런 그림이 멀쩡한 생명을 빼앗는 물건이 됐다면 그 아비가 지하에서라도 벌떡 일어날 일이죠."

　환은 침착하고 담담한 어조로 말했다.

　"네가 뭘 안다고 지껄여."

윤모열은 그림틀에서 떼어낸 그림을 화첩가방에 귀하게 옮겼다. 보호용 종이를 올리고 한 폭씩 그림을 또 올렸다. 실로 기나긴 여정이었다. 노비의 평생도 열 폭이 그의 수중으로 들어왔다. 둘둘 말아 화통에 아무렇게나 막 넣어서 갖고 다니는 이들에게 넘길 수 있는 그림이 아니다. 그림을 챙기는 윤모열은 탐욕스럽다 못해 측은했다.

　　아무 것도 할 수 없는 선명은 홀로 분개했다. 환은 막지 않았다. 윤모열이 신생아를 다루듯 그림을 챙겨 나가는 것을 말없이 지켜봤다. 서재를 나서고 거실을 지나 현관으로 향했다. 대문을 나서던 윤모열은 결국 경찰과 마주했다.

　　신창성의 살인범을 쫓는 임계원 형사와 이준재의 그림통을 가져간 이를 찾아온 서지일 형사가 대문 앞에서 그를 기다리고 있었다.

　　"신창성 살인범으로 당신을 체포합니다."

　　"황 노인과 이준재를 살해한 것도…."

아비의 선물

부심도 연쇄살인범이 체포되었다는 기사가 대대적으로 쏟아졌다. 노비가 그렸다는 조선 시대의 걸작 민화에 대한 사람들의 관심도 함께 쏟아졌다.

아비 노비가 남은 생을 팔아 죽은 아들의 남부럽지 않은 생을 구현한 것이다. 인생의 굴레를 벗지 못한 아비의 뒤늦은 깨달음과 아들에 대한 지극한 사랑이 담긴 감동적인 그림이다. 모든 사람이 볼 수 있게 해야 한다. 박물관에 전시하라. 기사에 댓글이 줄줄이 달렸다.

유근철은 헌책방으로 출근하기 전 카페에 들렀다. 살인범을 만나고도 무사한 환의 안위를 축하했다. 유근철은 또 도둑이 든 그날에 자신이 책방에 있지 않았다는 것을 다행으로 여겼다. 하마터면 살인범과 마주할 뻔했다고 오싹해했다.

"어떤 그림인지 알았는데 되찾고 싶은 생각이 정말 없어요?"

환은 진심을 알고 싶었다.

"곰곰이 생각해봤는데, 내 물건이 아냐. 아오키 여사님의 말처럼 주인은 말복의 아들이지. 또 알아? 그 아들이 아직 구천을 떠돌고 있을지. 노비의 평생도가 합체가 되어야 말복과 그의 아들이 영혼의 위로를 받을 수 있지 않을까 싶은데…. 환이 그 말복의 후손이라며?"

양손을 펼쳐든 유근철은 어쩌겠냐는 듯이 어깨를 으쓱했다. 그러고 보면 유근철은 물질에 대한 욕심 없이 살았던 그의 아버지를 닮은 듯도 했다.

민화 전문가라는 백인석 박사는 개인 방송채널을 통해 민화와 평생도에 관한 이야기들을 발 빠르게 공유했다. 백인석은 노비가 주인공인 평생도가 조선 시대 후기에 탄생했다는 것은 당시의 조선 사회가 신분을 뛰어넘어 평등했다는 것을 시사하는 바라고 개인 방송을 통해 역설했다.

조선 민화는 사용되는 색이 적어 농도 조절로 다채로운 색상을 만들어냈다. 다양한 안료를 구하기 힘든 상황에서 그림의 농도 조절은 궁여지책에서 나온 것이라 볼 수도 있다. 위기가 절호의 기회가 될 수 있듯이 서민 화가들의 입장에서는 풍족하지 않은 안료가 새로운 기법을 창안하도록 하기에 충분했다. 우리의 선조들에겐 대대로 물려받은 창의적인 두뇌가 있고 손재주가 뛰어난 민족이라고 백인석은 장황한 설을 풀어놓았다.

거기에 더해 노비의 평생도에 활용된 명암법은 주인공을 돋보이게 하는데 그 솜씨가 탁월하여 민화 중에서도 명화의 반열에 오를 수 있는 작품이라고 극찬을 아끼지 않았다. 문제는 다른 곳에 있었다. 백인석은 자신이 낙찰 받은 문자도가 노비의 평생도 연작의 한 폭이라고 주장했다.

백수백복도에 등장하는 '壽'나 '福'은 주인공의 장수와 복을 기원하는 민화다. 노비의 평생도 연작인 문자도는 '齋'와 '靈'을 그려 넣음으로써 아들의 영혼이 재계하기를 기원하는 것이다. 이는 곧 그림으로 부활한 노비 말복의 아들을 가리키는 것이라고 풀이했다.

글을 모르는 말복이 어떻게 한문을 적었겠냐는 비난이 없지 않았다. 백인석은 예로부터 예서체는 무식한 노비라도 알기 쉽게 만든 글자체라는 다소 엉뚱한 답을 내놨다. 이에 사람들은 콧방귀를 뀌며 백인석의 말을 흘려들었다.

유령 할은 그러지 못했다. 할은 자신의 카페 지정석에 망부석처럼 앉아있었다. 간헐적으로 지나다니는 사람들 외에는 특별할 것도 없는 풍경을 동태눈으로 바라보면서.

"백인석도 노비의 평생도에 깃든 아비의 염원을 알았던

345

게지. 소문나지 않아야 하는 물건이니 책거리 뒤에 숨어 조용히 사들였을 것이고."

백인석의 동영상을 본 환이 말했다. 무슨 말이든 할이 대꾸하기를 기대했지만 할은 환을 쳐다보지도 않았다.

"이봐, 할? 유령이 산 사람처럼 맥 빠져 있는 건 반칙이야."

－ …죽었다는 게 뭘까?

할이 깊은 침묵을 깨고 물었다.

"뭐어?"

－ 저승에도 못가고 이승을 떠돌았던 건 아버지가 남긴 내 평생도 때문이 아닐까. 고향을 떠난 아들의 죽음을 확인하지 못했으니 어딘가에 살아있다고 믿고 싶지 않았을까. 평생도의 그 인물처럼 영화롭게 말이야.

장난기가 사라진 할은 그 어느 때보다 진중했다. 갈등만 부르던 아버지 말복이다. 돌이켜보면 천한 신분으로 살아온 아버지가 아들을 사랑하는 방식이었던 것이다. 마음을 그렇게밖에 표현할 줄 몰랐던 아버지. 그것이 말복이 아는 세상이었던 것이다.

희박한 가능성에도 불구하고 자신의 후손인 환을 만났다. 천운이 도왔다고 봐야 했다. 지금껏 할이 저승에 가지 못한 이유는 하나다. 아버지 말복의 사랑이 담긴 염원의 그림. 그

346

럼에도 할은 자신이 아직 이승에 머물러 있는 이유를 알기 어려웠다.

"내가 할을 붙잡고 있는 모양이지."

환이 슬프게도 말했다.

- 너 때문이 아냐. 나 때문이지. 내가 모르는 뭔가가 아직 있는 거야. 그게 뭔지 알고 싶어.

"내가 혼자 남게 되도 할은 아무렇지도 않다는 거야? 거 참, 사람 서운하게 만드네."

말은 그렇게 했지만 환도 궁금했다. 유령에겐 유령의 세상이 있다. 환은 이승에 있는 할의 존재에 대해 한 번도 고민해보지 않았다. 보호자가 필요한 어린 나이에 할을 만나서 그랬는지도 모른다. 오랜 세월을 붙어살다 보니 할이 곁에 있는 게 당연한 일로만 여겨졌다.

- 아버지가 남긴 내 평생도가 더 있다는 건가? 그래서 그런 걸까?

할은 의문어린 눈길로 환을 돌아봤다.

"그럴지도 모르지."

윤모열의 주장에 따르면 그는 모두 열 폭의 평생도를 수집했다. 강제로 빼앗아온 것이 더 맞는 얘기지만 아무튼 말이다. 아들의 분노는 낙관도 없는 데다가 다른 그림들처럼 밝은 기운이 느껴지지도 않았다. 백인석이 자신이 소장한 문자도를 노비의 평생도 연작에 끼워 넣는 것이 억지가 아니라면 낙관이 찍히지 않은 평생도가 있다는 것도 배제할 순 없을 터였다.

평생도가 완전체가 되려면 짝수 폭이어야 했다. 낙관이 없는 폭을 제하면 아홉 폭이고 백인석의 것까지 감안한다 해도 열한 폭이니 이래저래 짝수 폭은 아니다.

답답하고 궁금한 것은 환도 마찬가지였다.

●

그 시절 나츠메가 그랬던 것처럼 환은 원두가루를 펼쳐놓은 천에 담았다. 그녀와 만났던 좋은 기억들을 떠올리면 조금은 기분이 풀리지 않을까. 환은 융드립을 시도했다. 지금이야 종이 필터를 사용하지만 말복의 아들이 마셨던 커피는 핸드밀로 곱게 간 원두를 천에 놓고 뜨거운 물을 부어내린 커피라는 걸 환도 알았다.

할은 그늘진 표정으로 있었지만 창밖은 짜증이 나도록 화창했다. 여름의 무더위가 곧 몰려올 것이다. 그래봐야 환은 시원한 카페에서 시간을 보낼 테지만 말이다. 민화 평생도의 행방을 좇는 일도 끝났으니 한동안 또 무료한 날들을 보내게 될지도 몰랐다.

348

환은 모란꽃 무늬가 새겨진 앤티크 찻잔에 커피를 담아 할의 지정석 테이블에 올려놓았다.

"참고삼아 알려주자면, 오늘의 고수레커피는 융드립으로 내린 거야."

매일 같은 방법으로 고수레커피를 만들었음에도 환은 한껏 고조된 목소리로 말했다. 마치 오늘은 특별히 더 신경을 썼다는 뉘앙스를 풍겼다.

- 융드립 커피?

할은 시큰둥했다. 그럼에도 입가에 미소가 들어섰다. 할은 검은 그림자를 걷어치웠다. 나츠메의 향기를 풍기는 융드립 커피 때문만은 아니다. 아침 공기가 남다르게 다가왔다. 전깃줄에 까마귀가 앉아 울던 때처럼 뭔가 좋은 소식이 들려올 것만 같다. 할의 우울감은 그 기대감에 잠시 뒤로 밀려났다.

할은 오랜만에 환과 함께 수다를 떨었다. 환이 카페를 자주 비우는 통에 벌어졌던 일들에 대해서.

- 할의 커피맛엔 역시 탐정 바리스타가 있어야 제 맛이지.

그들의 길지 않은 대화는 거기서 끊겼다. 그들이 앉아있는 카페 창 바로 앞으로 다가오는 퀵서비스 오토바이에 할이 얼굴을 찡그렸다.

이른 오전 시간. 카페로 전달될 퀵이 없음에 환은 갸우뚱했다. 오토바이로 전달하기에는 다소 불편한 크기의 물건이기도 했다. 안전모를 쓴 남자는 긴 직사각형의 납작한 물건을 옆구리에 끼고는 성큼성큼 카페로 들어섰다. 환 앞으로 온 퀵이라는 말을 주문대의 은미에게 전했다. 환이 남자에게 사인을 해주고 정체모를 그 물건을 받아들었다.

– 뭔지 빨리 펼쳐 봐.

일찌감치 배달된 물건의 정체가 할은 몹시 궁금했다.

"기다려봐."

환은 조심스럽게 포장을 뜯었다. 그 안의 내용물이 눈에 들어온 순간 환은 경직됐다. 그것은 할도 똑같았다. 그림이다. 호상이다. 포장지 안의 그림을 본 할과 환은 같은 생각을 했다.

모란꽃으로 단장한 상여를 뒤따르는 사람들의 행렬이 끝을 모를 정도다. 사람들의 추앙을 받았던 이의 상여라는 건 누가 봐도 알았다. 오색의 깃발이 나부끼는 일생을 풍미한 인생의 마지막. 그림의 풍경이 생생하게 환과 할 앞에 현실처럼 펼쳐졌다.

노비의 평생도 연작에 있던 동일한 낙관은 거기에도 찍혀 있었다. 환은 포장지 안에 첨부된 편지를 떨리는 손으로 서둘러 펼쳤다.

노비의 평생도에 얽힌 기사를 보면서 생각이 많았습니다.
내 안의 두 마음이 치열하게 다퉜습니다.

굳이 돌려줄 필요가 있을까.

아비의 마음을 제 것으로 여기고 싶었던가 봅니다.

아니 그랬습니다.

꿈을 꾸었습니다.

내 꿈에 찾아온 그는 말복이지 않을까. 아니 말복이었습니다.

자식을 앞세운 말복이 내 꿈에 나타나 눈물을 보이며 웃더군요.

그림을 돌려보내자니 아까운 마음도 솔직히 듭니다. 하지만 애초에 내 것이 아니었던 겁니다.

아직 이승에 남아 떠돌고 있을 말복 아들의 영혼을 달랠 수 있기를 바라며 돌려드립니다.

편지에 누가 보낸다는 흔적은 없었다. 할은 자신이 이승에 남아있는 이유를 그제야 알 것도 같았다. 가축과 짐승의 피를 손에 묻히고 평생 사람들을 피해 다녔던 아버지다. 칼을 부적처럼 몸에 지니고 다니던 말복이 칼 대신 붓을 든 모습을 상상하는 일은 좀처럼 되지 않았다.

분명한 것은 아버지 말복이 아들에게 주고 싶었던 생의 선물, 그 마지막이란 사실이었다.

"할, 여기 좀 봐."

환은 글귀가 적힌 종이가 덧대어 있는 그림의 뒷면을 보여줬다.

살았는지 죽었는지도 모르는 네가 무던히도 보고 싶은 밤이다.

부귀영화도 무병장수도 덧없는 일이 될지 모르나 언젠가는 네가 이것들로 네 인생을 위로받는 날이 왔으면 좋겠구나.

할은 멎은 심장이 다시 뛰는 것처럼 뭉클했다. 저도 모르게 맺힌 눈물은 뜨거웠다. 몇 날 며칠을 아버지, 그 이름을 부르다 사라진다 해도 말복의 마음을 다 헤아리기에는 역부족일 듯했다.

격정은 한순간에 휘몰아쳤다. 고막을 찢는 굉음과 함께 할의 머릿속 안개가 걷히기 시작했다. 하늘과 땅이 다시 열렸다. 죽음이 그곳에 있었다.

●

재령은 도망치고 있었다. 나츠메를 만나기 위해 리쿠의 도움을 받아 건너온 바다. 하지만 재령은 리쿠를 피해 저택 모퉁이에 몸을 숨겼다.

고향을 떠나온 그날부터 고생의 연속이었지만 희망은 부풀었다. 언제든 미나토의 나츠메를 물어 찾아오면 새로운 미래를 선사하겠다는 약속이 있었기에. 어떻게 해야 갈 수 있는지 재령은 알지 못했다. 경비가 필요하다는 것쯤은 알았다. 돈이 되는 일이면 뭐든 했다. 물을 길어다주고 땔감을 구해다주고 농사를 거드는 일은 힘들지도 않았다.

저잣거리에 나가 땔감을 팔고 주막집에서 닭을 잡는가 하면 허드렛일을 도맡아 했다. 리쿠를 경성의 저잣거리에서 만난 건 어느 정도 경비가 마련됐다고 꿈에 부풀던 무렵이었다. 일본인이니 미나토에 가는 방법도 잘 알고 있을 터였다.

"미나토의 나츠메를 만나러 간다고?"

"네."

"오라고 했다고?"

"네에."

재령의 거듭되는 확답에도 리쿠는 고개를 갸웃거렸다. 나츠메라면 리쿠도 소문은 들어서 알고 있었다. 미나토는 부자들이 모여 사는 곳이다. 나츠메는 미나토 명문가의 딸로 조선 유랑을 즐기는 아가씨다. 고귀한 신분이어서 아무나 만날 수 있지 않았다. 리쿠의 눈앞에 있는 별 볼일 없는 조선의 청년이라면 더 말할 것도 없다.

"자네 말을 믿을 만한 물증을 보여준다면, 내가 데려다줄 수도 있는데…. 나츠메 아가씨가 있는 곳까지 말이야."

"진짜요?"

"거짓말은 안 해, 난."

재령은 가슴 속에 숨겨뒀던 나츠메의 손수건을 꺼내보였다. 나츠메의 이름이 곱게 수놓아져 있었다. 리쿠가 아는 가문의 문장과 함께. 재령의 일본행은 리쿠에 의해 일사천리로 이뤄졌다. 경성에서 부산으로, 부산에서 도쿄로. 리쿠의 비용까지 대자니 재령의 돈은 금방 바닥을 드러냈다.

이를 안 리쿠는 도쿄에 도착하자마자 재령을 이리저리 데리고 다니며 일을 시켰다. 그 사이에서 리쿠는 재령의 품삯을 챙겼다. 미나토까지 가자면 경비가 좀 많이 나온다고 재령을 구슬렸다.

"그런 차림으로 고귀한 아가씨를 대면할 순 없지. 양복 살 돈도 필요하잖아."

어쩔 수 없었다. 재령은 리쿠를 따라다니며 그가 시키는 일을 묵묵히 했다.

거마비 정도는 충분히 모아졌을 것이다. 리쿠는 차일피일 미루기만 했다. 그래도 언젠가는 나츠메에게 데려다 주겠거니 했다. 순진한 그 생각이 와장창 깨진 순간 재령은 죽어라 도망쳐야 했다.

"그런 몰골로? 쫓겨나기 십상이지. 어디 가서 양복이라도 빌려 입고 오든가."

도대체 언제 미나토에 갈 거냐는 재령의 물음에 리쿠는 짜증을 냈다. 재령을 위아래로 훑으며 한심해했다.

"알았어. 곧 멋지게 차려입고 올 테니까 기다려."

재령은 상점가로 달려갔다. 리쿠 모르게 비상금으로 꼬불쳐뒀던 돈으로 양복을 사 입고 구두도 샀다. 베레모까지 쓰고 나니 제법 멋진 남자다. 이만하면 나츠메도 깜짝 놀라겠지. 나를 몰라볼지도 모르지. 재령은 달뜬 마음을 안고 숙소로 돌아왔다.

"리쿠? 리쿠?"

재령은 신났다. 낯선 사내와 있는 리쿠는 심상치 않았다. 재령은 벽 뒤로 몸을 숨겼다. 그들의 대화를 엿들으려던 것은 아니었다. 삼엄한 분위기에 본능이 먼저 움직인 것뿐이었다.

"뭐어, 미나토? 그 먼 곳까지 갈 바엔 공사장 일꾼으로 팔아넘기는 게 낫지. 나츠메 같은 명문가의 아가씨가 저런 놈을 왜 만나겠어?"

"그거야 나도 아는 일이지. 혹시나 했지."

"승산 없는 일에 기운 빼지 말라고."

"그렇잖아도 그럴 참이야. 미나토에 갈 만큼 돈이 모이지 않았냐고 자꾸 물어서 귀찮던 참이거든."

"미적거리다 눈치라도 채면 말짱 헛수고지."

사내가 말하는 사이에 문 앞에 있는 재령을 발견한 리쿠는 엉거주춤 일어섰다. 자신들의 얘기를 들은 것은 아니겠지, 설마. 손님은 어쩌고 왔냐고 리쿠는 태연하게 다그쳤다.

쌍심지를 켠 재령은 뒷걸음질을 쳤다. 속았다. 분했다. 말이 안 통해도 상관없다. 돈이 없으면 걸어가면 된다. 몇 날 며칠 아니 몇 개월이라도 걷자면 못 걸을 것도 없다. 당장은 리쿠의 손아귀에서 벗어나야 했다.

재령은 정신없이 달렸다. 리쿠는 한번 문 먹잇감은 절대 놓치지 않는 사냥개처럼 쫓아왔다. 낯선 사내와 합세한 그들은 재령을 몰아갔다. 사람들을 뚫고 골목을 뚫고 도망쳤다. 도로다. 재령은 차가 다니는 도로 위에 서 있었다. 자신을 덮치는 거대한 트럭에 재령은 혼이 나갔다.

재령의 시야로 파란 하늘이 펼쳐졌다. 사람들이 웅성거리는 소리가 들려왔다. 도로에 널브러진 재령을 리쿠가 위에서 내려다봤다.

사, 살려줘….

생각은 말이 되어 나오지 않았다. 재령을 구둣발로 툭툭 치는 리쿠의 입술이 금붕어처럼 뻐끔거렸다. 리쿠와 함께 있던 사내가 뒤늦게 뛰어왔다. 그들이 무슨 말을 주고받는지 하나도 들리지 않았다. 엿됐다, 싶은 리쿠의 표정이 죽어가는 재령의 눈동자에 들어와 박혔다.

트럭 운전사와 리쿠가 죽어가는 재령을 사이에 두고 몇 푼의 흥정을 했다. 시체의 처리를 트럭 운전사에게 넘기는 듯했다.

재령이 살아서 본 세상의 마지막이다. 난생 처음 차려입은 멋진 양복이 무색했다. 의식은 끊겼다. 숨도 멎었다. 더는 볼 수 없는 재령의 눈동자로 파란 하늘이 넘실거렸다.

●

아버지를 등지고 가족을 버리고 꿈꾸던 세상을 좇아 도망치듯 떠나온 고향이고 나라였다. 보잘 것 없는 이방인에게 괜한 호의는 돌아오지 않았다.

말복은 아들의 그런 개죽음을 알기라도 했던 걸까. 고향으로 돌아올 수 없는, 벽에 발린 아들의 영혼을 알았던 걸까. 말복은 어이없게 꺾여버린 아들의 생을 고관대작 부럽지 않은 영화로운 일생으로 부활시켜 놓았다.

아버지 말복이 선물한 인생 앞에 할은 살아있는 사람처럼 컥, 숨을 토했다. 안타까울 것도 더는 없고 부러울 것도 더는 없었다. 말복이 남긴 그림으로 할은 인생을 다시 누렸다. 누구보다 영화롭고 추앙받는 인생을 가졌다.

원망만 키워주던 아버지 말복은 어쩌자고 이런 호사스런 평생도를 남겨 죽은 아들의 발목을 이승에 붙잡아뒀단 말인가. 벗어날 수 없는 운명의 굴레라더니 어쩌자고 환골탈태의 인생을 안겼단 말인가.

할은 복잡한 감정을 추스르기 힘들었다. 기쁨의 눈물을 흘리다가도 한스러움에 빠져들었다. 주책없는 눈물에도 피어나는 웃음이었다.

"아들을 끔찍이도 사랑하신 모양이야."

환은 말복을 아버지로 둔 할이 샘나고 부러웠다.

- 세상의 모든 아버지는 아들의 적이나 다름없어. 아버지
를 극복해야만 내 인생을 살 수 있거든.

"아버지가 남긴 그림을 보고도 그런 말이 나와? 난 감동
에 가슴이 다 젖었는데."

- 그러게. 그땐 왜 그렇게 내 마음을 할퀴지 못해 안달하
셨을까, 싶네.

할은 말복의 그림에 감동을 받았음에도 씁쓸함 또한 금치
못했다.

"그만큼 또 할을 사랑하셨겠지."

- 웃기는 소리 말라고.

할은 괜스레 어깃장만 놓았다. 심통 난 아이가 따로 없다.
아버지에 대한 원망만 가득했던 지난날들이다. 보란 듯이 새
로운 삶을 찾아갔건만 꺾이고 만 자신의 측은한 생과 마주하
고 말았다. 새삼스레 알게 된 아버지의 사랑에 할은 착잡하
고 마음만 시끄러웠다.

평생도의 호상을 확인한 후로 할은 두문불출했다. 환 앞에
모습을 드러내는 일이 할의 의지대로 되지 않았다. 환은 보
이지 않는 할의 목소리가 들려올 때면 가슴이 철렁했다. 이

러다 목소리조차 듣지 못하게 되는 날이 올 것이다.

– 내 아버지의 그림이 나를 이승에 붙들어뒀다는 게 이로써 증명된 거지. 내 영혼의 비밀을 알았으니 나도 이제 저승으로 돌아갈 때가 됐나 보네.

할의 목소리만 귓가에 맴돌았다. 환은 마음이 텅 빈 것처럼 공허했다. 오랜 세월을 친구처럼, 가족처럼, 생활의 동반자로 지내왔다. 할이 환을 찾아온 것은 말복이 남긴 노비의 평생도 덕분인지도 모를 일이다.

"진짜 가는 거야?"

환은 아무 데나 대고 물었다.

더는 할이 보이지 않아서였다. 할의 목소리도 더는 들려오지 않았다. 드리퍼에 천을 올리던 환의 손이 맥없이 떨어졌다.

"진짜… 간, 거야?"

●

할이 좋아하는 모란 잔의 고수레커피가 할의 테이블에 놓였다. 누군가 앉으려 들면 환은 괜한 심통으로 손님을 불편하게 만들었다. 커피숍이 여기밖에 없나. 불쾌함을 드러내는 손님은 돌아나갔다.

환은 생기를 잃었다. 잔뜩 화를 내는 손님 앞에서도 시큰
둥한 표정으로 있었다. 환이 손님의 항의를 온몸으로 받던,
하필이면 그때에 선명이 할의 커피맛에 나타났다.

화난 손님을 은미가 나서서 사과하고 달랬다. 선명은 손님
과 신경전을 벌이는 환을 에둘렀다. 조용히 할의 지정석으로
가 앉았다. 테이블에 커피잔이 놓여있음에도 그곳이 선명 자
신의 자리인 것처럼.

"장사를 말아먹을 심산이니?"

선명은 걱정을 드러냈다.

"여긴 웬일로 오셨어요?"

환은 선 채로 말했다.

"나를 보는 게 아직도 껄끄럽니?"

"….."

"노비의 평생도 아니 재령의 평생도라고 해야 하나. 의논
하고 싶어 왔다. 전화를 해도 받지 않고 문자를 보내도 답이
없으니 이렇게 올 수밖에."

"교수님 마음대로 하세요. 결국 그럴 거잖아요."

환은 떨떠름했다. 손님도 없는 카페를 이리저리 오가며 홀
로 바쁜 척 굴었다. 선명도 은미도 멀뚱히 환을 바라보기만
했다.

열두 폭의 평생도 그림에 대한 권한이 선명에게 주어졌다.

개별적으로도 귀한 민화지만 열두 폭이 하나의 병풍이 된다면 미술사적으로는 물론 문화적으로도 보존 가치가 높은 작품이 될 만했다.

백인석은 '齋靈'으로 꾸려진 문자도는 아버지 말복이 아들에게 보내는 편지나 다름없다며 애틋하게 여겼다. 노비의 평생도에 주인이 따로 있다는 말에는 학을 뗐다. 열두 폭 병풍이 홀수의 기형이 된다고 해도 내놓을 것 같지 않았다.

호상이 익명으로 기증되었다는 소식에 백인석은 마지못해 문자도를 내놓았다. 노비의 평생도는 누구 한 사람의 것이 아니다. 국립박물관에 기증해 모든 사람이 볼 수 있게 해야 된다는 억지를 부리고서였다.

선명은 이미 그러겠노라고 약조한 바였다. 환의 의견을 굳이 묻지 않아도 민화 재령의 평생도가 있어야 할 곳은 정해진 터였다.

"아쉬워서 어째요? 교수님 이름으로 기증이야 되겠지만 사실은 소유하고 싶었던 거잖아요. 윤모열이처럼."

환의 심사는 뒤틀려 있었다.

"결국은 박물관에 기증이 되겠지만 그래도 네 생각을 알고 싶었다. 오늘 대화는 다 한 것 같으니 그만 가보마."

선명은 뒤도 돌아보지 않고 카페를 나갔다.

환은 멍청하게도 서 있었다. 어른이 되고 시간이 흘러도 결핍으로 얼룩진 환의 마음은 철이 들지 않은 모양이었다. 머리로는 이해하면서도 마음은 어리광으로 가득했다.

해가 지고 카페 영업이 끝나고 잠자리에 들기 전, 환은 선명에게 전화를 걸었다. 어색함은 한 번에 사라지지 않았다. 재령의 평생도를 기증하는데 동의한다는 용건을 전하는 데에는 무리가 없었다.

재령의 평생도를 모두가 볼 수 있다면 좋은 일이다. 말복도 재령도 분명 좋아할 것이다. 그리고 환 자신 역시도. 재령의 평생도는 이 땅에 아들딸을 둔 모든 아버지들의 바람이며 염원일 터였다.

환은 할이 몹시도 그리웠다.

●

집에서 나는 소리들이 사라지고 가족이 모두 잠든 그 시각. 어린 환은 어둠 속에 깨어있었다. 성냥을 찾아 양초에 불을 붙였다. 누구도 알아서는 안 되는 환만의 비밀의식.

성냥이든 라이터든 갖고 놀면 안 된다. 언젠가 불장난을 한다고 혜정에게 들켜 야단을 들은 후로 환은 조심했다. 성냥과 초를 책상 서랍 밑에 감춰두고 지냈다. 불을 켜면 금방 밝아질 터였지만 생명감도 없이 밝기만 한 빛은 마음에 들지

362

않았다.

촛불을 켜면 환하지도 않고 어둡지도 않았다. 필요한 만큼의 빛. 촛불이 만들어낸 그림자가 벽을 타고 꿈틀거렸다. 어둠이 가장자리로 물러나고 빛이 생명을 얻어 중심에 섰다. 환의 비밀스런 의식은 모두가 잠든 그 밤에 그렇게 거행되었다.

"두 명이어도 좋겠지만 한 명이면 충분해요. 딱 한 명만. 그러면 돼요. 못 생겼어도 괜찮아요. 마음이 예쁘면 되니까. 말 많은 수다쟁이여도 좋아요. 얼마든지 들어줄 수 있으니까. 많이 먹어도 좋아요. 내 음식을 주면 돼요. 아빠가 나를 모른 척해도 서운해 하지 않을 거예요. 참을 수 있어요. 동생만 예뻐해도 샘내지 않을게요. 새엄마를 미워하지도 않을 거예요. 딱 한 명만 제게 친구를 보내주세요. 제발요. 아멘."

무릎을 꿇고 앙증맞은 손을 맞대고서였다. 아멘을 왜 했는지는 모르겠으나 기도를 하는 것이라면 왠지 그래야만 될 것 같았다. 소원을 비는 사이사이로 울컥함이 올라왔지만 환은 감정을 삭여가며 간절히 기도했다.

혜정의 눈을 피해 은밀하게 치러진 한밤중의 위대한 의식이었다. 그것도 무려 사십구일 동안이나 계속. 아홉 살의 사내아이가 같은 일을 마흔아홉 번이나 반복한다는 것은 보통

일이 아니다. 환은 자신이 얼마나 강한 염원을 했는지, 얼마나 오랜 기간 지속했는지 헤아리지 못했다. 벽에 갇힌 영혼을 불러내기에 더할 나위 없이 좋은 횟수라는 것도 알지 못했다.

마흔아홉 번의 촛불의식.

환의 끈질긴 염원과 의식 덕분에 벽에 갇혔던 영혼이 벽을 뚫고 나왔다. 환이 모았던 두 손을 풀고 꿇었던 무릎을 펴고 촛불을 끄기 위해 입술을 오므리던 찰나다. 혼령이 벽을 뚫고 나올 것이라는 상상은 하지 않았다. 촛불 때문에 벽이 일그러져 보이는 것이라고 여겼다. 그런 것이 아님에 환은 눈이 휘둥그레졌다.

환은 숨이 멎었다.

식구들이 깰까봐 나오려는 비명에 조막손으로 자신의 입을 틀어막았다.

벽을 빠져나오던 혼령은 뼈가 바스러지는 것 같은 고통에 신음을 토했다. 죽었던 사람이 산 사람을 만나는 순간은 그야말로 진통으로 얼룩졌다. 이미 죽은 사람에게는 어울리지 않는 표현이지만 진실로 죽을 것 같은 고비를 넘긴 혼령이 환 앞에 모습을 드러냈다.

"허얼."

온몸이 굳은 환의 입술 사이로 새나온 작은 한마디다.

- 쇠사슬에 묶여있던 몸뚱이가 해방된 기분이군.

혼령이 기지개를 켜며 환이 보는 앞에서 온몸의 주리를 틀어댔다. 허공을 오가는 혼령에 환은 졸도하고 말았다.

- 엥? 이러면 안 돼지. 날 깨워놓고 기절을 하다니. 꼬마야, 정신 좀 차려봐.

혼령은 환을 깨우기 위해 동분서주했다. 친구가 필요했던 환 이상으로 혼령 또한 벽에서 자신을 꺼내줄 누군가를 기다리고 있었는지도 모를 일이다. 혼령이 난감해하는 그 사이 졸도에서 깨어난 환은 혼령을 향해 반갑게 달려들었다. 잡히지 않음에 환의 눈이 휘둥그레졌다.

"헐. 유, 유령이야?"

- 그렇게 넋 나간 표정으로 보면 유령인 내가 민망하잖아.

"헐. 유령이 말도 하네."

- 왜 자꾸 헐이란 거야? 그게 내 이름인가? 통 기억에 없는데….

"그래? 헐. 괜찮네. 이제부터 넌 유령 헐이야."

환은 만족스러운 듯 환한 웃음을 지었다.

벽에서 나온 유령이 백 년도 넘은 시대에 살던 사람이라는 것을 알고서는 감탄사 '헐' 대신 '할' 이라 고쳐 불렀다.

'할' 이 할아버지의 '할' 인지 환은 말해주지 않았지만 유령은 할이라 불리는 게 나쁘지 않았다.

환에겐 둘도 없는 친구가 생겼고 할은 어린 환을 측은하게
여겼다. 한국으로 건너온 것은 열네 살 때였다. 할과 도쿄에
서 사 년을 함께 보내고 나서였다. 할이 곁에 있어서 환은
모든 것을 견뎠다. 무정한 마 교수도, 학교에서의 차가운 눈
길도 아무렇지 않았다. 할이 있어서 두렵지 않았다. 혼자가
아니어서 외롭지도 않았다.

❀

영원히 함께 할 줄 알았던 그 할이 환의 곁을 인사도 없이
홀연히 떠났다.

❀

노비의 평생도 혹은 부심도라 불리던 것에서 재령의 평생
도라는 새로운 제목이 붙여졌다. 노비 말복의 아들 재령의
평생도는 조선 민화 역사에 새로운 획을 그은 평생도이자 민
화로 세간의 주목을 받았다. 양반도 갖기 어려운 평생도를
남겼으니 그럴만했다.
더욱이 그 주인공이 노비의 아들이라니 그야말로 천지개벽
의 인생이 아닌가 말이다. 여덟 폭, 열 폭짜리도 아니다. 태

몽부터 돌잡이, 독서, 힘자랑, 신문물, 전보사, 출사표, 혼례, 회혼례, 호상에 덧붙여 아버지의 편지와 아들의 분노까지 무려 열두 폭의 완전체. 재령의 평생도가 사람들 앞에 선보이게 될 그날을 환은 기다렸다.

그리고 드디어 그날이 되었다.

박물관 측은 만약의 사태를 대비하여 재령의 평생도에 유리관을 만들어 세워두기로 했다. 환은 초대받은 관람객들 사이에 인아와 함께 참석했다.

"재령의 평생도가 만천하에 공개되는 역사적인 순간에 내가 함께하다니···. 완전 감동이야. 마 교수님도 오셨으면 정말 좋았을 텐데···."

인아가 환의 팔을 툭 건드렸다.

환도 기대했던 바였다. 마 교수와 함께 볼 수 있기를. 세미나가 있다며 거절했다. 얼마나 중요한 세미나인지, 세미나가 진짜로 있기나 한 것인지 알 수는 없었다. 뜻하지 않은 사건들로 재령의 평생도가 박물관에 귀속되게 됐지만 말이다. 마 교수가 소유하고 싶어 했던 물건이다.

소유의 욕망을 거세당했으니 남들 앞에 공개되는 재령의 평생도를 보는 것이 탐탁지 않았을 것이다. 예술품을 소유한다는 것은 자신의 존재 가치가, 신분이 상승하는 기분이라고 윤모열이 그렇게 말하지 않았던가.

환은 숨을 모아 내쉬었다. 풀리지 않는 답답함이 가슴 언저리에 머물렀다. 뭔가를 소유한다는 것은 또 그만큼 자신에게 족쇄를 채우기도 하는 일이다. 어쨌거나 기증은 약조된 일이었다.

할도 재령의 평생도가 어느 한 사람의 손에 있는 것을 원치 않을 것이다. 신분의 밑바닥에서 태어나 가장 이상적인 삶을 피워 올린 한 송이 연꽃 같은 인생이지 않은가. 환의 그리움은 홀연히 피어올랐다. 몸통만 있는 물고기라고 자신을 괴기스럽게 여기던 할이 환은 몹시도 보고 싶었다.

"풀지 못한 인생의 한을 풀었으니 저승에서 행복하게 잘 지내고 있겠지."

"응? 누구?"

환의 혼잣말에 인아가 눈을 동그랗게 뜨고 쳐다봤다.

그냥 웃기만 하는 환은 그들 앞에 있는 학예사를 손가락으로 가리켰다.

"병풍은 예로부터 선조들의 삶에 깃든 희로애락과 함께해 온 생활용품이자 예술작품이죠. 돌잡이 하는 아이를 돋보이게 하는 배경이 되어주기도 하고, 효행이 적힌 문자도를 곁에 두고 서책을 읽으며 인간의 도리를 깨치기도 하고, 수줍은 듯 화려한 화조 병풍 안에서 첫날밤을 맞이하기도 했답니다. 손주들의 재롱을 담은 노안도나 장생도와 같은 병풍도 있죠. 칠성판에 누워서도 산수의 병풍을 곁에 두었다하니 이 만하면 병풍은 인간 생활의 필수품이죠. 집 안에 있는 또 다른 집이었다고 할 만큼 말이죠."

학예사의 사설은 길었다. 노비 아들 재령의 평생도를 극적으로 설명하기 위한 사전 밑밥이다. 노비에겐 어울리지 않는, 꿈조차 꿀 수 없는 평생도를 노비가 갖게 되었으니 이런 신분상승이 없기도 했다. 학예사는 지금 그 말을 하려고 단계를 밟아가고 있는 것이다.

"오늘 보시게 될 병풍 평생도는 매우 특별한 작품입니다. 여러분께서도 알고 계시겠지만 민화는 인류의 시작과 더불어 등장했다고 보아집니다. 재액을 물리치는 벽사기원과 복 받기를 바라는 기복신앙이 자연스레 담기게 된 거죠. 노비 아들 재령의 평생도는 부심도라 불렸을 만큼 아들의 성공을 염원하는 그 아버지의 지극한 사랑이 고스란히 담긴 작품입니다. 한 폭만 있어도 부귀영화를 누린다는 강한 염원이 깃들어있다고 합니다. 열두 폭의 완전체를 보시게 되었으니 엄청난 행운이 오늘 오신 여러분께 있게 될 거라고 보아집니다."

환한 웃음을 짓는 학예사는 전시 가림 막을 카운트다운과 함께 걷어 내렸다. 가림 막이 바닥에 닿은 그때, 사람들은 웅성웅성했다. 또 우왕좌왕했다.

텅 비었다. 재령의 평생도가 그곳에 있어야 했다. 노비 아들 재령의 평생도를 통해 그 아비의 강력한 염원의 기운을 조금이라도 얻어가고자 했던 사람들의 황망함과 실망은 실로 컸다. 한 점 의혹도 없이 재령의 평생도가 그곳에 있어야했지만 감쪽같이 사라졌다.

에필로그

환은 텅 빈 전시관에 홀로 있었다. 재령의 평생도가 사라진 그곳을 멍 때린 눈길로 바라봤다. 자리를 뜰 수 없었다. 할이 떠났다는 것도 아직 온전히 받아들이지 못했는데, 이번엔 할을 아예 영영 잃어버린 기분이었다.

바닥에 주저앉은 환은 무릎을 세우고 얼굴을 묻었다. 인아는 둥그러진 환의 등을 조용히 바라보았다. 측은한 등이다.

- 내 평생도가 어디로 사라진 거야?

고개를 든 환은 뜨악한 눈길로 주위를 휘둘렀다.

"할이, 할이 왔어."

"여긴 우리뿐인데…."

인아의 말에 환의 어깨가 도로 축 늘어졌다. 할의 목소리가 들린 것 같았는데, 전시실 안에 할의 모습은 보이지 않았다. 이젠 하다하다 환청이 들리는 것이라고 환은 그렇게 낙담했다.

– 이게 어떻게 된 상황인지, 자초지종 좀 말해보라고.

"…하알?"

환은 전시실 내부를 다시 훑었다.

"환, 그만해. 정신 좀 차려. 네가 이러면 나 무섭다고…."

인아는 겁먹은 표정으로 환을 지켜봤다.

"하알? 할이야?"

– 그래, 나라고 나. 네 아버지의 아버지, 그 아버지의 아버지, 또 그 아버지의 아버지. 아, 모르겠다. 암튼 나, 환의 할이라고!

할의 영혼이 돌아왔다.

"진짜 할이구나!"

모습은 보이지 않았다. 환은 반가움에 생기가 돌았다. 안식에 들지 못한 할의 영혼이 또 다시 방황에 들지도 모른다는 생각은 하지도 못한 채.

기나긴 시간이었다.

한 사람의 인생을 온전히 이해하기에는 턱없이 짧은 시간 이었을지도 모른다. 그 시간의 날들을 무심하고 덤덤하게 건 너왔다. 고요하고 더딘 걸음으로.

한 계절이 물러가고 새로운 계절이 창문가에 성큼 다가와 있었음에도 손 흔들어주지 못했다. 일 년 열두 달 내내 같은 계절을 사는 사람의 옷을 걸치고 있었으므로.

철지난 차림으로 집을 나서서는 이상한 나라의 엘리스가 된 기분. 변함없이 줄기차게 찾아오는 계절임에도 맞이할 준 비는 늘 늦었다. 미처 하지 못했다는 것이 더 적확할 듯.

할을 만난 칠 년 전의 어느 봄날, 일상은 티 나지 않고 매 일 조금씩 바뀌어가고 있었다. 사람들을 가까이에서 만나는 일로 계절이 바뀌어가는 것을 깨닫기 시작했다. 다른 이들의 일상과 나의 일상이 섞이고, 한데 어울려들었다.

낯설고도 익숙한 경험!

나는 그들이 열어놓은 마음의 문을 부지런히 들락거렸다. 그들의 치열한 삶의 속내가 나의 몸과 마음에 철썩거렸다. 파도처럼 달려들었다.

무력감. 해줄 수 있는 것이 아무것도 없다.

그들이 눈물을 훔치고 그들의 엉덩이를 스스로 떼고 일어설 때까지 나는 가만히 조용했다. 허우적거리던 나의 일상이 비로소 땅을 디뎠다. 그들의 삶이 내게로 와 땅이 되어주었다. 겪어보지 못한 세계였다.

할의 인생을 온전히 전하지 못했다면 할의 말에 성실하게 귀를 기울여주지 못한 나의 불찰일 것이다. 그럼에도 불구하고 할의 이야기가 진실로 다가설 수 있기를 소망하는 바다. 터무니없는 진실이 될지도 모르겠지만.

꿈을 꿨다. 그리고 손님이 찾아왔다.

손님과 나란히 걸어가는 그 길에 햇살이 놓였다.

내가 놓친 숱한 여름을 기억하며
이천이십 년의 여름과 함께 양수련

—

바리스타 탐정 마환 평생도의 비밀

1판 1쇄 인쇄 2020년 08월 13일
1판 1쇄 발행 2020년 08월 20일

지은이 · 양수련

발행인 · 주연지
편집인 · 석창진
편집 · 박영심
디자인 · 김서영
마케팅 · 허은정
북트레일러 · 사이클론

펴낸곳 · 몽실북스
출판신고 · 2015년 5월 20일 (제2015 - 000025호)
주소 · 서울 관악구 난향7길52
전화 · 02-592-8969 / 팩스 · 02-6008-8970
전자우편 · mongsilbooks@naver.com
카페 · http://cafe.naver.com/mongsilbook
네이버 포스트 · post.naver.com/mongsilbooks_kr
인스타그램 · instagram.com/mongsilbooks

ISBN 979-11-89178-21-5 (03810)

이 책은 저작권법에 따라 보호받는 저작물이므로 무단전재와 무단복제를 금지하며, 이 책 내용의 전부 또는 일부를 이용하려면 반드시 저작권자와 몽실북스의 서면동의를 받아야 합니다.

• 이 도서의 국립중앙도서관 출판예정도서목록(CIP)은 서지정보유통지원시스템 홈페이지 (http://seoji.nl.go.kr)와 국가자료공동목록시스템(http://www.nl.go.kr/kolisnet)에서 이용하실 수 있습니다.(CIP제어번호: CIP2020031955)
• 잘못된 책은 구입하신 서점에서 바꿔드립니다. • 책값은 뒤표지에 있습니다.